Antología
Literaria

Fernando Sánchez
Dragó

Eldorado

Planeta

Córcega, 273-277, 08008 Barcelona (España)
Diseño de tapas y portadillas: Hans Romberg
Segunda edición en esta colección: junio de 1986
Depósito legal: B. 14.755-1986
ISBN 84-320-8814-5
Printed in Spain - Impreso en España
"Duplex, S. A.", Ciudad de la Asunción, 26-D, 08030 Barcelona

A Carmen Santos; después, a Miguel Rubio

Octubre de 1960

Y a mi generación

Abril de 1984

Una cosa es cantar a la amada. Otra, ¡ay!, a aquel culpable y escondido dios fluvial de la sangre.

RAINER M. RILKE,
Tercera elegía del Duino

Y así, para no quedar indeciso en mis actos mientras la razón me obligara a serlo en mis juicios y para vivir desde ese momento con la mayor felicidad posible, formulé una moral provisional en sólo tres o cuatro máximas que me gustaría exponeros.

DESCARTES,
Discurso del método

NOTA QUE EL AUTOR CONSIDERA DE LECTURA IMPRESCINDIBLE

Este libro se escribió de dos sentadas (o, mejor, atragantones) entre el 1 y el 9 de octubre de 1960 y el 2 y el 17 de enero de 1961, a una media —ciertamente desenfrenada— de casi quince folios diarios. Con él quería conquistar a una muchacha. Lo conseguí, y a otra cosa. Privilegios y servidumbres de la juventud: tenía yo entonces veintitrés años (y uno más cuando terminé la novela), lo que entre otras cosas significa que ni me tomé la molestia de pasar a limpio el borrador del relato ni hice, prácticamente, esfuerzo alguno para que llegase a la imprenta. El original del manuscrito fue a parar al cajón de costumbre y las cuatro copias que de él saqué cayeron en manos de los esbirros de la Brigada Político-Social durante un registro y en circunstancias que no vienen al caso. Nunca más se supo de ellas.

En 1963 escogí el exilio y me llevé la novela, que —milagrosamente intacta— recorrió en mi mochila algunos roturados países europeos y casi todas las tierras más o menos vírgenes de Asia y África. Nada pudieron contra su voluntad de sobrevivir guerras, robos, extravíos, alimañas, huracanes, epidemias y otras vicisitudes de pan llevar.

Y así hasta que hace unos meses, debido a casualidades y coincidencias que tampoco vienen a cuento, el equipo literario de la Editorial Planeta leyó el libro y me propuso su publicación.

El telón de fondo de la novela es lo que yo mismo he dado en llamar —con rótulo que empieza a hacer fortuna— generación del 56: *la de quienes en febrero de ese año levantaron por primera vez la Universidad de Madrid en armas incruentas contra el franquismo e iniciaron la larga marcha de la libertad.* Nosotros, los de entonces, *éramos rebeldes, apasionados, nihilistas, utópicos y soñadores.* Eldorado *es, en consecuencia, todo eso y, además, una declaración de amor en cuyas páginas se cuelan —me parece— el Extranjero de Camus, el Nick de Hemingway, el Demian de Hermann Hesse y otros fantasmas ilustres de la andante literatura universal. Bienvenidos sean. Nunca abjuraré de ellos ni tampoco del evidente romanticismo que impregna el relato. Al releerlo ahora he creído percibir en él —mejor o peor expresada— cierta familiar y amistosa crepitación juvenil de* Sturm und Drang, *de lord Byron en Missolonghi, de Kleist en el escenario de su suicidio, del amor de Tristán e Iseo* (que lleva esencias de muerte), *de los ángeles diabólicos de Rilke y de la sombra fugaz y fáustica de Margarita. A todos ellos, con humildad, mi gratitud. Y mi vasallaje.*

No faltarán, a buen seguro, críticos o lectores amablemente maliciosos y convencidos por esta inclinación de su carácter de que Eldorado *ha sido escrito o por lo menos reescrito durante los últimos meses. Se equivocan. Me he limitado a hacer hoy lo que entonces, en el momento de su redacción, no hice: pasar a limpio el original corrigiéndolo a vuela pluma... Pero corrigiéndolo tal y como lo hubiera corregido en 1961, y no ahora. Esto es: desde la posible frescura, consternación, coraje, altivez, vehemencia, inexperiencia, carnalidad, espontaneidad e ingenuidad de mis años mozos.*

Sobra aclarar que las correcciones —breves, repentinas y ligeras— apuntan sólo al estilo y no, en ningún caso, a los personajes, situaciones, trama, estructura, propósito, ideas e ideología del libro. Sobra también aclarar que ésta —la ideología— no coincide en casi nada con mi esquema actual de fobias y filias. Sí coincide, en cambio, mi modo de ver y de entender la vida entonces y ahora. Con las salvedades de rigor.

El original de Eldorado, *por si a pesar de lo dicho subsisten las dudas de los maliciosos, y con miras a disiparlas, se encuentra depositado en la notaría de don Antonio Pérez Sanz (calle de Menéndez y Pelayo, 5 - Madrid) y allí permanecerá, a disposición de quien quiera consultarlo, hasta el 31 de diciembre del año en curso.*

Por lo demás, ecce liber. *Mi maestro Hemingway decía que un escritor nunca debe tratar de explicarse. Confío en que esta breve aclaración no infrinja tan saludable principio.*

Madrid, 11 de abril de 1984.

Salí de casa a las doce. Tocaban muy fuerte, por la radio, un cha-cha-cha. Los niños del sur, desnudos del ombligo al dedo gordo del pie, sonreían llenos de complicidad y a veces, como personas mayores que estuvieran en todos los secretos, me tiraban una china que rebotaba delante de mí. Era un mundo joven para un hombre que se creía joven y obraba en consecuencia. No me acompañaban ni el ángel ni el demonio. Atrás —siempre dormía un rato, daba un último estirón al sueño después de mi marcha— quedaba Julio. Boca abajo, sin almohada, con una mano colgando.

El camino hacia el pueblo estaba lleno de sol, de radios, de chiquillos y de piedras que saltaban o rodaban. Era un camino joven, sin ángel ni demonio, para un hombre o mil hombres todavía jóvenes. Pasó una muchacha —rápida, adolescente, virgen, dura, felina e inabordable— con una cesta al brazo. Era, también, una hermosa esperanza. Por un momento fui compañero suyo. Yo llevaba mi bolsa verde de viaje y, recién despierto, permanecía aún —como ella— adolescente, intacto y puro. La alcancé, pasé deprisa a su lado, me volví, la miré con aire de protección y abandoné definitivamente su camino. Fue entonces cuando percibí, durante unos segundos, la manzana demasiado madura del corazón. Me ocurría a menudo. Luego, nada. Un poco menos de honestidad, un poco menos de sol —había iniciado su descenso— y el primer contacto con el ángel. Pero aún me sentía joven y abrasado. La realidad me llegaba envuelta en gestos, ropajes y colores de literatura. No tenía arreglo. Todos los seres vivos y sus circunstancias me habían sido explicados por los poetas de mis años y mis sueños infantiles. Rumiaba a Virgilio, pensaba en el doctor Jekyll y en mister Hyde, y recordaba a medias una frase argelina de Camus: asediar a la más hermosa de las que suben, perseguir a la más bella de las que bajan... No era así. Pero yo me entendía.

El mercado estaba casi vacío. Desdeñé la carnicería, ignoré los puestos de pescado, doblé a la derecha y me detuve donde siempre. Luego, enseguida, me arrepentí. *Otra vez me dejo enganchar por la costumbre,* pensé. Pero ya no tenía remedio, ya no podía seguir adelante.

—Zanahorias. Un cuarto de kilo, por favor.

Uvas, ciruelas, tomates, sal, aceite, cien gramos de chorizo. De nuevo la costumbre. Y una lata de anchoas en la tienda de ultramarinos, con su dependiente solterón, carnoso, atento, blanducho y comprensivo, excesivamente comprensivo.

Porque el dinero empezaba a dolerme, a insinuarse en mis vísceras. Me asomaba ya con frecuencia al borde de los escaparates y contemplaba con envidia los mocasines abarquillados, los libros de moda, las revistas satinadas, los relojes suizos. Julio vivía aún ajeno al futuro y a la estrechez. Se levantaba tarde, bajaba al pueblo con su personalísima y exageradísima forma de mover los brazos al andar, desayunaba a la inglesa, se afeitaba como un señor en la barbería y tenía la desfachatez de pedir Aqua Velva al terminar. *Sólo me preocupa el dinero cuando me quedan cien duros. Es una cifra mágica. Me impresiona, me asusta. Después, ya no. Después lo voy tirando por las calles las taquillas y los mostradores. Pero quinientas pesetas son la mitad del dinero del mundo. Y eso me aterra. Me transforma en una especie de economista obsesionado por el término medio. Me entran ganas de no comer, de no comprar el periódico, inclusive de ahorrar.*

Tendí nuestro último billete de quinientas pesetas, con los ojos casi cerrados, al dependiente. *Amigo mío, tienes la mitad del dinero del mundo entre tus dedos.* Cuando me dio la vuelta, y fue enseguida, me sentí liberado. Cuatrocientas y pico. Otra vez la gloria de vivir. Parecía como si el sol, subiendo, volviese sobre sus pasos y marcara las horas hacia atrás. Eran, de nuevo, las doce. *Estás loco.* Recordé con vaga ternura y desinteresado erotismo a la muchacha de la cuesta abajo. *Como si hubiese tomado ya mi ración matutina de ginebra, ese latigazo agridulce y fatal que te coge con el estómago vacío y te llena a escape la cabeza.*

Me acerqué al quiosco de la plaza.

—¿Tiene algo de Madrid?

—Llega con el correo, a la una. De sobra lo sabe usted.

Sí, era cierto, lo sabía. Pero todo en el mundo es relativo. ¿Por qué no iba a adelantarse alguna vez el ferrocarril de la Edad del Bronce que nos unía, como un cordón umbilical, al resto del país y de la historia?

—Bueno. Déme cualquier cosa de por aquí y guárdeme el *Pueblo*. Vendré a recogerlo por la tarde.

El mismo juego de siempre. No me libraba de las costumbres. Las abandonaba de repente, buscaba el Sur, hacía carne de mi carne la antigua fábula del mar, buceaba en las casas y en los seres, me planteaba la juventud como un arduo y equívoco aprendizaje, e inmediatamente volvía a caer en otras costumbres nuevas que tampoco eran milenarias, pero que también me lo parecían.

Compré *vencedor* en el estanco más fragante del pueblo y me senté en el bordillo de la acera de la esquina de la plaza, delante de los autobuses, con el Central y su bullicio a mis espaldas. Desvirgué la cajetilla lo más literariamente que pude y eché un vistazo alrededor. En el autobús de Málaga siempre se iban mil posibilidades en forma de mujer y al cuarto de hora otras mil posibilidades parecidas regresaban. O simplemente llegaban para, algún día, en cualquier momento, volver a marcharse. Mujeres, sí, mujeres por sorpresa y a traición, mujeres de costadillo, mujeres frontales como toros bravos, abiertas como margaritas ò cerradas como idiomas muertos, mujeres españolas, mujeres extranjeras, audaces, flexibles, listas, vertiginosas, sesgadas, mujeres con ojos de tigre y uñas de pantera, con bolsas de lona, con pantalones cortos, con blusas color de paraíso, con pieles tostadas y doradas, con cinturas de viento y cinturones de reptil, con mundos clandestinos, con universos visibles, con desdén y sonrisas, con irrefrenables sandalias de breve, ágil y luminoso tacón. Mujeres, cuerpos, complementos de otros cuerpos bajando del autobús —o subiendo a él— y desparramándose por los recodos y rincones de la vida.

Desplegué el periódico y encendí un cigarrillo. Todo estaba bien. Me sentía joven e importante. Deliciosamente impuro, acogedoramente cínico. Entré en el Central y pedí ginebra, ginebra seca, sobria, aguda, ácida, con el estómago vacío. Después, con la cabeza saturada, miré alrededor. Había una extranjera —siempre las había, mayores ya, pero aún en pleitos de amor— hablándole al camarero, enredando los rizos en sus orejas, provocándolo con el cuento de mil desgracias que exigían mil caricias. Instantáneamente me quedé vacío.

—Otra, por favor.

El camarero vino con desgana y la extranjera, llena de sexo, separó un poco las rodillas y me miró con rencor. *Al diablo. Me voy a la playa.* Acabé la copa de un sorbo; un minuto después volvería a sentir inundada la cabeza. *Esperaré a Julio abajo. Quiero bañarme.*

Salí. El sol seguía su escalada. No eran ya las doce, sino las once y media. *Estupendo. Un mundo enormemente joven para mí, que me creo enormemente joven.* Por la calle principal bajaba Julio, zarandeando los brazos, que me alcanzaron mucho antes de que lo hiciera el resto de su persona.

—¡Vaya, hombre! ¡Por fin!

—Hola —dije con estudiado laconismo.

—¿Qué tal? ¿Has ido de compras?

—Todo en orden. Más mujeres y mejor sol que nunca. Tenemos víveres, tabaco, unas cuantas perras gordas y un periódico de Málaga muy gracioso.

—Dame un pitillo.

No había necesidad de diálogo. Aquello era un saludo, una alegre manera de encontrarnos, de extendernos mutua carta de existencia. El día acababa de empezar y nos sentíamos relativamente felices. Se intuía, además del giro, una misteriosa llegada. La intuíamos los dos, pero no sabíamos quién era su beneficiario o simple destinatario, suponiendo que lo hubiese. *Estamos imantados,* decía Julio. Y esa actitud propia (o condición ajena) nos empujaba al recelo, al antagonismo, a la esgrima amistosa y al afán de enzarzarnos en una lucha noble e incruenta. Intentábamos convertirnos en foco de los acontecimientos, nadar con furia, tomar exageradamente el sol, beber sin pausa, perdernos monte arriba y contemplar el ritmo o la inercia de todas las mujeres de aquel pueblo con frescura, desgarro y lentitud.

Sí, éramos relativamente felices y aún nos quedaban muchos días por delante para no dejar de serlo. Habíamos abandonado dos semanas atrás, en Madrid, todas nuestras descabelladas preocupaciones y, lógicamente, nos sentíamos eso, *despreocupados,* aunque con la absurda e irrespetuosa despreocupación de quien a pesar de todo se sabe fatalmente sumergido en los rompecabezas y necedades del mundo, del demonio y de la retorcida condición humana. Algo así como el presidente de un consejo de administración en vacaciones... *Vacaciones*: ésa era la clave y la consigna. *Despreocupados,* pues, y al mismo tiempo, por contradictoria que la coincidencia resultase, gravemente aquejados de esperanza. Aún no sentíamos el corazón dentro del cuerpo con su piel infrarroja y su fisonomía de manzana demasiado madura, pero sabíamos ya de su existencia. El corazón, sí. Pasó —enésima— una muchacha grácil, atractiva, firme, inútil y tan hosca o confusa como una margarita recién abierta. Me volví con rapidez, estiré el pliegue de los ojos, alcé mi mano derecha, extendí el dedo índice y abordé a la intrusa.

—*Tu corazón, una naranja helada* —dije.

Como si fuese la reina de los mares. Luego, en sordina y para Julio, añadí:

—Soy un imbécil.

El gorrión, desdeñoso, había volado. No así mi majadería. *En la vida nunca pasa nada,* pensé con tristeza de persona mayor. *Los mayores... De ese modo, genéricamente, sin señalar a nadie, los llamábamos de niños. Los mayores, los padres, los maestros y todos los que salían en el* ABC *o en el Nodo. Los que nos guiaban y se creían en lujosa posesión de la verdad. En cuanto a nosotros —Alberto, yo y la pandilla—, las cosas estaban claras, los puños cerrados, los pies dispuestos y los ojos de par en par.*

Así llegamos a la playa.

Embruteceos, hermanos, embruteceos. Que yo bien me embrutezco, concluí.

Estaba tendido en la arena húmeda de la orilla con las piernas separadas y el antebrazo derecho soportando la cabeza. ¿Pensamientos o sentimientos? *Ni lo uno ni lo otro,* supuse, *sino carnalidad.* Admitía con pereza y emoción todo mi cuerpo, los pies forzando sus tendones, las rodillas desmayadas, los muslos fugitivos, el vientre y el tórax oprimiendo la arena, los brazos casi dormidos, el sol horadándome la nuca y la calavera. Me sentía, o sentía el cuerpo, como inmediatamente antes, como inmediatamente después del amor. La solanera me lo dibujaba, me lo cansaba, le añadía color y olor, me embrutecía. *Embruteceos, hermanos.* Junto a mí, muy cerca de los ojos y casi al alcance de los dedos, las relampagueantes piernas de una vikinga rubia lanzaban su reclamo. Sonreí y aparté la vista, satisfecho de mi cinismo.

Me encontraba bien, sí, definitiva, abrumadoramente bien, seguro, risueño, feliz, enardecido. Un perro vagabundo y de color claro, con pelambrera de oso de zoológico, se acercó, sacudió sobre mí una cantidad infinita de gotas de agua y me olisqueó amistosamente con su hocico húmedo y negruzco. *Embrutécete, hermano, embrutécete. Pero tú, según dicen, ya lo estás. Mira entonces la carne de esa europea. Embrutécete.*

A diez metros de distancia la arena ardía. Resultaba casi imposible llegar a los toldos desde el agua y al agua desde los toldos. Las mujeres recorrían esa noche de San Juan o purificación por el fuego con mil bufonadas, visajes, respingos y aspavientos. Los hombres, estúpidamente obsesionados por conservar la dignidad, salvaban aquel trozo de infierno con mediocre lentitud, petulante calma e inútil estoicismo. En el último momento, sin embargo, renunciaban a la compostura, saltaban tan lejos como les era posible pataleando en el aire y caían por fin en el agua o en la sombra, primitivos y libres. Julio decía siempre: *me entran ganas de llorar.* Y se reía.

Arde la arena a diez metros de distancia y me aísla aún más del mundo. Del joven mundo.

—Has nacido viejo —solía comentar mi padre a la hora de comer, sentados los cinco alrededor de la mesa de caoba—. A tu edad no se lee tanto.

Y yo recorría en silencio los dibujos del mantel.

En la playa había tres zonas diferentes, fronterizas, hurañas, incomunicables. En primer lugar, junto a las estribaciones de la roca, estaban los tenduchos, los merenderos, las redes, las botellas vacías, los envases resecos, los mendrugos. Y la arena, claro, la más ardiente y fina, la más punzante, la más blanca de las arenas.

Venía luego, limítrofe, la segunda zona: los toldos, las hamacas, las sillas de tijera, los niños con los hombros quemados, los barrigudos padres de familia, las cuarentonas grasientas, las inglesitas rubicundas, pecosas, esqueléticas y despistadas. Y la arena, siempre la arena, tórrida, incandescente, de sílice, en punta, con mil aguijones en posición de ataque.

Y por último, entre la línea natural del agua y la barrera artificial de la civilización (aunque no como término medio o lugar de paso, sino como reserva sioux o campamento de guerrilla), nosotros, los que nos embrutecíamos, los que percibíamos el cuerpo como única verdad, los jóvenes, los últimos mohicanos, las *furias,* las *gracias,* las adolescentes de piernas como vendavales, la arena húmeda, los patines desalquilados, las sandalias de goma, las cajetillas espachurradas, los fósforos descabezados y vencidos.

Tres mundos, tres castas, tres clases sociales o grupos étnicos incomunicados y enfrentados, pero sin conciencia ni voluntad de lucha. La historia del hombre, el nombre de la historia, los anales de la ferocidad, el códice de la indiferencia y el código de la intransigencia, el abismo abierto entre la animalidad —*nosotros*— y la culpabilidad, la perversión, la transformación, la civilización... En una palabra: *ellos,* los que se organizaban, los que se juntaban, los que buscaban un pastor para ser rebaño, los que creían en la posibilidad del conocimiento, en la identidad de la persona y en la humanidad de Dios.

Nosotros, en cambio, éramos simplemente y eso nos bastaba. No conjugábamos los verbos, no nos planteábamos problemas gnoseológicos, no acogotábamos musarañas teológicas en cazaderos metafísicos. Vida y sólo vida. Vida en constante rebelión contra la muerte. Ni sujetos ni percepciones subjetivas de realidades objetivas, sino objetos, puros objetos palpitantes y tendidos al sol, inconscientes, cerriles, indomables, embrutecidos, con la mirada puesta en la trayectoria de los pies, sin sensibilidad para lo trasero o lo contiguo, viviendo a secas y a solas, ignorándolo todo sobre el hombre y sus compinches excepto la tangibilidad de su carne y la voluptuosidad de su autofagia, caníbal al fin y masturbador de nadas, como Adán en la primera noche después de la creación del mundo, cuando Eva no existía *(fue peor que un deseo insatisfecho, porque no lo tuvo. El deseo vino después, quizá a la del alba, con el aluvión de los sentidos y la presencia del otro. De la Otra. Ojos para ver, oídos para oír, sexo para entrar. Pero aquella noche, la primera, sólo pudo alzarse en el vacío, y escuchar el silencio, y mirar la nada, y tocar la negrura, y hundirse como un ahorcado en el frígido lecho de hojas solitarias, y comprender a bulto que la sangre le vivía por la ingle como una amenaza sin sentido)* y cuando incluso él, Adán, nuestro padre, carecía de manos y andaba a gatas. *Esto tiene muchos siglos,* pensé. *Esta ausencia de identidad, esta sensación simultánea de juventud y de vejez, este día inicial del mundo con dos mil años de historia y doscientos mil de prehistoria en las albardas.* Recordé otra frase mora de Camus: *cada primavera un millón de mujeres florece en las playas de Argelia, cada verano un millón de mujeres en flor desaparece de las playas de Argelia. Nadie sabe de dónde vienen, nadie sabe adónde van.*

Citaba, para mí solo, de memoria. *Y no es así, pero se parece. Camus lleva razón. ¿Adónde van? ¿En qué lugar del mundo, en qué perversa sepultura reposan los altos pechos, los muslos trémulos de amor, las pupilas deslumbradas por el placer o el deseo y las uñas nacidas o crecidas en la sangre de nuestras espaldas? ¿A do fueron las nieves de antaño?*

Las piernas de la vikinga rubia estaban aún a medio palmo de mis ojos. Las miré, seguí su doble línea convergente hasta el punto de intersección, rocé e iluminé con la vista la oscuridad de su sexo, subí a sus caderas, las abarqué, las abracé y, siempre con la mirada, descendí de nuevo a la torrentera de sus muslos enredándome y demorándome en el vello suave, amarillo y primaveral que delicadamente los cubría. Los ojos, implacables, se desenzarzaron y siguieron su camino hasta detenerse en la espiral de las rodillas, algo levantadas y bastante separadas, como proyectiles o impactos generadores de infinitos círculos concéntricos que me hipnotizaban, me excitaban y me invitaban a tentar la suerte de un desenlace tan mentado, probado y manoseado como eternamente desconocido. *Cuerpo de mujer, muslos blancos, te pareces al mundo en tu actitud de entrega... No hay salida. Al carajo los versos. Ven. Me gustaría reconstruir contigo, mujer septentrional y rubia, todas las noches de la historia. Mira, mira mi cuerpo que tiembla hacia ti. Mira, soy Alejandro Magno en el Hindu-kush, soy un hacedor de lluvias, soy Napoleón en Austerlitz, soy el mismísimo Jehová desatando tempestades. Mira.*

Miré, efectivamente, hacia mis pies y me reí. Julio llegó corriendo, se sentó a mi lado y me ofreció un cigarrillo.

—¿Has visto lo que tienes en las narices?

—Mejor que tú. Pero no hablo ni holandés ni noruego.

—Ciertas cosas...

—Ciertas cosas son un rollo si no puedes darle a la lengua. Y va sin segundas.

—¿Te has bañado ya?

—Un montón de veces.

—¿Qué tal está el agua?

—¿Vas a pasarte todo el día preguntándome chorradas? El agua está como la vikinga, más o menos. Cuestión de gustos.

—¿Te bañas en castellano?

—No. Me baño como puedo: en latín, en hotentote o en pelotas.

—Las mías.

—Las de tu padre.

—Señal de que lo tengo. No como otros.

Podíamos seguir así durante horas. Cambié de tercio.

—Estrenan una película de Hitchcock con James Stewart y Doris Day.

—*¿El hombre que sabía demasiado?* Ya la he visto. Tuve que doblarla. Es sensacional, una obra de arte, un mecanismo de alta precisión. Te clava en el asiento. Te...

Me distraje, encendí un pitillo y miré con serenidad, una por una, a todas las mujeres de la playa. A los vejestorios, a las matronas, a las feas y a las guapas, a las guapas, a las guapas. Vi cientos de bikinis, líricos y pintados, que convertían los pechos en mascarones de proa y los culos en pañoles de popa. *Juventud, París, la luna.* Y allí estaba yo, fumando, persiguiendo mujeres intangibles con aire de perdonavidas y malgastando el capital divino. Allí estaba Julio, sonriente, parlanchín, exagerado, cinéfilo, con las posaderas junto a las mías y los brazos perdidos en cualquier remoto lugar del mundo. Allí estaban ellas, las mujeres intangibles, y las tres zonas de la playa, y el cielo boca abajo, y la maldita complejidad del planeta, y la música portátil de las radios, y las preocupaciones alegremente abandonadas en Madrid.

—Irresponsabilidad: que no nos saquen de ahí.

Lo dije yo, naturalmente.

—Algún día tendremos que volver.

—Sí, tendremos que volver. O a lo mejor no. ¿Cómo andamos de monises?

—Tú eres el tesorero.

—¡Vaya oficio! Pues entérese usía de que no nos quedan ni cien puñeteros duros. Así que a volar, joven. Por muchas vueltas que le demos...

—... no lo vamos a arreglar. Pero alguna vez tiene que venir el giro, ¿no?

—Debería de venir... Quizá el mundo se ha olvidado de nosotros. Quizá ya no existe el mundo. Quizá lo hemos quemado al irnos.

En la vida nunca pasa nada. Yo no tengo la culpa. Yo no me puedo inventar la vida. Lo único que puedo hacer, si sé y si me dejan, es vivirla.

—¿Por qué no vas a Málaga esta tarde y te das un voltio por Correos?

—Después de comer me lo recuerdas. Haré un esfuerzo sobrehumano para renunciar a Satanás, a sus pompas y a sus obras —y señaló con el índice la curva de la playa—. Es una tentación demasiado fuerte.

Lo era, en efecto. Una tentación muy fuerte, casi irresistible. Una tentación de piel quemada, de carne femenina, de eterna juventud, de champán recién descorchado. Y estaba bien, todo estaba bien, a condición de que las cosas no fuesen esencia, sino existencia. Me molestaban las teorías, me agradaban los hechos.

Tiré el cigarrillo a medio fumar y, de repente, sin teorías, salí corriendo hacia la frontera zigzagueante de las olas. Ya en su borde salté, hice una pirueta en el aire y de una sola zambullida me bebí el Mediterráneo. Me apoderé de la antigüedad de su fábula. Me convertí en sangre de su sangre. Viví la evolución de lo creado. Toqué el venero del Ser. Reconstruí la Historia.

Pasaba el día. Un día más, perdido como tantos otros. Estábamos en la yema del huevo primordial, en el pezón de la eclíptica, en el zoco y centro de la encrucijada de todos los caminos de la tierra. Rodeados, además, de sol, de playa y de mujeres. Rodeados de ginebra, de pinos, de libertad, de la suave, hermosa, cómplice, ordenada y limpia relación que establecen entre sí los individuos desprovistos de moral o anteriores a ella. Existía allí, agazapado en la trastienda de aquel escaparate, lo que Julio y yo llamábamos, insistentemente, un *submundo.* Pero no entrábamos en él, no lo encontrábamos y en realidad, aunque nos tentaba y obsesionaba, ni siquiera lo buscábamos. Cuestión, evidentemente, de aturdimiento, de pereza casi filosófica, de febril inactividad. Éramos cantos rodados, piedras pulimentadas y traídas pasivamente hasta la arena por las olas. Moríamos con todas las mujeres y renacíamos por el gollete de todas las botellas, como el humeante genio del ladrón de Bagdad, pero nuestros amores y borracheras no pasaban del infantil o senil estado platónico. El sur, como una droga estupefaciente, nos vencía y detenía. Mejor el paso de las nubes que el esfuerzo de los músculos. Y aunque a veces, coléricos, nos insultásemos rabiando contra la desgana, los dos sabíamos que no había por qué preocuparse, sabíamos que aquello pasaría, que se trataba sólo de un compás de espera, que el mundo estaba bien hecho y que algo muy importante iba a suceder. A sucedernos. *Imantados,* sí. Imantados por y hacia un futuro inminente que nos alejaría de los cuerpos tendidos en la arena, nos impediría —quizá— el definitivo acceso al submundo y afectaría profundamente nuestro modo de ser y de estar, nuestras vidas, nuestras dos vidas, una de ellas —aún no sabíamos cuál— por directa participación, como la gracia según san Pablo, y la otra por complicidad y solidaridad. Esperábamos un caos, un diluvio, una babel, un incendio. El pico de un águila, la palabra de un dios. Vivíamos lentamente, a la contra, en sordina, aguardando el giro, la lluvia y el fuego. Vivíamos con languidez y sin prisas, abúlicos, perezosos, tirados en la playa, derrumbados en las hamacas, recostados en las terrazas de los cafés, escuchando sin movernos las desfallecidas canciones de Nat King Cole y bebiendo a menudo ginebra o coñac, casi siempre en ayunas y a palo seco. Al atardecer, ahítos ya de sol, paseábamos sin rumbo por el pueblo, o nos tomábamos unos *aspetones* —así los llamaban, aunque eran sardinas— en la freiduría de la plaza, junto a Correos, o mirábamos desde la altura la vieja fábula del mar, o discutíamos acaloradamente de cine, de toros, de literatura y de política. Y, naturalmente, esperábamos, seguíamos esperando el futuro inminente, la noticia que ya estaba en camino, la persona que ya se nos acercaba, firmes y seguros, comentando entre cigarrillo y cigarrillo los titulares de *Pueblo,* las cabronadas de los belgas en el Congo, la admiración de Hemingway por Joyce, las dos orejas cortadas por Antoñete en cualquier plaza del norte. De vez en cuando, por obligación, chistábamos a cualquier chica. A la más hermosa de las que subían, a la más bella de las que bajaban. Y de vez en cuando, muy de vez en cuando, yo creía morir al paso de unos ojos, pero me recobraba enseguida (o recobraba el cinismo) y en ningún momento sentía el corazón como una manzana demasiado madura. *Igual que entonces, cuando llegué ansioso de vida y de solitarios vuelos compartidos a las puertas de la Facultad, y leí en ellas:* **siste viator.** *Me detuve, efectivamente. Me detuve durante algún tiempo, doliéndome y recreándome en el castigo de las chicas con faldas escocesas y muslos de pura sangre. Me detuve en el bullicio del bar, en la tiza triste de las aulas, en los largos pasillos de azulejos. Pero aquel microcosmos no era el mío y tuve que ponerme en marcha. Recuerda el primer mandamiento: estar enamorado. Y el segundo: padecer la complejidad del mundo.* El sabor sin concesiones de la ginebra acentuaba no sólo mi seguridad, sino también, aunque no lo entendía, la sensación de espera.

Aquella tarde, como tantas otras, estuvimos escrutando el horizonte desde el mirador contiguo a la iglesia. Despuntaban y temblaban las luces de los barcos. Un hombre hecho costumbre hablaba del mar con sus hijos.

—Ahí tenéis el Mediterráneo. Los romanos lo llamaban Mare Nostrum.

—¿En latín?

—Sí, en latín. Significa *nuestro mar.*

—¿Era suyo?

—En cierto modo.

—¿Y dónde termina el mar?

No faltaban ni siquiera las gaviotas. Formábamos la postal de caramelo de sobre con que sueña el *ABC* de los domingos. Me creí en la obligación de sumarme a aquella apoteosis del lugar común y pregunté:

—¿Sabes cómo nos explica el mar la redondez de la tierra?

Julio saltó:

—¿Te estás volviendo idiota? Lo sé desde que hacía palotes. ¡Pues vaya una monserga! Ya sabes: que si distancias, que si catalejos, que si barquitos y que si mástiles que desaparecen tragados por el horizonte.

Y yo, al oírle, volví a la infancia y miré el infinito con infinito deseo y temor de que ese milagro se produjera.

Fumábamos mucho. No teníamos absolutamente nada que hacer. El sol había arriado ínfulas y velas, y todos los puntiagudos habitantes de aquel pueblo sin futuro ni pasado brujuleaban ya por los tascucios y los callejones. Nos regíamos, ellos y nosotros, los de nunca y los de fuera, por un horario sin patentar ni homologar, caótico, irreflexivo, disparatado, único en el mundo. La tarde —o la sobremesa de la comida— empezaba a las once de la noche en el Central y terminaba a la una en El Dorado con una copa entre los dedos, los ojos o los pies en la pista y, por dentro, la eterna (y eternamente inútil) esperanza de que cualquier plan imprevisto se nos viniera por fin a las manos. La una de la madrugada en aquel pueblo, foco y zoco de todas las mujeres de la tierra, coincidía con las siete de la tarde en Madrid, cuando los cines de la Gran Vía comienzan su jornada de sueños y atolones. Después, allí y aquí, venía la lucha o la rabiosa soledad.

Conque iba recostándose el sol sobre los barcos y el horizonte mientras Julio y yo nos aburríamos. Repentinamente decidí:

—Te dejo solo. Hasta luego.

A mi compañero de pobreza, aventura y esperanza no le sorprendían esos arranques. Nos parecíamos mucho, a veces, y disentíamos casi con encono en otras ocasiones. Subí por la calle de San Miguel, iluminada, llena de escaparates sin pudor, de tabernas y clubes americanos envueltos en músicas distantes y en mujeres cubiertas ya por el vaho nocturno e irreprimible de su sexo. Tropezaba con ellas, sentía su carne dura, metálica, simultáneamente laboriosa y perezosa. Y pasaba una y otra vez de largo. Compré cigarrillos, sentí la nostalgia de una pipa, me senté en el Central, pedí ginebra, desplegué el periódico, puse los pies en la silla de enfrente y comencé a sentir en el pecho —muy clara ya, muy definida— la suave lucha, la débil zozobra, el picante nerviosismo de un demonio que sólo con alcohol se amodorraba. ¿Por qué había de negárselo?

A las doce de la noche todo parecía perdido. Estaba bastante borracho y los demonios subían en tropel. Era el peor momento. Ya no podía acallarlos —imposible seguir con la ginebra— y, excitándose, me excitaban. *El demonio personal,* pensé. Julio llevaba un buen rato a mi lado, leyendo el periódico —tardaba siempre varias horas en hacerlo o en fingir que lo hacía— y con su ostensible taciturnidad me echaba en cara, a su modo, la inercia de mi actitud. Sabía, sin embargo, que era injusto, que yo no tenía la culpa. Ni él. Que nos limitábamos a esperar y que eso, tan antiguo, no podía acelerarse ni alterarse. Yo no era puro ni honesto, no conservaba mi plenitud, no mantenía mi integridad, no defendía el territorio y estaba ya herméticamente cerrado. Las mujeres iban y venían. Tal vez a la cama, tal vez a la arena, tal vez a su rabiosa soledad. La terraza del Central se había quedado vacía. Eran las siete de la tarde en algún sitio y, sobre todo, empezaban a serlo en la Gran Vía madrileña. Alrededor de mí, promiscua, sudorosa, se apretujaba la lucha de los sexos. Detrás de nosotros, ciega y sorda para el mundo, una mujer de edad —rubia, jadeante, recosida— enredaba sus rizos en el resignado lóbulo de la oreja del más joven de los camareros. Arriba, completando otra postal en tecnicolor, el cielo volaba hacia abajo, casi a ras de tierra, precipitándose sobre nosotros, y parecía —pensé sin decir nada— un cielo especial e inusual, cómplice, premonitorio, excesivamente grávido de estrellas (las osas, el dragón, el toro, el delfín, la hidra... Toda una fauna mitológica y volátil) con Aldebarán en el centro de su diana rasgando la túnica inconsútil y tiñéndola de rojo como un fogonazo de sexo compartido. Aldebarán, *Aldebarán errante,* o mi apuesta en solitario con su extraña intensidad evocadora de viejos personajes de la infancia. De héroes y de víctimas, de opulentos amigos y enemigos. De aquel Juan Carter, de Virginia, con quien tantas veces recorrí en duermevela las llanuras del Edén y los pantanos de Marte.

Aún no había transcurrido mucho tiempo desde nuestra brusca evasión, pero sí el suficiente para haber encontrado poco a poco y sin salir de la cuneta a un considerable número de personas conocidas. Las saludábamos, al verlas, vertiginosos y alegres, sin la estúpida sensación de que partir es morir un poco, lozanos, robustos, casi inmortales, con ese superficial aspecto de inteligencia que confiere la fugacidad, el ir de paso por las cosas. Julio y yo manteníamos una especie de esgrima o pugilato tratando de saber quién era más popular, quién conocía a más gente, quién llevaba a cuestas más espectros. Yo le había sacado alguna ventaja y aquella noche, inesperadamente, creció. Seguían siendo las doce, las doce eternas en punto, y nuestro aburrimiento no había disminuido. Julio cerró el periódico y se dispuso a encender el útlimo *vencedor* que nos quedaba. Sentí un hormigueo en el tobillo, me incliné para frotarme o rascarme, y luego, sin intención, porque sí, levanté la vista al cielo y pensé: *son las doce de la noche. Seguro que las brujas están ya montadas en sus escobas.* Y así era. Justo enfrente de mí, enmarcada con holgura por la desierta estación de autobuses, apareció mi undécima persona conocida, la que derrotaba definitivamente a Julio en el balance de nuestra respectiva popularidad. Me levanté titubeando, fui hacia el espejismo con una sonrisa a medias y le tendí la mano desde dentro, antes, mucho antes de que mis tendones y mis músculos iniciasen el movimiento.

—¡Laura! No te conocía.

Y era verdad. No la conocía. Tuve que hacer un esfuerzo de imaginación y de memoria, tuve que desprenderme de las brujas, de las estrellas y de Juan Carter, tuve que abandonar aquel afilado mundo y olvidar su correspondiente submundo para volver a Madrid, al barrio, a las costumbres milenarias, a los amigos prehistóricos. Tuve que regresar a lo de siempre desde lo desconocido. Tuve que encontrar su rostro entre miles de rostros, y traerlo desde miles de kilómetros, y pararlo en seco delante de mí, ya con su nombre y su vitola, con su etiqueta, con su ámbito, con todos los prejuicios y adjetivos que mentalmente le colgaba. Pero mereció la pena. Al cabo de unos instantes, cuando di por terminada la operación, supe que había ganado, que las sombras se disipaban, que conocía ya a aquel extraterrestre con perfil humano más y mejor que antes, y supe sobre todo que los prejuicios ya no existían y que los adjetivos se habían transformado irreversiblemente en sustantivos. O diciéndolo con más llaneza: me limitaba a conocer más y mejor su rostro, que desde tan lejos y con tanta dificultad había conseguido traer hasta allí, cobijado entre mis dedos. Mis dedos lo conocían. Y, sin embargo, a ella —repentinamente— había dejado de conocerla, había perdido mi noción anterior de su persona, había olvidado las líneas maestras que la situaban o enquiciaban dentro de un mundo tangible, entre determinados valores y horrores, junto a determinados individuos, al socaire de una determinada ideología y frente a unas posibilidades determinadas. O predeterminadas. Pero era o parecía, en todo caso, nueva, rematadamente nueva para mí y ya no supe qué decirle.

Preguntó:

—¿Qué diablos haces en este pueblo?

—Lo que todo el mundo, supongo. Lo que tú, seguramente.

Nos conocíamos muy poco. A través de terceros. Iba con dos jovenzuelas de aire vulgar, a las que sopesé y deseché en una ojeada. No se me ocurría qué decir y todo empezó a parecerme muy forzado. Pero supuse que existían unas cuantas preguntas convencionales y me creí obligado a formularlas.

—¿Llevas mucho tiempo aquí?

—Regular. Desde mediados de junio, aproximadamente.

—Entonces eres la decana del pueblo.

—No creas.

Lo dijo con sorna y, enseguida, me sentí sorprendido. Mis últimos recuerdos sobre su personalidad se vinieron abajo. Era ya algo no sólo absolutamente nuevo, sino —a la vez— incomprensiblemente deseable, quizá una compañera de fatigas y de amores con la que probar suerte y hacer camino, aunque eso sólo se me pasó por la cabeza como una simple, rutinaria y ortodoxa hipótesis intelectual. Silbé con mi aire más atractivo. Traté, seguramente, de impresionarla. Y puse, huelga decirlo, mi mejor cara de admiración y sorpresa: la que se parecía, según Rosa, al anuncio de no sé qué producto italiano distraídamente visto y no visto en un *filmlet.*

Y todo ello —el asombro— porque, entre tanto, Laura había añadido:

—Es posible que me quede a vivir aquí.

Y yo:

—¿Para siempre?

—Para siempre.

—¿Sabes cuánto dura eso?

—No.

—¿Y si te mueres antes?

Sonrió.

—No trates de parecer agudo.

Lo dijo como si fuese una vieja amiga o lo contrario: una novia de intenso amor. Sin agresividad. Invitándome, levantando barreras, descorriendo cerrojos.

—¿Dónde vives?

—En un apartamento, junto a la iglesia.

—¿Se ve el mar desde él?

—Sí. Desde la terraza. ¿Lo sabías?

—Lo intuía.

Trataba aún de impresionarla. No se me había olvidado la lección de que la naturaleza imita al arte. Estaba previamente convencido de que la realidad tiende a componer postales y suponía, en consecuencia, que una mujer así, en un pueblo como aquel y a mediados de julio, vive siempre de cara al mar.

Y era eso: una mujer. *Otra* mujer, entre miles. Una conquista a mi alcance, o al alcance de mi máscara, que repentinamente, en cuestión de segundos y por muchas razones, decidí no intentar. Pero la renuncia, aunque rápida, no fue fácil. Y no lo fue por culpa de ella, porque —simplemente— estaba allí y era así: con su risa todavía angosta, su pelo conmovedor y oscuro, y sus ojos erizados de peligro.

Renuncié, efectivamente, pero aún quería impresionarla. Con trucos viejos. Con frases ridículas. Con jactancia de hombre acostumbrado a gustar a las mujeres. Con ostensible, despreciable y ficticia seguridad.

—¿Qué te parece todo esto?

—¿A mí? Me parece muy bien, mejor que bien, sensacional, fabuloso, fuera de serie...

Tomé aliento y añadí:

—Lo que se dice un círculo de libertad.

Ya estaba exagerando. *Y no voy a seguir. No voy a explicarle que es el centro de todas las mujeres de la tierra. El cruce de todos los caminos. El mirador universal donde se vuelven visibles todos los mundos invisibles de la esfera.* No seguí, no dije nada. Era cierto, no quería frivolizar ni profanar, quería mantener hibernada aquella sensación, quería a toda costa —aturdimiento dulce y décimas de fiebre— mi enfermedad de esperanza, mi confianza en el advenimiento de algo que sólo me llegaría (si es que llegaba) por el cauce de la absoluta sinceridad. *Y también del valor, sí, del valor para lo que sea. Para lo que esté a punto de faltar o de venir. El valor, incluso, armado de paciencia, esa virtud odiosa.*

El tiempo se había detenido. *El tiempo debe detenerse.* Pensé en Huxley. La ginebra me sacaba punta, me ponía filo de alfanje de cegrí o, mejor, se lo ponía a las cosas. Al mundo. Y el mundo, con su agudeza metálica me hería. Me hería porque se me imponía, porque se me revelaba —en aquel momento— con insoportable lucidez. *¿Y qué lucidez, compañerito? ¿La lucidez que alcanzará el hombre un minuto antes de que termine el mundo?* Detuve la noria del pensamiento, sorprendido una vez más, y enseguida la puse en marcha. *Admitiendo, claro, que el mundo vaya a terminarse, lo que está por ver. ¿O no lo está? Qué importa. Aunque también podría tratarse de una lucidez distinta: no la del apocalipsis, sino la que precederá a mi suerte, no la del fin del* *mundo en general, sino la del fin de mi mundo en mi particular.* Sentía angustiosamente dentro la complejidad de lo creado. *De lo creado,* sonreí. *Hasta dónde me vicia la educación. De lo determinado, de lo legislado por la física.* Pero, con o sin sonrisas, la complejidad —la complejidad de *lo creado* o de lo que fuese— seguía botándome y rebotándome de intestino en intestino, por las honduras, como una pelota bicolor, sinusoidalmente azul y blanca, idéntica a la de mis juegos infantiles en el patio de la escuela lujosa y gótica donde nadie, en once años de vaivenes e insinuaciones, consiguió que me apeara de mí mismo.

Necesitaba muchas cosas —allí, frente a Laura— porque percibía muchas cosas. Y todas se me aparecían simultáneamente: el camarero y los rizos de la cuarentona, Julio en su trinchera, el negro marco del rostro que me hablaba, los ruidos, los olores, la luna en cuarto creciente, los mosquitos, las remotas carcajadas, los árboles, el vino de las botellas sin abrir, la música lejana de El Dorado y una aguerrida legión de intransferibles demonios personales.

Tantos demonios —su número resultaba verdaderamente excesivo— me vencían, me descomponían, me desdoblaban, me anulaban y remataban la faena clasificándome y distribuyéndome por los cajones de un archivo monstruoso. Todo se me perdía en él: los brazos, los labios, los movimientos de la lengua, la piel de la comisura de los ojos, la tensión del sexo. Y nadie se daba cuenta. Laura, sus amigas y Julio conocían sólo la parte de las cosas inmersas en el tiempo, pero éste se había detenido, como en la novela de Huxley, y yo —arrebatado a las pupilas del prójimo por la inmovilidad del reloj— necesitaba un gesto o un golpe repentino de sinceridad, necesitaba ferozmente el foco de la esfera, necesitaba lentitud y reiteración, espacio y tiempo, esencia y existencia, necesitaba alguna posibilidad, algún camino —oh, malvado Señor del Sinaí— para desbocarme, para expresarme, para transmitir o contagiar la angustiosa síntesis de universo que me agarrotaba. Pensé entonces, una vez más, en Juan Carter, de Virginia, que amaba la lucha, que era vulnerable e inmortal, que hincaba los talones de sus pies alados en la más escarpada altura de un potente precipicio californiano y miraba desde él la interrogación escarlata de Marte, sus ingrávidas llanuras, su silencio, sus mesetas núbiles, hasta que una tromba de energía lo levantaba, le daba velocidad y altura, y lo depositaba allí, en cualquier salitroso mar de Marte, a través de una encarnación milagrosa, pasando desde fuera del tiempo por entre osas, delfines, toros y constelaciones sin romperlos ni mancharlos, como *in illo tempore* lo hiciera la Paloma.

Pero el reloj seguía inmóvil y todo esto —mi angustia, el

cosmos, el salto estelar— no tenía a los ojos de nadie carta de existencia. Y nadie, por lo tanto, se enteró. Yo había dicho *un círculo de libertad.* Y un instante después hablé de nuevo. Nadie se enteró de nada, porque eran —según el cómputo del reloj— dos segundos sucesivos. Nadie percibió la cruel zancada que di, esparrancado, para salvar ese abismo abierto entre las muescas imperceptibles del reloj y para decir con aparente naturalidad, tragando saliva, otra hipérbole sin gracia ni justificación ni fuste, otra estupidez de niño de buena familia con pretensiones de vividor maldito. Y lo dije, para redondear el descalabro, agarrándome con tenaz desesperación a lo que ya tenía o creía tener: mi aire más atractivo.

—Intento degollar mi historia.

Laura esbozó (e inmediatamente contuvo) una mueca de asombro ante aquella explicación que no había pedido y yo cerré los puños con rabia. Era, probablemente, la última e inútil necedad de una jornada inútil. Y la culpa —estaba seguro— la tenían mis demonios, las fuerzas oscuras y vagamente cornudas que conspiraban contra mí. Ellos, y no yo, hablaron desde el fondo de su sima como por un hilo de teléfono que utilizase el altavoz de mi garganta. Y, por primera vez en su vida, jugaron con legalidad: me pusieron sardónicamente al desnudo.

Vacilé un momento. Creo que bajé la mirada, hacia los pies o hacia el fin del mundo, temiendo que los pantalones se me hubieran caído y que estuviese en paños menores delante de todas las mujeres de la tierra. Respiré aliviado, olvidé la ginebra, amordacé al demonio y sentí en el cuello el pescozón de Julio.

—Ya es hora de que nos presentes... ¿O no?

Julio, cuando estaba en vena, podía llegar a ser la persona más frívola del mundo. Y estaba. Se lo noté en el gesto, en la expresión del rostro y en la ironía. Se hallaba ante tres mujeres literalmente caídas del cielo y —remota o cercana— existía la posibilidad de irse a bailar con ellas. La cosa, desde que su mano peluda aferró mi cuello y lo zarandeó, no tenía escapatoria. Me hice a la idea y apuré de un trago el dedo de alcohol que aún quedaba en la copa. La ginebra pasó por mi garganta con un escalofrío y dejó luego un inquietante calor en el estómago. Un calor absurdo y temible, que seguramente había percibido ya en otras ocasiones, pero que no alcanzaba a recordar. *¿Será cirrosis? Y eso no tiene cura. Así murió Jorge Negrete.*

Me asustaba la enfermedad. Me asustaba desproporcionadamente la decadencia física. Y me asustaba, sobre todo, la posibilidad de morir joven. Pero no dije nada. Hubiera parecido ridículo. Tenía sólo veintitrés años.

Una puerta de doble hoja, que no llegaba al suelo ni al techo y que se abría hacia delante y hacia atrás, separaba El Dorado del resto del mundo. Julio, que se parecía discretamente a John Wayne y que además presumía de ello, disfrutaba como un pistolero borracho cada vez que se le ofrecía la oportunidad de franquear con los muslos arqueados aquellos auténticos postigos de *saloon*. Y a mí, por razones diferentes, también me gustaba El Dorado. Me gustaba porque era limpio, higiénico y mentiroso. Yo pretendía exactamente eso, mentir, y rodeado por las esquinas cortantes y burlonas de la sinceridad no lo hubiera conseguido. El Dorado no molestaba a nadie, porque no añadía nada, porque se salía de él tal y como en él se había entrado. Y producía tres sensaciones diferentes, aunque no opuestas y quizá complementarias, que a cierta hora de la noche resultaban agradables. O las producía, al menos, en mí (que no jugaba a ser John Wayne, como Julio, aunque por supuesto aceptase y representase otros papeles parecidos). Primero, al empujar con desenfado la puerta, era el pecoso y peligroso Larry Red King, hermano del buscavidas King Fisher, que entraba a tomarse un chupito de tequila para recuperar las fuerzas después de una dura jornada de trabajo en los jodidos raíles de la Union Pacific. Luego, al atravesar la sala, casi siempre vacía, con infinidad de nichos para las botellas empotrados en las paredes, me convertía en el canónigo Renan —réprobo y expulso— enjuiciándolo todo desde fuera con cacumen de pez inteligente y frío. Y por último, ya en la pista de baile, atestada, sudorosa, políglota y abierta al cielo por una enorme claraboya sin cristales, adoptaba la más original de mis posturas, la más intensa de mis miradas, la más suficiente de mis sonrisas y mi complejo de superioridad más triunfalista, arrebatador y viril. Y sólo entonces, dueño indiscutible de mi propia miseria, le pedía un brebaje al camarero, cogía la copa con elegancia, la sostenía entre el pulgar y el índice, y la hacía girar lentamente, como si estuviera preparando un filtro de amor. Y el amor, o su sucedáneo, llegaba en forma de mirada de mujer sorprendida in fraganti. Lo más difícil estaba hecho. Bebía entonces, brusca e inesperadamente, un trago corto, dejaba el vaso sobre la mesa, me acercaba a la elegida —a la más estúpida— y la sacaba a bailar. Ella, antes de hacerlo, me miraba con displicencia y yo descubría en el fondo de sus ojos el deseo de algo trascendental, la esperanza de un tifón que convirtiera su costumbre en aventura, aunque esa metamorfosis jamás estaría a su alcance. Y no había luz allí, entre nosotros, sino penumbra. Perdía ella, yo perdía y supongo que todas las parejas también perdían. En cuanto a mí, no alcanzaba el embrutecimiento ni la perversión. No me remontaba al mono ni descendía a Sócrates. Quedaba reducido, simplemente, al niño que hace bailar una peonza, y que la mira fijamente, y que se deja hipnotizar, y que escucha fascinado su runrún y que termina por ser —él también— peonza de colores vivos. Así, exactamente así. En mis primeros años infantiles pintaba dibujos abstractos sobre la parte superior y plana de las peonzas con un lápiz grueso de doble mina azul y roja. Después, con el cordón cuidadosamente enrollado en el cuerpo del juguete según los preceptos de una complicada liturgia, lo impulsaba con fuerza hacia abajo y aguardaba a que su punta roma de metal rebotase contra el asfalto y se durmiera a continuación en cualquier baldosa, con ese inconfundible ronroneo del gato que dormita sobre las medias de su ama. E, inmóvil, seguía mirando fijamente la peonza hasta que desaparecían sus dibujos, primero, y el color, después, y me quedaba pálido y asustado, pero sobre todo terriblemente vacío y *extranjero*, sin sensaciones corporales, como un resucitado o un hermafrodita.

Así, exactamente así. Bailaba muy mal, con mi estúpida mujer de turno estrechamente apretada, sintiendo en mi camisa, sólo en mi camisa, la distante punta de sus senos. Y lo perdía todo. Después de una pieza, o de quince, o de cien mil. A veces antes, a veces ya en el último momento, pero lo perdía. Me quedaba vacío, *extranjero*, sin sensaciones corporales, sin demonios, sin piel quemada, sin apabullante juventud. Nunca supe el porqué. Pero sucedía, sucedía fatalmente, y entonces dejaba de mentir, me sentaba muy estirado hacia atrás, con el respaldo de la silla en la pared, pidiendo copas y más copas al camarero y sujetándolas, cuando llegaban, con las dos manos. No volvía a bailar ni padecía la complejidad del mundo ni sentía la llamada agridulce del sexo entre las piernas. El día, por mi parte, estaba terminado.

A veces, acicateado por una injusta congoja de culpabilidad, aprovechaba esos momentos de vacío para pensar en Rosa. Prefería hacerlo así, deshabitado, para que su recuerdo no me afectara, no me contaminara, no dejara huella alguna sobre los casos y cosas que solían ocuparme. Y, aunque jamás cedí a la tentación, me habría gustado hablar con alguien de cómo era Rosa o, mejor aún, de cómo hubiese querido que fuera. De cómo lo hubiese querido en otros tiempos, quizá mejores, cuando sentía un postizo e ilusorio interés por ella, tangible y agobiador en su falsedad.

Pero Rosa carecía de importancia. No iban por ahí los tiros. Cualquier otro asunto, cualquier otra historia —a condición de que fuese personal— servía para el degüello. Podía, sí, pensar en Rosa, a la que tanto creí amar durante algún tiempo, o en aquella adamantina criada de mis padres (¿su nombre? Dolores, ay, *dolores*, con mayúscula y con minúscula, piedra de molino, de toque y de escándalo que vino a coincidir con la más feroz de mis innumerables adolescencias), o en una furcia oxigenada que sobre el altar de su camastro celebrase el rito propiciatorio del amor con la misma dudosa y forzosa fe que pone el sacerdote en la consagración.

¿Y por qué mujeres? Podía pensar en otras obsesiones o costumbres que mereciesen el degüello. Pensar en el canario que tanto quise, o en los amigos, o en los sucios cafés —con un recuerdo inútil perdido en cada taza— donde me sentaba a leer el *ABC* y a pensar que algún día, por decisión de los dioses fatales y de los demonios cordiales, me despertaría convertido en escritor.

Sí, podía en realidad degollarlo todo, y maldito lo que me importaba. Al diablo las fantasmagorías. Al diablo el niño que fui, el amor primero, los pupitres de la universidad y las novias burguesas colgadas de mi futuro. Al diablo toda vida que ya supiese a vivida. Nada de mi pasado podía tener relación conmigo. Degollaba a los ausentes, mataba a simples desconocidos, asesinaba con una sonrisa de filósofo en pernetas a un mandarín sin nombre en la lejana China y toda su inmensa fortuna pasaba a mí.

A mí, que en puridad no existía. Era un mito, un antifaz, una apariencia, una emboscada, algo que sólo desde lejos y por fuera producía sensación de bulto, de forma, de homogeneidad. Como un dios despedazado. Como un zombi con las tres virtudes teologales abandonadas en el hueco de los pechos de una mujer cualquiera. No había un yo y una circunstancia, sino mil circunstancias, y mi yo —o ese yo que sentía tan ajeno— era el infeliz resultado de multiplicar el uno por el infinito. Ni centro ni foco ni esfera, sino millones de puntos diseminados sobre una superficie a la vez cóncava y convexa, y —en cualquier condenado y disparatado lugar del mundo, yacente, exangüe— mi centro, mi foco, mi esfera, la bujía, el interruptor de mi unidad. Algo que no buscaba, que nunca había buscado y que jamás buscaría. Tarea inútil, revoloteo de mariposa centrípeta. Estaba al cabo de la calle, sabía que los centros y los focos —como el amor o la amistad— no se buscan. Se encuentran. Y yo no podía, ciertamente, encontrar nada. Me había convertido en una veleta que giraba al primer soplo de viento, en una veleta horizontal, sin eje, sin soporte, que flotaba en el cosmos sin ninguna conexión, sin sentirse unida a un tejado de pizarra, y por él a una chimenea, y por la chimenea a un hogar, y por el hogar a un perro, a una pipa, a un libro y a una mujer rubia

—rubia y feliz, rubia y sumisa, rubia y enamorada— que supiese leer el libro, encenderme la pipa y acariciar al perro como si de mi augusta persona se tratase.

Pero yo no existía, puesto que nada ni nadie existe sin relaciones ni conexiones. Yo —convertido en veleta horizontal con un gallo viejo en la nariz y una cola de plumas marchitas en las posaderas— me limitaba a levitar. Curioso éxtasis. Era un hijo legítimo de la contradicción del mundo, con nombre y apellido. ¿Jaime y los Argonautas? No. Era mil hijos de mil contradicciones, mil hijos ilegítimos procreados en el ayuntamiento salvaje de mil mundos. Y sentía a los mil botar en mi intestino como pelotas blanquiazules con los colores repartidos según una línea sinusoidal diabólicamente exacta. Pero cada pelota —ahí el horror— botaba en un intestino separado y diferente, en el intestino de mi cuello, en el de mis palabras, en el de mi presunción, en el de mis vísceras, en el de mi deseo. Y entonces, desesperadamente agarrado a ese punto de disolución, me preguntaba con sorna: *¿por dónde andarán mis intestinos?* Y me palpaba el bajo vientre o miraba al techo con el temor y la esperanza de que estuvieran colgados allí como ristras de ajos o chorizos. O metidos a la buena de Dios en palanganas, como los calamares en las tabernas de Noviciado, junto a la Universidad Central y los Billares Azul, dispuestos ya para ser nauseabundamente rebozados en harina.

Momento sombrío, cuando en el mundo no quedaba alcohol, cuando la carne era triste, cuando había leído todos los libros. Sin ángeles ni demonios, impuro, con la honestidad mancillada, cerrado bajo siete llaves. Yo y mil veces yo y mil circunstancias y, pese a todo, con ganas de vivir, boca arriba o entre insectos, intruso en el polvo o a la altura de las estrellas, como fuese, con la incorruptible sinceridad de las mañanas, y la abulia de las tardes, y el cinismo de las noches, y —siempre— con la piel morena, con el tirón del sexo entre los muslos y con el ácido alboroto de la ginebra en el paladar y en la sangre.

Julio, mientras tanto, cogía por la cintura a su pareja, frívolamente seguro de su ritmo y ajeno a mi reconcomio, y —abriendo su enorme boca— reproducía con precisión, sin un fallo, los sones agudos de *Mustafá*. Recordaba yo entonces, como alelado, la casa burguesa donde nací, las paredes de mi habitación (que se pintaban todos los años) y el cuarto de estar, con su gigantesco y prehistórico aparato de radio y la inevitable camilla de faldas verdes o marrones. Aquel cuarto —el de *estar,* porque allí no se *era*— parecía un globo, aunque jamás supe explicar ni explicarme la semejanza, y cuando se iba la luz, por tormenta o restricciones, mi madre traía un quinqué panzudo que yo, con mis dedos de niño, graduaba y colocaba sobre la camilla, y entonces, sólo entonces, con el globo transformado en esfera —¡al fin!— por aquel punto de ignición central, miraba fijamente el vudú de la llama hasta que perdía conciencia y tocaba fondo y rozaba el infinito y terminaba por ser yo también (o, mejor, el que fui) un poco llama y por sentirme maravillosamente ubicuo en el centro de la tierra.

Al quinto cubalibre El Dorado se convertía en un lugar sincero y las extranjeras bailaban alocadamente en la pista, a un metro de su pareja, agitando miembros y ubres, y nalgas temblonas en su artificial dureza, o al revés, quedándose casi inmóviles, flexibles, prietas, ansiosas, horizontales ya en su indecisa verticalidad de juncos. Y así hasta que daban las tres, hora en que El Dorado se disponía a echar el cierre, los camareros empezaban a quitarse las chaquetillas blancas y Julián, el más activo y el más viejo, se sentaba en cualquier taburete desocupado y cruzaba frases de circunstancias con sus vecinos sin perder de vista a los últimos bailones. Y era entonces, a condición de que mi abulia no hubiese acertado a encontrar un plan imprevisto, cuando me acercaba sin prisa a la danesa rubia del rincón, solitaria en su madurez y acogedora en su soledad, que jamás se negaba a nada. *Una mujer así, una mujer que no se niega, es alguien sin pasado y sin futuro. Con ella no necesito reconstruir toda la historia, sencillamente porque no tiene historia. Una mujer que no se niega, y que huele a licores secos, y que cruza las piernas de una forma tan original, es ciertamente una mujer agradable y digna de admiración. Mis más expresivas gracias, admirada Lothild.*

Aquella noche, no. Aquella noche éramos cinco y los cinco nos fuimos a El Dorado en busca de concordia, amistad y diversión. Julio, más frívolo y metementodo que nunca, se frotaba las manos: tres mujeres sin prejuicios (o tal se suponía) a su completa disposición. Yo quería portarme bien. Nos sentamos en una mesa redonda, lejos de la pista, y empezamos a conjugar los cinco toda clase de verbos en presente. Éramos jóvenes, nos sentíamos jóvenes y sabíamos que aquel ser y aquel sentir tenían tierra, amor y tiempo por delante. Ni prisa ni pausa. Pedí el penúltimo cubalibre y luego, de repente, me acordé de las normas.

Estaba sentado entre Laura y una de sus amigas, feúcha, efervescente, simpática, algo paquidérmica y, para mí, todavía sin nombre propio por desinterés, por narcisismo o por simple despiste.

Laura, en cambio, no sólo me interesaba, sino que además me atraía. Llevaba una blusa de arte figurativo, con mascarones y carátulas antropomórficas estampados sobre fondo multicolor, y una falda corta y estrecha, lo que inevitablemente la convertía en figura de cera con derecho a peana, rótulo y cristal blindado en mi inescrutable y recóndito museo de obsesiones y fetichismos. Tenía el pelo muy negro, los ojos claros, boca de adolescente y una nariz dura, casi granítica, como trabajada a cincel y arrinconada luego por el escultor en el desván de los cachivaches excesivamente perfectos. *Laura, Laura,* dije sin voz. No convenía pensar en ella ni, menos aún, describirla. Lo entendí en el acto. Estaba junto a mi cuerpo, burlona y atractiva, y con eso bastaba. Cualquier análisis me hubiera parecido superfluo. Narciso hasta el fin, no necesitaba forjarme una idea precisa sobre su personalidad. Tampoco sentía la tentación de inventarla. *Estaba,* sin más, y su presencia me vencía. O, de momento, me convencía, lo que casi era lo mismo.

Y, sin embargo, poco a poco, empujado por una curiosidad llena de trampas, iba descubriendo imperiosa y fatalmente su pelo, su blusa, su falda, sus ojos, su nariz y su boca. Pero lo hacía sólo por eso, por curiosidad, porque me sentía sorprendido, porque la conocía de antiguo y no la recordaba. Y así, a tientas, como quien busca por los cajones un calcetín desparejado, iba descubriendo partes aisladas de su superficie física, pero no me iba a sus honduras espirituales ni le colgaba a su cuerpo adjetivos que no fuesen obvios, ramplones, cantados e inevitables. Y esa actitud inédita contribuía a aumentar mi asombro, porque no parecía y no era lógica en quien —como yo— perseguía y rebuscaba siempre la originalidad a todo trance. *Narciso y Peter Pan, sí. ¿Qué pasa? No nacemos desnudos, cristianitos, sino con un carácter.*

Se trataba —entonces, al principio, sólo fue una sospecha que enseguida se convirtió en certidumbre— de una mujer madura (con menos de veinte años) y recelosa, muy recelosa, que se esforzaba en oscurecer su claridad, difuminándola y escondiéndola. Aún no me gustaba, pero me caía bien, y era natural. Su cuerpo parecía tan joven como el de cualquier otra. Bailaba moviendo los hombros con inocente sexualidad. Desprendía tibieza y cariño. Amor, no. O todavía no. A saber. Eso eran palabras mayores, toros de cinco yerbas y elefantes adultos.

—¿Qué quieres tomar?

—Tónica y ginebra.

El camarero lo había oído y no tuve que repetirlo. Cuando volvió, y fue enseguida, estaban tocando un cha-cha-cha.

—La ginebra es mi bebida favorita. O casi. Todo lo comprende, todo lo admite. Se asocia con cualquiera. Sabe a vermut con el vermut, a cocacola en un cubalibre, a limón en un *ginfizz*. Y a todos los mete en cintura, les baja los humos o lo que sea: el sabor pringoso al vermut, la falta de sexo a la cocacola, el...

Me interrumpió, cada vez más burlona.

—Entiendes mucho de cócteles.

—Entiendo lo que acabas de oír. Ahí terminan mis conocimientos. O, mejor dicho, no. Sé algo más.

Ahora el burlón era yo. Defensa propia.

—Leí una vez, en un libro de cocina, una receta que se llamaba *kiss me quick*. Sabes inglés, ¿no? Lo suficiente para entender eso...

—Sé inglés del todo.

—Es verdad. Estuviste mucho tiempo fuera. Me lo dijo tu hermano... Bueno, pues lo del *kiss me quick* tenía gracia y se me quedó, aunque yo no sé inglés ni lo voy a aprender nunca. Fue hace unos años, cuando entré en la Facultad. Había que echar unas gotas de angostura, o zarzaparrilla, o curaçao... Brebajes exóticos, de esos que sólo existen en los libros de cocina. ¿A ti qué bebida te gusta más?

Era una conversación intrascendente y algo desafiante, pero no la entablé con ninguna finalidad concreta ni modifiqué esa actitud —mi falta de malicia y de objetivos— durante el resto de la noche. Tampoco quería ya impresionarla. ¿Para qué, si me encontraba a gusto? Pasábamos el rato sin otras miras ni complicaciones. La alusión al *kiss me quick* fue espontánea y hubiera surgido igual delante de un amigo. En ningún momento pensé que ella, algún día, pudiera *besarme rápido*. En el fondo estaba deseando que Julio la invitase a bailar para probar suerte con las otras. Sentía la burbuja del sexo justo entre los ojos y la sangre alegre. Por los altavoces se dispararon los compases de un rock y fui yo, en definitiva, quien resignadamente me levanté para cumplir con una norma que no figuraba en mis planes.

Me precedía, sorteando cuerpos y mesas, y volviéndose de vez en cuando a mirarme. Ya en el borde de la pista, como si lo hubiera pensado y repensado cuidadosamente a lo largo del trayecto, contestó a mi pregunta.

—El *campari*.

Lo dijo mientras se acercaba, ofreciéndome las manos, y la abracé con fuerza, pero sin exageración.

—¡Qué casualidad! La más roja de las bebidas, la que más velozmente desata los demonios. También a mí me gusta mucho.

Hablé una vez más sin alevosía ni segundas intenciones, pero ella lo interpretó en otra clave y sonrió reprobatoriamente.

—Es una coincidencia agradable.

Subrayó con una pausa la cesura entre el sustantivo y el adjetivo, lo que sí era intencionado. Me sentía muy bien con aquella mujer alta y simpática, atractiva y burlona, que bebía *campari* y que a veces se ponía incomprensiblemente seria. El rock, sofisticado y brutal, seguía haciendo de las suyas. Todas las parejas bailaban sin arrimarse, con agilidad, desenvoltura y sentido de las distancias. Nosotros, no. Nos habíamos refugiado en un rincón de la pista, ajenos al ritmo, casi paralizados, como si tocaran un chotis o un fox lento. Me chorreaba la frivolidad por la piel. Y la ebriedad. Un negro y una extranjera —rubia, delgada, sexual, con la falda muy corta— empezaron a bailar en el centro de la pista. Lo hacían con fuerza y velocidad, meneando todo el cuerpo, agitando los brazos, lanzando las piernas al aire y recuperándolas luego en un zigzag de la música. Sudaban mucho y parecían haber perdido la conciencia de dónde estaban, de quiénes eran, de qué relación los unía o desunía. Las restantes parejas se fueron apretando poco a poco, en signo de diversión o —quizá— de respeto, y los dos bailarines en trance se quedaron solos entre un círculo de pies y de sonrisas. Me sentí conmovido y un poco impresionado. Aquel hombre y aquella mujer no parecían necesitar más de un minuto para reconstruir o destruir de sopetón la historia mordiendo a la vez la manzana de Adán. Por encima de los respectivos y opuestos tintes de su piel, de sus idiomas probablemente distintos, de sus palpables diferencias anatómicas y de lo que fuese, un lazo cruel y limpio los unía. No eran un negro y una blanca, un norteamericano y una francesa, un hombre y una mujer. Habían llegado más allá o mucho antes, habían subido de un empujón cincuenta millones de años, y para ellos, allí, no existía la historia ni la humanidad ni los sexos ni las pistas de baile ni aquel cruce de caminos inclinado sobre el mar y punto de encuentro de todas las mujeres de la tierra. Estaban, efectivamente, más allá de lo humanamente imaginable o recordable, pero no lo sabían. Estaban antes del mono, antes de la partición de los sexos, antes del trilobites, antes de que la genética hubiese impuesto su *creced y multiplicaos,* antes de las pezuñas de Lucifer, del pico de la Paloma y de las manos de Dios. Resucitaban (y revivían) el luminoso momento intemporal en que la materia percibió el primer chispazo del primer asomo de vida de la primera célula, su electricidad incontenible y absurda, su fulgor, su sinfonía del nuevo mundo, su inicial intención de movimiento, su caos, su órbita, su principio. *Y en el principio fue el gen, y el gen creó el mundo en siete días. Siete días para siete formas de existencia (y una —valor añadido— de esencia): los hombres, las mu-*

jeres, los animales, las plantas, el sol, la noche y el campari. Y el amor. El amor surgió el octavo día y su explosión fue ominosamente silenciada por los comentaristas. Lógico, más que lógico. Porque los hombres mordieron la manzana prohibida, y creyeron que lo sabían todo, y olvidaron que eran genes en evolución, gloriosos genes en marcha hacia un destino material y visible, y sobreentendieron —equivocándose— que eran dueños de un alma y de toda la eternidad, y llamaron dios al gen, y —postrándose ante su invisible vórtice— lo adoraron. Nadie supo que el amor nació el octavo día, cuando el hombre aún no había rebasado sus propios límites, y los aceptaba, y perseguía a Eva entre los helechos, y la hacía carne de su carne, demonio de su demonio y manzana de su manzana. Aquel primer hombre y aquella mujer primera, aquellos materiales de construcción limpios y conscientes, no necesitaban reconstruir la historia, porque la historia comenzaba en ellos y en su noche de amor.

Me sentía particularmente emocionado o, mejor, incisivamente sincero. Laura, junto a mí, sonreía con los ojos clavados en la pareja y en el centro de la pista. Los espectadores, nerviosos, jaleaban con las manos y las voces, se rozaban y observaban pegajosamente el cuerpo de sus acompañantes. *Imantados,* pensé. Yo, no. Yo asistía a todo aquello sin comprometerme, cauto y pasivo. Contemplaba aquella representación vanguardista del gran teatro del mundo y por una vez, por una sola, tremenda y admirable vez, no me sentía inmerso en la historia, ahogado por sus aguas, sino fuera de su alcance y de sus remolinos, aupado a una barca sin timón ni remos o agarrado a la cola de un helicóptero que volaba muy por encima del círculo de los relojes. Y de pronto, como aquella vez que me rompí el frenillo de la lengua en una mala caída infantil, o como si el cielo se desplomara íntegro sobre mi humilde cabeza, o como si el magma enardecido de las más remotas profundidades trepara impetuoso por mis venas, recibí de golpe, sin compasión ni aviso, la redonda y terrible bofetada de la realidad, convertida por fin en pura síntesis, sin datos, sin demonios, sin clasificaciones. Fue un instante, un solo instante sin tiempo. Y comprendí. Toqué el fondo de la fábula. Rocé el venero del ser. Me así al eje vertical de la veleta. Y escuché, cuando salía en busca de aire, la voz de Julio, que brotó a mi lado y dijo:

—Es fabuloso.

Yo asentí sin palabras. Y fue entonces cuando me supe unido a todo: a él, a Laura, a sus dos amigas, al pueblo y al conjunto de sus habitantes, a cualquier persona que en cualquier lugar del ancho mundo (o del angosto *submundo*) atinara a vivir sin prestar atención a los relojes.

Y fue, asimismo, entonces —después de aquella deslumbradora revelación de solidaridad— cuando se despertó en mí un odio frenético, inextirpable y absurdo hacia la francesa y el negro, que no estaban vivos, que no pertenecían ni al mundo ni al submundo ni a aquel cruce de todos los caminos de la tierra, que no eran propiedad del presente, sino del pasado o del futuro, y que debido a ello podían amarse o simplemente fornicar sin verse obligados, como yo, a subir penosamente por la cuerda de nudos de la historia. Miré así, con esa pupila nueva, a mi alrededor y los amé a todos, a todo lo que vivía, y se conjugaba en presente, y era tangible. Amé la juventud, el vigor físico y los cuerpos enlazados hasta el alba. Dejé de ser, momentáneamente, un solitario —tan solitario, desde mi infancia, como Sinuhé el egipcio— y me sentí, fugazmente, solidario de todos, porque todos —allí— carecían del centro de su esfera y tenían que recuperar y derramar a lo largo de cada noche de amor, y al hilo de un esfuerzo titánico, el esperma de hierro de la historia. *Movámonos,* pensé. *Nadie, ni tan siquiera Diógenes, puede vivir eternamente inactivo. Actuemos, actuemos, actuemos. Soy solidario de la materia. Y la materia se transforma, pero no nace ni muere. La materia es lo que es, sin necesidad de que Cecil B. de Mille la fracture en mandamientos. Soy solidario de la Creación y de su complejidad. Del pitillo que está encendiendo aquel fulano, y de la ola que llega a la playa, y de la película que un individuo cualquiera está viendo ahora en cualquier cine del mundo. Soy partidario de todos y de todo. Y soy su hijo, y soy su padre, y lo que ellos dicen me influye, y lo que imaginan me desvela, y lo que hacen me condiciona, y lo que yo hago les concierne y los determina. El chotacabras que trepó a un algarrobo el quince de mayo de mil cuatrocientos doce, y la cortesana de Eleusis que acomodó en su triclinio a un centurión borracho, y la tormenta que asoló el monte Ararat hace un millón de diluvios-luz y en la que tantos animales sin descendencia perecieron. Todo es Creación, todo es materia y con todo estoy comprometido. No sólo con mi país y con el siglo veinte. No sólo con el género humano. Comprometido y, además, responsable, hemingwayanamente responsable de cualquier tañido de campana. La inhibición es imposible. Pertenezco a la realidad y nada existe fuera de ella. Aquí nos parece disforme, múltiple, confusa, fragmentada. Desde el centro de la esfera, en cambio, no hay error posible. En él se ciegan y se cierran los ojos de las moscas. Pero alguien nos condenó alguna vez a no alcanzarlo jamás. A no comunicarnos. A no amarnos. A no...*

Detuve el flujo del pensamiento, miré a Julio, miré a Laura, miré a los bailarines, entorné un instante los ojos y reanudé la reflexión.

Excepto en un milagro, concluí.

Terminó la música, terminó el espectáculo lascivamente ofrecido por el negro y la francesa, y la gente aplaudió.

Cogí a Laura y a Julio por los hombros y los conduje suavemente hacia la mesa.

—Venid. Vamos a tomar algo.

La noté tibia, arrebolada, y dejé que la ternura me invadiera. Tampoco hubo en ello ninguna intención premeditada.

Se sentó, pasé junto a ella para alcanzar mi silla, tuve que inclinarme un poco y nuestras miradas se encontraron. Estuve a punto de decirle: *escucha las palabras de los comentaristas, de quienes escondieron los genes tras los dioses. Vendrá el Anticristo —escribieron— con su demoledora inteligencia y os hablará de certidumbres materiales. Pero no le escuchéis. Sólo el Espíritu existe. Con sus promesas intentará arrebataros el corazón y convenceros de que los únicos dioses son las leyes de la física. También querrá explicaros el misterio del amor como la chispa de dos cuerpos —pedernal y yesca— que chocan y se encienden entre sí. Recordad que no hay misterio en el amor, que nadie creó el amor, que el amor no existe. Que sólo existe el deber de la reproducción y de la fundación de una familia. Recordad, sobre todo, que no hubo octavo día.*

Pero no abrí la boca. No lo hubiera entendido. O no lo hubiera entendido así, allí, en aquel momento. Contuve mi contrariedad y mi entusiasmo. Reprimí la tentación. Me habría gustado compartir con ella el principio de relatividad, recorrer a su lado el laberinto de la duda metódica, enseñarle la ley de gravitación universal y revelarle lo que sucedió el octavo día. Sin segundas. Por solidaridad. Me sentía carne de anticristo.

Pero no abrí la boca. No lo hubiera entendido. Me incliné un momento, nuestras miradas se cruzaron y seguí hasta mi silla. Algún tiempo después, cuando ya parecía haberse desvanecido la tolvanera furiosa que contra pronóstico y durante varios días prolongó la situación creada por aquel encuentro trivial, evoqué este desesperado impulso de comunicación y llegué a pensar que tal vez, por encima del silencio y de su conciencia, la gravedad misteriosa de su ternura y de su mirada me habían comprendido y compartido.

Durante el resto de la noche no pasó nada digno de mención. Laura se puso a bailar con un extranjero de indignante apostura. Apenas la volví a ver. Yo no era precisamente un virtuoso de los ritmos afrocubanos y ella, sí; ella salía airosa incluso del charlestón, que otra vez se estaba poniendo de moda. Para mí, como para casi todos mis amigos, bailar significaba estrechar entre los brazos a una mujer y el resto era estupidez de anglosajones. No me gustaba la música y menos aún el tejemaneje del bailoteo, pero podía sentir el encanto de la piel femenina erizada por las notas de una canción sentimental y suponer que el crepúsculo, en tales casos, subrayaba favorecedoramente al carboncillo el perfil de nuestras figuras recortándose contra él. Tampoco me importaba sumergirme de vez en cuando, y con la debida cautela, en el vértigo ramplón y artificial de las músicas modernas, frívolas, monótonas, tremolantes y vagamente parecidas al acto de la fornicación. Pero mi torpeza me irritaba y aquella noche no quería irritarme. Quería resultar simpático, inteligente y bondadoso. Quería divertirme, ser feliz y hacer feliz a los demás. A aquella chica de silueta indefinidamente elefantiásica, por ejemplo. Podía jugar a *boy-scout* y hacer mi cotidiana obra de misericordia.

La miré con recelo. Tenía la piel blanca, profunda y angustiosamente blanca, a pesar del implacable sol que machacaba y estrujaba el pueblo hora tras hora y día tras día. *Tendrá leucemia,* pensé. Y me estremecí por la aprensión. *Pero eso no se contagia.* Gloria, la pianista, que parecía tener un millón de dedos y con la cual compartí, casi inadvertidamente, más de un entreacto crucial de mi adolescencia, me decía siempre que andando el tiempo llegaría a ser un hipocondríaco. Y aunque se equivocaba, cosa que nunca llegó a saber, me lo decía tan de cerca, tan al oído y con unos ojos tan desatinadamente azules, que yo terminaba por creerlo o quizá sólo por aceptarlo, de la misma forma que aceptaba su romanticismo un poco cursi, su falta de entereza y su sensiblería ideológica.

Al carajo las mujeres débiles, y las maternales, y las que lloran a menudo. No me gustan las mujeres que tienen hijos. No me gustan las mujeres de manos blandas, o de nariz aguileña, o de tobillos gordos. No me gustan las mujeres fieles, ni las constantes, ni las hacendosas, ni las que fundan un hogar. Y, sobre todo, no puedo sufrir a las mujeres lechosas y a las que llevan un nombre compuesto. Esta amiguita de Laura, para colmo, se llama Marisol.

Pero daba igual. Bailé, bebí y hablé con ella. Fui simpático, inteligente y bondadoso. Tenía un lunar francamente desagradable en el cuello, justo allí donde —caso de atenerme a las normas— hubiera debido besarla con disimulo al compás del dos por tres. Un lunar bermellón, proteico, peludo y rampante. Un lunar posiblemente obsceno, además de hediondo, pero desprovisto de lascivia. Recordé otros lunares y, sobre todo, por más reciente, el que señalaba como un mojón o un verraco la embocadura del valle de los pechos de Marta, mi última conquista fácil y fútil. Era puntiagudo, leve y circular. Me estremecí al recordarlo. *No compares, hermanito, no compares.* Y seguí la bola.

Fundimos una hora más allí, deslavazadamente, sin pena, sin infamia, sin gloria. Como tantas otras noches. Los demonios se habían ido a la cama, bien arropados, y soñaban ya con los angelitos. El corazón, esa manzana demasiado madura, se había convertido en cepillo de dientes, o en algo peor, y roncaba como un peluquín otoñal entre las tristes burbujas de un mejunje concebido para velar el churretoso sueño de las dentaduras postizas. Un corazón de oro, duro y sin diástole, hermético, preciso, fabricado e instalado por un dentista. *Con anestesia,* supuse. La perspectiva me horrorizó. ¡Un corazón postizo y anestesiado! Para reanimarme, y a costa de plagiar a uno de los poetas de mi infancia (¿o era un filósofo?), repetí muchas veces en sordina: *el mundo está bien hecho, el mundo está bien hecho, el mundo está bien hecho...*

Marisol parecía sueca. No hubiera sabido explicar por qué. No era excesivamente rubia ni pronunciaba mal las erres ni se acostaba todas las noches con un villano distinto. Tal era, al menos, la descripción oficial de las suecas propalada por los villanos y vigente en el litoral del país, aunque no tierras adentro. Pero una vez más daba lo mismo. Yo, en cualquier caso, no me habría acostado con ella, con Marisol, ni a empujones. No me gustaba. O, mejor dicho, no me gustaban las suecas en particular ni las nórdicas en general, aunque rara vez me atreviera a suscribir esta opinión heterodoxa en público. Me gustaban en cambio, y a rabiar, las españolas, pero sólo si se proclamaban libres de prejuicios y obraban en consecuencia. No había muchas, pero sí algunas. Las suficientes, en contra de lo que casi todos mis paisanos creían. Españolas de pan tocar, tiernas, fuertes, moralistas, morochas, combustibles y, en cuanto tal, de pronto, incandescentes. Un polvorín. Calavera, tibias cruzadas y peligro de incendio. Podían resultar tan tórridas, inflamables y febriles como la arena de la playa comprendida entre los tenduchos y los toldos. Y había también en las relaciones con esas mujeres, como en el ejercicio de atravesar descalzo la playa desde los últimos pinos hasta la línea del mar, tres momentos, tres fases o tres zonas perfectamente delimitadas. Al principio era como meter el resto en el póker con tres ases y dos damas en la mano: la misma sensación brujuleante y picante, regocijada por dentro y adusta o solemne de facciones afuera. Después, cuando la historia se desmoronaba de un mazazo y los cuerpos se transformaban en destinatarios de sí mismos, era como ser el Cid sobre el lomo de *Babieca* y con la *Tizona* en ristre. Y por fin, cuando me incorporaba y con esa leve maniobra, con ese acto de apoyar las manos en la escocida sábana y de empinar un poco el tórax, pero no el abdomen, en varonil postura de leona herida, y de mirar con nobleza y desde dentro el fondo de los ojos de mi amante, reconstruía sin emoción la derribada historia, entonces, sólo entonces, empezaba la tercera fase, el tercer momento, la última y fugitiva zona de nuestra promiscuidad feliz y vulnerable. Y era como dormir después de haber vivido o como fumar un *vencedor* mirando al techo.

A las tres y pico de la alta noche ya no había nadie en El Dorado y muy discretamente nos pusieron en la calle. Habían recogido las sillas y las habían ordenado de dos en dos, una encima de la otra, asiento contra asiento, como prostitutas viejas y cansadas que en señal de rebeldía hiciesen cochinamente el amor en posturas invertidas.

En El Dorado —todos lo sabíamos y lo decíamos— había un misterio, un misterio de *ausencias*, esto es, faltaba algo, un factor indefinible, y en aquel momento —cuando ya nos íbamos hacia la puerta de John Wayne entre camareros soñolientos, servilletas arrugadas, sillas procaces y copas con los bordes manchados de carmín— lo descubrí (o lo definí). Faltaban *colores*. No existía, en efecto, la más mínima sensación cromática a nuestro alrededor. No se veía ni se *sentía* el color rojo, que conduce al lecho, ni el color azul, que se percibe en el paladar, ni el color verde, que se cuela como un escalofrío en la rabadilla y sube por la médula espinal. El aire estaba lleno de olores y, por supuesto, de sabores: a piel quemada, a sexo sudoroso, a axila nórdica, a salitre... Pero no se percibía ni el poso ni la huella ni la sombra de un color, de ese color intrínseco y central, que no se pinta, que no destiñe, que es una destilación del espíritu y un cauce para expresarlo.

Después de pagar la cuenta, que fue de lujo, hice cálculos y descubrí risueñamente que nos quedaban treinta duros escasos en el bolsillo. *Pues qué bien.* El asunto había dejado de preocuparme. Sólo es pobre, decían en mi colegio, quien tiene algo que perder. Incluso sentí cierto orgullo, cierta arrogante esperanza de salir con vida del atolladero a pesar de todo. *En el siglo veinte nadie se muere de hambre.* Pero sabía que Julio reaccionaría de forma menos filosófica, o más responsable, y le comuniqué la noticia.

Agitó los brazos. Puesto a exagerar no le ganaba nadie.

—¡Pero es terrible! ¿Qué vamos a hacer ahora? ¿Cómo vamos a comer mañana?

Me encogí de hombros.

—No me seas mexicano, Julio, que has nacido en Canillas. Latinízate un poco y vive el presente. ¡*Carpe diem,* cojones! Mañana no es problema. Tenemos monises más que suficientes para llenar la tripa. Y después nos queda el recurso de la grasa acumulada. Ñam ñam y a reducir michelines. Creo que la cosa da para quince días. Lo leí una vez en el *Reader's Digest.* Y de aquí a entonces, o ha llegado el giro o hemos descubierto el sistema para meter los rayos del sol en píldoras.

Pero las grasas almacenadas no debían de ser muchas, porque llevábamos más de una semana prescindiendo de la cena por motivos obvios. Y sórdidos: el vil metal. Habíamos comprobado que la ginebra quitaba el hambre. Y nos la quitábamos así. Como los señoritos. Yo, al fin y al cabo, venía de familia burguesa y en mi casa nunca me había faltado yantar ni catre. Tenía asegurado un mínimo vital. El dinero, poco o mucho, que llegaba de una forma o de otra a mis manos era un excedente, pura plusvalía, algo sin dueño y sin valor, billetes del palé que podía repartir a mi antojo, sin que ninguna necesidad fisiológica me obligara a gastarlo para cubrirla. Y a Julio, aunque con menor intensidad, le sucedía lo mismo. Vivíamos en un mundo de cosas y hechos contingentes. Nos dolía tirar el dinero comprando comida o alquilando una habitación. A no ser que se tratara de algo especial e inusual, de un perifollo, de un capricho, de una columna corintia. Ginebra de importación, sí; pan con chocolate Matías López, ni hablar. El dinero era como el confeti en las fiestas. Con ese talante arrojadizo lo gastábamos y con esa condición, implícita y explícita, nos habíamos embarcado en aquel singular viaje. Singular, precisamente y entre otras cosas o imprevistos, por lo que tenía de innecesario.

Laura, siempre burlona, intervino:

—Pero ¿a vosotros os preocupan las pelas? Tanto presumir, y mira... Prejuicios burgueses.

—¿Prejuicios? No digas bobadas —fue él, Julio, quien se echó al trapo—. El dinero es maravilloso, uno de los grandes inventos del hombre. El mejor, quizá. Nos abre todas las puertas. ¿De qué sirve la juventud sin un puñado de parné en el bolsillo? ¿De qué nos serviría este pueblo, y la playa, y tu blusa, y mis mocasines, y El Dorado? Yo mido las cosas por lo que cuestan. ¿Quién parió la chorrada de que todo necio confunde valor y precio? ¿Don Antonio Machado? Pues que lo ondulen. Yo soy un necio así, y a mucha honra. Lo caro es bonito y dura una eternidad; lo barato es feo y se escachifolla antes de deshacer el paquete.

Excepto si son libros de lance, pensé. *Las mañanas de domingo en el Rastro, con unos duros de más que terminan yéndose en cazalla. Y los amigos de entonces: Juan, el Pibe, Roger, con su va-*

lleinclanesca barba calvorota. 12 de octubre de 1492. Discusiones, fideísmos, aventuras, descubrimientos. Alba de América. Mi manigua particular después de once años de colegio. La primera esperanza, la primera ruptura, la primera insurrección. Y luego, día tras día, la derrota, los grilletes en el pañol de una carabela, el regreso a la corte, los títulos y las golillas, el desangelado convencimiento de que no hay vía de escape, de que venimos al mundo con las esposas puestas, de que la rebelión es pasto exclusivo de los sueños.

Julio seguía con su perorata.

—¿Sabes lo que te digo, lista, más que lista? Pues te digo que la belleza es siempre relativa y que el dinero nos sirve, precisamente, para medir esa relatividad y elevarla a absoluta. Por eso estoy a favor del dinero, por eso le estoy agradecido: porque me facilita un camino para llegar a las cosas, porque las traduce a cifras y les da un valor concreto que soy capaz de entender y de medir matemáticamente. Te repito lo de antes: ¡vaya un invento! Seguro que su autor durmió en paz aquella noche.

Pasión y alcoholismo agudo. Que hablase. Nos habíamos agrupado y detenido junto al mostrador, con el camarero respetuosamente a la espera de que Julio terminara de desahogarse. Pero Julio, sordo al reloj y a las circunstancias, seguía y seguía, embalado como un cohete.

—Y además, chata, a ver si te enteras de que el dinero construye barricadas entre el mundo y los hombres. Barricadas de poca altura, eso sí, fáciles, muy fáciles de saltar, pero barricadas que te encorajinan y te ayudan a estar vivo. ¡Fíjate tú lo que sería, por ejemplo, llegar a Horcher, y sentarte en la mejor mesa, y pedir lo que te diese la gana sin soltar un chavo! ¡Qué aburrimiento! Iban a aumentar los suicidios. ¿No te das cuenta de que si todo fuera gratis perderíamos la voluntad de lucha y a lo mejor, o a lo peor, hasta la mismísima tristeza? ¿Y cómo vamos a vivir sin tristeza? Sin tristeza no hay alegría. Necesitamos el dinero como necesitamos que nuestros trajes se rompan alguna vez. Necesitamos el dinero para ir a bailar con chicas como tú, y quedarnos sin blanca, y volver a casita silbando y pisando la luna en los charcos de la calle.

—Ya está bien, ¿no? Cierra el pico y vámonos a pisar la luna. Fantasma, que eres un fantasma,

Lo dije yo. Laura, conciliadora, aportó una pila de paños calientes.

—Os puedo prestar algo, si tan mal andáis... Me siento un poco culpable de vuestra ruina. Quinientas pelas, por ejemplo. Ya me las devolveréis cuando llegue el giro.

¿Lo ves? Nadie se muere de hambre.

Me entraron ganas de corear a Julio. Tenía razón. El dinero, sí. Los entrañables billetes de mil, tan verdolagas como un prado suizo con vaquitas, zuecos, botes de Nestlé y cumbres nevadas. Los de quinientas, tan azules que se pegan al paladar. Los de cien, con su capa la pardilla y sus absurdas mujeres de Julio Romero de Torres apoyadas en un cántaro o bien, en otras versiones, con sus no menos absurdas escenas cortesanas de Bayeu. Y, por fin, últimas en el escalafón, las humildes y caritativas monedas de diez duros, de cinco, de uno, de medio, de peseta, de dos reales y hasta de diez céntimos... Cosas y cifras de España.

Salimos de El Dorado y nos detuvimos, titubeantes, a la altura del bordillo de la acera, frente a la calle despoblada y pintada de ese color no exactamente gris que anuncia, con muy pocos minutos de adelanto, el imperceptible despuntar del sol. Y pintada también —la calle— con esa otra tinta o matiz castaño húmedo del amanecer, como si en una época ya lejana hubiese llovido y todos, menos el aire y la geología, lo hubieran olvidado. En aquel pueblo olía intensamente a jazmines, pero su perfume —a esa hora— quedaba fuera de nuestro alcance, brutalmente separado de las fosas de la percepción por la tierra de nadie que se interpone, vestida de madrugada, entre la oscuridad y la luz.

Me creí obligado a rechazar el ofrecimiento de Laura. Las mujeres, en principio, no tenían dinero. Era otra norma.

—Ya veremos más adelante. Esta noche, no. Sería inútil. Nos las apañaríamos para encontrar algún sitio abierto y volveríamos a quedarnos a la luna de Valencia.

Hice una pausa y, con evidente escepticismo, añadí:

—Y a lo mejor mañana llega el giro.

La otra amiga de Laura, la que no era Marisol, la que nunca volví a ver y de la cual, por lo tanto, nunca llegué a saber el nombre, habló. Y me sentí sorprendido. Parecía como si toda la conversación —y no sólo la conversación... También la noche, el baile, los presentimientos, el cansancio y el regreso— hubiera sido de Julio, de Laura y, sobre todo, mía. El timbre de aquella voz intrusa llegaba de muy lejos y mi atención no conseguía agarrarse a él. Hablaban las cuerdas vocales de un robot.

—¿Hacia dónde vais?

—Hacia donde vosotras. Os acompañamos. Si no os molesta...

—¿Por qué nos iba a molestar?

Laura dijo:

—Me quedo a dormir en tu casa, Marisol. No me apetece bajar ahora hasta el apartamento y, además, no hay nadie allí. Me da miedo dormir sola.

—¿Tampoco está Marisa?

—Tampoco. Se ha ido de excursión a Ronda.

—¿Cuándo vuelve Santiago?

Laura protestó:

—¡Si se ha marchado ayer!

—Creí que llevaba fuera desde el domingo.

—No. Retrasó el viaje. Lo retrasó todo lo que pudo.

—¿Para estar más tiempo contigo?

Se rieron. Julio y yo, hipócritamente respetuosos con las vidas ajenas, no habíamos intervenido en la conversación. Y aunque tuve ganas de saber quién era y qué diantres pintaba allí, en el apartamento de Laura, aquel dichoso Santiago cuya marcha casi había coincidido con mi aparición, cerré la boca y me porté como un hombre.

La morosidad me agarrotaba. Estaba encolado al bordillo de la acera. No quería ni podía marcharme y, entretanto, jugaba con la punta del pie en el hilillo de agua que corría hacia la reja del alcantarillado. Todo —las tres mujeres, Julio, la calle, el color castaño húmedo y el imperceptible minuto en que por sorpresa despunta el sol— llegaba hasta mí con insoportable lentitud, reiterativo, insistente, tedioso y forzado. Pero, al mismo tiempo, y sin saber por qué, me apoyaba en esa situación y me agarraba desesperadamente a ella.

Marisol vivía a un paso, en la plaza. Fuimos cansinamente hacia allí. El balcón de su apartamento estaba sobre el rótulo de una mercería y era antiguo, de baldosas melladas y barandillas de barrotes abullonados. Imaginé a las dos mujeres dentro. Iban a dormir juntas. *¡Oh, abandonado!*

—Supongo que nos veremos en la playa cualquier día de éstos...

¿Conque así andaban las cosas? Recogí el guante:

—Seguro que sí.

No nos íbamos, no terminábamos de irnos.

—¿A qué playa soléis bajar?

—A la de La Roca. Es mejor y me pilla más cerca.

Lo dijo Laura, hablando en singular.

—Nosotros, no. Preferimos la otra.

—¿Montemar?

—Sí. Está menos urbanizada.

—O es más cerril. Según lo mires.

Opté por cortar.

—De todas formas nos veremos. En la playa o en cualquier parte. Buenas noches.

Estaban regando. Encendimos el penúltimo *vencedor* de la jornada y tiramos calle arriba con pasmosa lentitud. Julio reptaba por una acera; yo, arrastrando los pies, por la otra. Quería hacer ruido, un ruido que diera fe de mi existencia. Poco a poco me fui rezagando. Llevaba la mano izquierda metida entre el borde del pantalón y la carne, algo corrida hacia atrás y muy pegada al cuerpo. Era una de mis posturas favoritas. O eso, al menos, decía Rosa. Con la mano derecha sujetaba el cigarrillo. El pensamiento, entretanto, deambulaba por paisajes de alta tensión.

Vivíamos en la parte alta del pueblo, en un chalet blancuzco y anticuado, de dos pisos, con un jardín angustiosamente estrecho, un perro ladrador y una verja puntiaguda. Pertenecía a un matrimonio costroso —aunque ni siquiera de vista conocíamos al marido— rodeado de costrosos niños por todas partes. La castellana de tan palaciega mansión parecía ni más ni menos que una bruja, pero una bruja benigna, de las que no han podido llegar a hadas por carecer de cabellos sedosos, maneras suaves y campanillas de cobre.

Para llegar al chalet había que subir una calle arisca, casi vertical, encajada entre dos cunetas muy profundas, cerrada a derecha e izquierda por altos muros de cal y con un monte pelado y callado al fondo. Algún alma caritativa había tenido la ocurrencia de construir una fuente en lo más empinado de la cuesta y allí, noche tras noche, con precisión de relojero, se detenía Julio a echar un trago y a ponderar las virtudes del agua fresca siempre con los mismos adjetivos, lo que fatal y cíclicamente me exasperaba. Y me exasperaba no tanto por la monotonía del vocabulario como por la evidencia de que aquello era, en toda la extensión de la palabra, una *costumbre*. ¿Y no nos habíamos ido de Madrid justamente para renunciar a las costumbres?

Pero mis críticas daban en hueso. Julio, invariablemente, arrimaba el hocico al herrumbroso caño, bebía con generosidad y largura, tomándose su tiempo, alzaba después la jeta de guardia rural de Wisconsin salpicada de gotas y hacía chascar la lengua con un gesto y un sonido que, enfureciéndome, se incrustaban como salivazos de leproso en mis modales de principito madrileño e indígena del barrio de Salamanca.

No ocurrió nada de particular en aquel fatigado regreso, nada que pudiese dejar huella alguna en la memoria. Sentíamos el peso de la lengua entre los dientes, el culatazo de la cuesta arriba y la cobarde deserción de los demonios. Deseábamos encontrar la cama y el sueño cuanto antes, pero manteníamos una pueril apariencia de lentitud, jugando el uno frente al otro con miras a demostrar una obstinación y una fortaleza de las que en aquel momento carecíamos. La mitad superior de nuestros cuerpos se inclinaba con suavidad hacia delante, pero los músculos de las piernas sujetaban tercamente la compostura sin acelerar el ritmo. Nos espoleaba el tirón telúrico del monte planetario y nos frenaba, como un aparatoso y amistoso perro lanudo, la sensación de juventud insatisfecha que al despertar recobraría de nuevo su esperanza.

¿Una noche cualquiera? Sí. Una noche cualquiera. Las conocía al dedillo, como si por enésima vez me reincorporara al mundo saliendo de entre las piernas jadeantes de Lothild o como si un antiguo poema de la infancia me subiera a los labios frente a la ancianidad del mar. Yo tenía mis mitos personales, estaba hecho con su materia, con su embriaguez, con sus metáforas, con su lenguaje críptico, y aquella noche, junto a mi mejor compinche, *tiznado por la pena,* cabizbajo, los olvidaba y traicionaba. Peor aún: sentía la necesidad de forjarme otros nuevos, pero no a solas, sino apoyándome con firmeza en la realidad. Por eso estuve a punto de romper la frontera del silencio, pero como siempre me contuve. Pudo más el escepticismo de costumbre que el insólito deseo de comunicación. Aleteaban, sin embargo, en torno a mí imágenes e ideas que no eran mías o que, por lo menos, nunca lo habían sido hasta entonces. Se me escapaba entre dientes, con insistencia, una frase del *Eclesiastés*, oscura, agobiadora, relacionada con verdades desconocidas y temibles: *importa más el fin de algo que su principio.* Y percibía en mí —lo que también era nuevo— una extraña capacidad para la renuncia, para la renuncia a una promesa cuyo alcance ya no me sería posible medir nunca.

Pero nada es más fuerte que el carácter y el carácter consiguió que la procesión fuera por dentro, sólo por dentro. No dije una palabra. Ni siquiera me quejé cuando Julio montó su circo en la fuente. No abrí la boca. No traté de explicarme. Subí solo.

Al llegar a lo alto de la colina adelanté a Julio, no volví la vista atrás, doblé mecánicamente a la izquierda, empujé el quejumbroso portalón del jardincillo del chalet, pisé la grava y llamé con valentía al timbre. No teníamos llave y, noche tras noche, o amanecer tras amanecer, nos veíamos obligados a despertar a la bruja, que a los pocos minutos —desgreñada y en camisón— nos abría las poternas de su castillo con gestos de Frankenstein. La maniobra, generalmente, me avergonzaba un poco y removía algún postrer escrúpulo perdido de mi impecable educación.

Aquella noche, no. Aquella noche no lo pensé siquiera. Saludé a la bruja con sequedad, me despedí con laconismo y subí al cuarto por la angosta escalera de baldosines amarillentos que rara vez veía la luz del sol. No entré en el baño. No me volví para comprobar si Julio me seguía. No eché de menos la presencia de una mujer. No hice un solo gesto innecesario. Me despojé de la ropa y la abandoné junto a la cama. Me descalcé. Permanecí un instante con los pies en el suelo, empapado de relente, y dejé que el frescor me subiera a la cintura. Y fue entonces, allí, sacudido por la frialdad y la humedad, cuando me hirió el misterio. Un misterio importante, difícil de ignorar, fácil de resolver. Un misterio de cabecera, genuino, virgen, delicado, como aquellos enigmas de la infancia, cuando aprendí a escribir y averigüé de pronto el mágico valor de las palabras, o cuando bruscamente modifiqué mis ideas sobre el otro sexo, sobre la Mujer, que ya nunca volvió a parecerme un cuerpo identificable y palpable en el espacio, sino una atmósfera cargada de emoción, una metafísica, un caldo de cultivo para alimentar mi ego, calentar mi casa, fabricar a Penélope e intentar la aventura de Juan Carter. Y eso fue todo. Sentí el acerado, flexible, sigiloso filo del misterio e inmediatamente me senté en la cama, levanté las piernas, las extendí sobre el colchón y hundí la cabeza en la almohada.

Tardaría, como mucho, un par de minutos en dormirme. Pero durante ese breve lapso de tiempo, mientras los músculos se me aflojaban y los ojos se estrellaban contra el techo, una antigua frase de un antiguo y gran poeta subió de mi memoria a mis sentidos. Una frase que desde el bachillerato jamás había vuelto a repetir ni a recordar. Una frase que de nada me sirvió —aunque entonces todavía la recordaba y la citaba— con aquella frágil y aérea Inés de mis años vírgenes y mozos a la que ni siquiera conseguí besar. Y supuse, allí, en duermevela, tendido sobre un jergón infame y con los ojos en el techo salpicado de goteras, que la imprevista aparición en mi memoria de aquellas tres palabras en latín también constituía un misterio, pero en el acto deseché la idea y atribuí el fenómeno a una conjunción casual del espacio con el tiempo. La frase decía: *incipit vita nova*. Y nada que fuera consciente me obligó a buscarla.

Durante la noche, mientras dormía, maduraron mis recuerdos. Lo supe después, mucho después, infinitamente lejos ya de aquella danza y de aquella geografía, cuando sólo me quedaba del huracán la piel seca, la garganta afónica, las manos vacías y el corazón perplejo. Seguramente —lo pensé más tarde— algún genio desconocido y nocturno se inclinó sobre mí o sobre mis sueños y fue susurrando en mis oídos anécdotas, episodios, trapisondas y combates de mi pasado para que de ese modo gentil y sutil volviera a conocerlo, a revivirlo y a transformarlo en pauta y certeza del futuro. O tal vez fueron sólo los demonios tramando su noche de San Juan en el dintel de la ventana. O no fue ni tan siquiera eso, sino simplemente mi locura de Peter Pan, de Narciso, de rey Arturo.

Me desperté, en cualquier caso, como si nada hubiera sucedido. Las cosas volvían a su curso. Todo estaba igual que siempre y yo me sentía idéntico a tantas otras mañanas de juventud y plenitud. No tenía recuerdos, no recordaba sueños, no soñaba mi historia. Un vacío casi absoluto en el que no había sitio para el pueblo de León donde pasé dos meses inolvidables en el verano del cuarenta y ocho ni para la chica pelirroja de Alicante que jugó conmigo un solo día ni para el primer chato peleón bebido con un mohín de disgusto en una tasca mugrienta ni para la casual prostituta sobre cuyo cuerpo desmoronado abandoné en cinco breves minutos todas las creencias de mi infancia.

La habitación estaba llena de luz —debía de ser muy tarde— y por las junturas de la puerta y la ventana subían hasta mí los ruidos de costumbre: cantarines juegos de chavales, la bruja que chapoteaba en el fregadero descostrando sabe Dios qué inmundas sartenes y, sobre todo, las notas caribeñas de un cha-cha-cha que repetía incansablemente un nombre de mujer. La luz me despertaba, los gritos infantiles me espabilaban y el nombre de mujer me espoleaba. A Julio, en cambio, ni la bomba de Hiroshima ni los coros angélicos ni el rechinar de dientes de Lucifer lo hubieran despertado. Su forma de dormir era tan coherente como incoherente parecía, aunque no lo fuese, su forma de vivir. Y yo, como todas las mañanas, opté por no alterar lo que en rigor era inalterable. Me puse en un santiamén el único pantalón que me quedaba —un pantalón de gabardina caqui comprado en el Rastro y procedente de algún ignoto ejército en desbandada— y me refugié en el baño para cumplir con mis obligaciones y abluciones matinales. Era una habitación luminosa con alicatado amarillo hasta media altura y con diez o doce mil hormigas recorriendo en fila india las paredes. Sobre el lavabo despuntaba una repisa de cristal sucio cubierta de jabones y potingues a los que ya me había acostumbrado, pero cuya visión me repelía al principio ambiguamente, excitándome como a veces excita —entre el placer y el dolor o la atracción y el asco— una descarga eléctrica o el pavoneo de un putón senil y desdentado en cualquier esquina de cualquier ciudad.

Nunca de noche, pero por la mañana, con el sol entrando a raudales, solía atreverme a levantar los ojos hasta la superficie insomne del espejo y a contemplar los rasgos de mi cara con sorpresa y simpatía. Deber de Narciso, naturalmente, pero también algo más. Porque los espejos constituían mi única superstición, la única debilidad casi religiosa que mi conciencia de hombre hechizado por la especulación científica toleraba a mi personalidad anterior, a la ya desdibujada imagen del que fui en mis años o siglos de colegio, y de colegio de curas, cuando aún me hallaba inmerso en la bobalicona fase de la magia. E incluso esa superstición postrera admitía interpretaciones racionales. Sólo en los espejos, efectivamente, podía medir y comprobar la tenue decadencia de mi rostro. Por nada del mundo me hubiera resignado a dormir ante uno de ellos. Tampoco, en otras épocas, y mientras dormía, hubiera permitido que mi mano —cualquier mano— colgase fuera de la cama hasta rozar el suelo. Admitía entonces, cuando aún era un ser mágico dentro de un universo mágico, la posibilidad de que existieran y respiraran extraños mundos tras las cosas, limitados y encerrados por la tangibilidad de éstas.

Pero los espejos no eran tangibles, sino todo lo contrario. Los espejos servían de abertura para que el revés de la trama (o la antimateria) se manifestase pervirtiéndome y trastornando mi visión del mundo. Del mundo como es. Y yo no quería entonces galaxias desconocidas y mensajes de ultratumba, sino cuerpos y cosas verdaderas en las que desahogarme, estrellarme y, posiblemente, desnucarme.

Pero no por la mañana. Por la mañana me sentía seguro de mí mismo y podía alzar los ojos hasta la superficie del espejo y sostener impávido la mirada de mi sosias, de aquel hermano mellizo que jamás faltaba a la cita, que sabía distribuir sus electrones con raro arte imitativo y que reproducía con singular acierto los mil papeles tragicómicos que yo representaba en su presencia. ¿Era, acaso, un personaje en busca de autor? Probablemente. Pero a pesar de ello lo despreciaba, despreciaba a mi contrafigura, a la imagen de mi imagen, y la despreciaba porque vivía a mis expensas, porque me necesitaba ferozmente, porque me colocaba —como Rosa— en el centro de su vida y porque me dedicaba tanta solicitud como en otros tiempos me la habían dedicado mis padres. ¡Peligroso asunto ese de la solicitud! Desde muy niño había dejado de creer en el afecto de las personas que se necesitaban y menos aún creía en la turbia y masónica relación que esas personas entablaban entre sí, una relación de apisonadora que anulaba toda posibilidad de individualismo compartido y que sumergía a los seres humanos (e inhumanos) en una especie de hormigonera concebida para levantar sobre ellos una cruel e inútil superestructura de amor y falsa seguridad. Conocía muchas parejas así, novios y novias, matrimonios, familiares a palo seco. Y yo mismo, en mis primeros años de relativa libertad, había experimentado la palidez y acoquinamiento de tales relaciones con aquellas niñas, nunca para mí mujeres, que fueron Inés y sus versos de almanaque, Luisa y sus escotes fugitivos, Ana y sus diabólicos remordimientos.

Por la noche los espejos ardían como camposantos y en su fondo parpadeaba una vela implorante e inicua que, antes de consumirme y apagarme, urdía y cosía alrededor de mi cabeza una aureola de luna y saturno similar a la que en los nichos de las catacumbas crucifica y adorna las calaveras yacentes de los santos.

Por la mañana —ya lo dije—, no. Y, consecuentemente, en aquella mañana inicial de un mundo sin dioses, en aquel punto de partida de la *vita nova*, tras las horas nocturnas alegremente quemadas entre discos de jazz, mujeres de gelatina y lingotazos de ginebra, no tuve —una vez más— miedo alguno de asomarme a las soleadas honduras del espejo. Y me crecí ante él, y escudriñé su fondo, y ahuequé el pecho, y recordé sin flojera a Ana, a Luisa, a Inés... *Mis amores de juventud, mis primeros amores, mis desamores de infancia, mis balbuceos de algo que todavía no he aprendido a deletrear. ¡Inés, qué lamentable traición! Con tu nombre de lámpara votiva me tendiste la mano desde el umbral de la madurez y supiste diluir en amor y en versos mis últimas horas de ingenuidad, titubeantes y ásperas como el envés de una ortiga. Nunca llegué a besarte. Acaricié tu pelo corto y deseé verme envuelto por la viña pagana de tus brazos. De otro, serás de otro. Tu voz, tu cuerpo claro, tus ojos infinitos. Paseábamos al atardecer por las calles antiguas de Madrid y nos quedábamos pensativos ante aquellas mansiones altas y almenadas, ocultas bajo las enredaderas. Las mirábamos y nos mirábamos luego, decepcionados al comprobar que ninguna condesa rubia con gorro de cucurucho y cendal al viento nos hacía señas desde el balcón. Nunca nos hicieron señas, Inés. Nunca nos enseñaron nada. Tuvimos que descubrirlo todo con nuestros tristes medios. Tuvimos que descubrir el primer encanto y la primera traición. Tuvimos que descubrir y despertar el primer deseo de amor, el más borroso e inseguro, el que no cumplimos, el que aún podía subsistir en soledad, el que no buscaba su destino en otro cuerpo. Me sacaste a tirones de la infancia, me diste el empujón que habría de llevarme —por encima de una travesía del desierto erizada y horrorizada— a la madurez final, a la definitiva aceptación de la materia. Por ti supe de muchas cosas, pero nunca de ti misma, ni te amé, ni te di las gracias. Una noche cualquiera salí de veraneo con mis padres —acababa de aprobar el examen de estado— y te llamé por teléfono para anunciarte una ausencia destinada a convertirse (yo no lo sabía) en un duradero adiós. Muy pocos días después, en aquella ciudad del Sur sudorosa y barata, repleta de modistillas con virgo y de señoras con varices, me enfrenté por primera vez a todos los dioses del Olimpo sobre la arena sucia de una playa. Lo hice con miedo, con un miedo terrible de persona mayor a la que le falta tiempo, y cuando terminé, cuando salí indemne de aquella mujer abierta como sale el petróleo por la embocadura de los pozos, me quedé apoyado en la arena hasta hacerme sangre, y me erguí como no se irguió Aquiles en la Laguna Estigia, y miré las estrellas, y pensé que aquella mujer —mi primera mujer, mi primera puta— parecía un enorme salmón destripado y expuesto en el escaparate de una pescadería.*

Terminé de lavarme, me peiné y volví a la habitación. Junto a la ventana estaba la bolsa amarilla, con un timón pintado, en la que solíamos guardar todas nuestras propiedades. Metí la mano en ella y tuve la suerte de pescar una camisa limpia, probablemente la única que quedaba. *Lo siento por ti, Julito. Haberte levantado antes,* dije para mis adentros mirando a la bella durmiente. Luego escribí en un trozo de papel: *te espero hasta las doce en el Central. He dicho* **hasta las doce.** *Ni un minuto más. Hoy te tocaba hacer la compra. ¿Por qué no empeñas la caradura? Te darían bastante.* Parecíamos un matrimonio a punto de celebrar las bodas de plata. Dejé el mensaje sobre mi neceser de cuero, envolví el bañador —húmedo aún— en una toalla azul y roja, y salí de la habitación sin hacer ruido.

Al llegar al borde de las escaleras amarillas me detuve y tendí la oreja. Oía perfectamente los movimientos de la bruja justo debajo de mis pies, en la cocina. Había que tomar precauciones. Llevaba tres días pidiéndonos dinero y tampoco hoy podíamos dárselo. A Julio —cuestión de carácter— le tenía sin cuidado, pero a mí esas cosas me avergonzaban. *Tiene que existir alguna forma de eludirla. Ahora, cuando baje, se me acercará secándose las manos en el delantal y me abordará por la tremenda. Tendré que explicarle otra vez lo del giro y luego me largaré con la sensación de que no se lo cree. Todos los días cargo con el mochuelo. La vida es maravillosa. Mañana no me levanto hasta las doce.*

Bajé tres escalones de puntillas, como un fugitivo. Luego, de repente, apreté el paso, alcancé el vestíbulo y una vez allí, sin pararme, sin volver la cabeza, seguro de que la bruja estaría en el vestíbulo, a mis espaldas, con su traje eternamente negro y el dichoso delantal a rayas, dije con decisión:

—Buenos días.

Y abrí la puerta de la calle, que rechinaba ásperamente contra el suelo. Los ojos se me inundaron de luz, de libertad, de calles tortuosas y casuchas blancas. Crucé el jardín por un sendero de guija que serpenteaba entre dos hileras chillonas de enanitos de plástico y franqueé la oxidada cancela. Suponía que acababa de cometer un acto deshonesto y cobarde, pero las suposiciones no hacían mella en la piel coriácea de mi relajado sentido moral. Miré a los niños que jugaban con el culo al aire, les envié un jovial saludo, me respondieron con un corte de mangas y seguí en lo mío. Quinientos metros más abajo el mundo me esperaba.

A eso de las once, sentado en el Central con un café delante, pasaba revista sin dramatismos a nuestras posibilidades económicas. *Nos quedan alrededor de quince duros. Si no nos da por hacer disparates, tenemos más que suficiente para resistir hasta mañana. Y de aquí a entonces puede venir el giro.*

Frente a mí, en la bolsa verde que ahora se tenía sola, estaban las provisiones de todo el día: pan, chorizo, mejillones en lata, tomates, uvas y ciruelas negras. Y un paquete de sal. *Lo mismo de siempre. Antes del domingo, escorbuto.* Sobre la mesa había, además, una caja de cerillas, dos paquetes de *vencedor* y la prensa de Málaga. El pueblo estaba casi vacío.

Mis propósitos de sensatez empezaban a desvanecerse. Mejor empezar la jornada con una pequeña locura. Llamé al camarero. Sentía ya, fisiológica y psicológicamente, la comezón del hambre. Alguna vez tenía que empezar. Se trataba de una situación absolutamente nueva para mí y, al parecer, no excesivamente desagradable. Era como flotar sobre una superficie de nubes, algodón y melocotones.

—¿Me puede traer algo para mojar?

—Lo que usted mande.

Versallescos estamos, pensé.

—Un suizo o un bizcocho.

Se alejó con la bandeja en el sobaco e inmediatamente empezó a remorderme la conciencia. *Para cobrar el giro tenemos que ir a Málaga y no podemos ir a Málaga sin coger el autobús. Catorce pelas como catorce soles. O más, si vamos los dos.* Me encogí de hombros. Aquel gesto empezaba a convertirse en costumbre. Casi en vicio.

A mi derecha, por el camino de El Oasis, venía Joaquín con su eterno aire de juventud misteriosamente petrificada en un rostro que nunca había sido joven. Le saludé con la mano. Pasó por encima de mis piernas, apoyadas en una silla, y se sentó a mi lado. Estaba muy moreno y, como siempre, dos profundas bolsas le pintaban y marcaban las ojeras.

Le dije que estaba sin dinero.

—No importa. He cobrado ayer unas cosillas. Te puedo invitar, si quieres.

Quería.

En los dos o tres años que estuve sin verle parecía haber alcanzado el don superficial del equilibrio. Seguía con la mujer de entonces, trabajaba un número fijo de horas al día y siempre llegaba a fin de mes con holgura. Tenía un acusado sentido del humor, se reía bien y con frecuencia, y le caía simpático a casi todo el mundo. Pero a mí no podía engañarme. Nos conocíamos de antiguo, desde que los dos empezamos una carrera que no supimos terminar, y durante mucho tiempo sus crisis habían sido mi pan y mi cruz de cada día. También, en cierto modo, mi diversión. Y la suya. Eran los años del existencialismo. La elegancia consistía en sufrir y la cultura en estar angustiado. Angustiado, no deprimido. *El extranjero* de Camus había sido, junto al *Demián* de Hesse, una de nuestras lecturas favoritas. En mi caso lo seguía siendo. También el *Demián*.

Nos apreciábamos en el mejor sentido de la palabra. Nos unía un pasado hermoso, virulento y hasta cierto punto común.

—Estoy fastidiado.

Me mordí la lengua. *Siempre hablo de más. Ahora me preguntará por qué y no se lo voy a decir. No puedo contarle lo de la complejidad del mundo ni explicarle que me obsesionan, a mi edad, las nieves de antaño, lo que fue nuestro y se esfumó, lo que es imposible recuperar.*

El camarero se acercó con un *trinaranjus.* Abrió la botella y la vació en un vaso de duralex. En aquel bar no eran elegantes, no sufrían, no imitaban a Yves Montand, no llevaban jerseys de cuello alto.

Incomunicables. Yo, Joaquín y este pobre camarero. Y en mi caso, además, indeciso, desesperadamente indeciso. Seguiré siempre así y la muerte será como el nacimiento: un papel en blanco. Por una parte, esnob hasta el fin, defiendo a ultranza el compromiso; por otra, verdugo y víctima de mi carácter, en nada y con nada soy capaz de comprometerme. Siempre me guardo una llave en el bolsillo o dejo una puerta de par en par. ¿Cómo cerrarla? ¿No sería una traición, una tontería y un embuste, como aquella sospechosa bravuconada de Hernán Cortés cuando quemó las naves? Una elección, una sola elección, equivale a mil renuncias. Y yo quiero vivir todas las vidas, ser todos los hombres, probar todos los besos. No me conformo, no. Quiero apurar el mundo hasta la hez. Iré de paso por las cosas. Sacrificaré duración a cantidad, profundidad a superficie. Excepto... Oh, sí, yo también aspiro como tú, amigo Ernesto, a un lugar tranquilo y bien iluminado.

Joaquín, efectivamente, formuló la pregunta que me temía:

—¿Por qué?

—Si lo supiera... Por lo que todo el mundo, supongo. Son cosas que van y vienen, que en un instante se habrán pasado y que luego, encabronadas, atacarán otra vez.

Por la acera taconeaba una criadita con los pechos muy prietos y muy redondos bajo la tela blanca del uniforme. Movía las caderas al andar. Estuvimos mirándola hasta que dobló la esquina, pero no hicimos ningún comentario.

Si este momento quedara detenido en mi memoria, sería con todos sus detalles. Lo recordaría muy bien, porque carece de importancia, porque no hay en su ámbito un Gran Minuto estoico capaz de disolver en la unidad esta conjunción de minutos insignificantes. Pero, en cambio, apenas recuerdo lo que hice ayer. Natural. Ayer recibí en forma de bofetada la solución para ese acertijo que es el hombre. O lo vislumbré. Pero hoy todo vuelve a parecerme excesivamente complejo y atomizado.

Estaba animándome. Sentía como si hubiera pasado mucho tiempo, pero miré el reloj y eran sólo las once y diez. *En la vida hay minutos de cien segundos y minutos de cuarenta. Depende del contenido de esos minutos. Medimos el tiempo en nombre de pequeñas cosas. Y las pequeñas cosas tienen importancia precisamente por eso, porque están sumergidas en el tiempo, no por sí mismas. Las cosas verdaderamente importantes —los milagros y los apocalipsis— responden a un tiempo propio, que no puede medirse con relojes. Todo eso de las veinticuatro horas y los sesenta minutos y los sesenta segundos es una invención griega para poder apreciar los detalles. Muy agudo, muy sutil, muy europeo. Digno de Henry Ford, máximo representante de nuestra cultura. Y punto final.*

Joaquín estaba hojeando el periódico, lo que no era muy frecuente en él, y de pronto me preguntó:

—¿Sabes cómo van las cosas por Cuba?

—Procuro estar informado. Lo que está pasando allí parece serio. Quizá sea la cuarta gran revolución de la historia. Las otras fueron el Renacimiento, la francesa y la rusa. A lo mejor me olvido de Alejandro Magno. Todas las grandes revoluciones han estallado en los últimos cinco siglos. Es curioso, ¿no? Hasta ese momento el hombre se dedicó a conservar, fundó el partido conservador, y sólo entonces pudo pensar en destruirlo. Y perdóname la parrafada. No son horas.

Había, sin embargo, un quinto o un primer momento. Había otra gran revolución: Adán y Eva persiguiéndose sobre los helechos.

Llegó el autobús de Málaga y un grupo de chicas pasó ante nosotros agitando con sensualidad y picardía sus bolsas de lona.

—A conservar ¿qué?

Andaba por los cerros del fin del mundo. Regresé y recogí el hilo.

—¡Hombre! A conservar lo único que tenía, lo único que había recibido, lo único que se había creado exclusivamente para él: el orden divino, los diez mandamientos, el ojo de Jehová... Pero no te hagas ilusiones. Ni respecto a Cuba ni respecto a nada. Detrás de los revolucionarios llegan siempre los restauradores con grúas y hormigoneras.

Nos reímos. *Tal vez querían conservar en secreto el Gran Minuto, el de Adán y Eva cuando por fin se alcanzaron sobre los helechos y... Pero no, imposible. Lo de hacer el amor fue ya un puro acto de rebeldía y vino, además, después de la manzana y de la expulsión, cuando se aburrían, cuando habían perdido el tren de la metafísica y de la trascendencia, cuando se quedaron en pelota y por primera vez se vieron las vergüenzas.*

Mi depravación crecía. O lo que entonces consideraba depravación: una ingenua mezcla de desparpajo infantil y de ínfulas destructoras. *Dentro de un instante también yo estaré contemplando mi entrepierna. El argumento varía, pero el desenlace nunca. Don Quijote, Julián Sorel, Piotr Stepanovitch: todos terminan igual. Sí, los muertos son siempre los mismos.*

Entre pregunta y respuesta, el tiempo justo para una breve reflexión y para encender un cigarrillo. Lo hice. El viento apagó la primera cerilla, y la segunda, y la tercera. A la cuarta lo conseguí.

Antes de la expulsión no se procreaban niños: se creaban con un poco de barro. La coña del **creced y multiplicaos** *llegó mucho más tarde. Fue cosa de los comentaristas, que se metieron a redentores, y buena la hicimos. Santifiquemos, santifiquemos siempre. Adornemos el espermatozoo con colgajos metafísicos. Y le dieron al señor Malthus una oportunidad de ganarse la vida. Adán, Eva, la dive Bouteille, Demócrito y Marx. Lo que se dice una curiosa trayectoria.*

—Lo de Cuba, a pesar de todo, no termino de verlo claro. Entiéndeme... No es que le quite importancia en el orden de los hechos, pero ¿la tiene también en otros órdenes?

Sus eternas dudas. Sus prevenciones y sus buenas intenciones.

—Pues no, no te entiendo... *Sorry.*

Expulsé el humo hacia arriba. Empezaba a aburrirme. Mis dedos jugaban con la punta del cigarrillo y extraían de ella estacas, objetos voladores no identificados y alguna que otra miserable brizna de tabaco.

—Lo que me pregunto, lo que querría saber es si se está haciendo allí, en Cuba, no sólo una revolución política, sino también una revolución ideológica. Tú lo sabes de sobra: me asustan, o me dejan indiferente, las revoluciones que se limitan al terreno económico y administrativo. Y eso es, por desgracia, lo único que pide el mundo en estos momentos. Revoluciones sin ideología. Revoluciones que le den un empujoncito al nivel de vida y que garanticen las libertades democráticas. Pero sin pasar de ahí.

—Sigo sin entenderte. Tienes una empanada mental que no te lames. No hay revoluciones traídas en el pico por el Espíritu Santo. No hay revoluciones que no sean, además y también, ideológicas.

—Bueno, es verdad. Lo admito. Pero las revoluciones de que hablo también tienen su ideología. Una ideología conservadora, ya ves tú, o —por lo menos— una ideología que poco a poco se hace conservadora. Estamos pagando aún la factura del siglo XIX y de la historia en general. Nos conformamos con esas ideologías amaestradas, de oso de gitano, porque no nos dan ni hambre ni sed ni chicha ni limoná. Nos sentimos cómodos dentro de ellas. Y con razón, que conste. Al fin y al cabo resulta bastante cómodo eso de creer en Dios y en la libertad... Bueno, en lo que nos dicen que es la libertad. Perdona tú también el rollo y el sermón macabeo, pero me parece que nos estamos olvidando de que no sólo se vive de pan. Y sé lo importante que es el pan. No vayas a tomarme por un idealista o por un reaccionario con disfraz de lobo feroz. Estamos pagando también, en cierto modo, las consecuencias de Marx. Las revoluciones puramente económicas son burguesas en el peor sentido de la palabra. Dividen al hombre en compartimentos estancos. No aspiran a cambiar la condición humana de arriba abajo por la sencilla razón de que no creen en la existencia de una sola condición humana, sino de muchas. Y eso es lo que yo entiendo por idealismo. Los revolucionarios, marxistas o no, no han querido o no han sabido salir del espíritu de análisis. Odio todas las caras del espiritualismo, tú lo sabes, pero las presuntas revoluciones que se nos brindan caen impepinablemente en el único materialismo inadmisible: en el pancismo. ¿Qué haremos después, cuando nunca nos falte un duro, cuando todos llevemos calzoncillos de seda y un buen cinturón para sujetarnos la tripa?

Abrió una pausa y sacó otro pitillo del paquete. Parecía como si el tabaco fuese el único cordón umbilical que nos unía al mundo. Después siguió hablando.

—No, no me comprometeré nunca con una revolución sin ideologías tan rabiosamente nuevas como los hombres que la organicen. En Francia llevaban medio siglo de enciclopedia e ilustración a las espaldas. Y en Rusia, fíjate. Pero, ¿ahora? ¿Qué podemos hacer ahora? ¿Tocarnos la pilila? ¿Seguir armando marimorenas a base de Lenin y de Voltaire?

—Yo no te voy a quitar la razón, pero supongo que existen necesidades perentorias, asuntos que no admiten dilación. Supongo que hay una especie de cola, de números ordinales, en cualquier revolución. Solucionemos primero lo esencial.

—A condición de que eso no nos incapacite para lo existencial.

—Sí, pero me parece que se trata de un dilema sin solución. A no ser que decidas pasar de largo. Entonces apaga y vámonos. Pero yo no me voy a ir. La pasividad no es lo mío. Hay que mancharse las manos, ya sabes.

—¿Las tienes tú muy sucias?

Se evaporó el aburrimiento. Entré en la conversación con visible entusiasmo, incorporándome en la silla y apagando vehementemente el cigarrillo contra el borde metálico de la mesa.

—Olvídate de mí, por favor. No empecemos a personalizar. Yo soy una cagarruta y lo que tú dices es cierto en general, pero no en el caso de Cuba. Sin ideología no hay revolución. No se pueden cambiar las estructuras políticas y administrativas, como tú sugieres, sin modificar simultáneamente la concepción del universo en sus más mínimos detalles. Y estoy de acuerdo contigo en que esa tomadura de pelo se practica, sí, pero sólo en Occidente. Piensa en los franchutes de hoy, que parecen queridas bien pagadas y mal folladas, hablando aún de la *grandeur*, del orden público y de la puñetera patria. Me cisco en ellos. Pero ojo, que Occidente no es el mundo. Por ahí andan los nacionalismos y anda China: razas nuevas, sangre nueva, vida nueva...

—¿Por qué no te aplicas el cuento de la empanada mental en vez de ir buscando la paja en el ojo ajeno, rico? Porque hay que ver... Por un lado la emprendes con la puñetera patria y por otro te descuelgas con los nacionalismos. Con los nacionalismos y con las razas... ¡Toma del frasco!

—Me refería a razas económicas y culturales, no etnológicas. Y, además, pensaba únicamente en los países subdesarrollados, así que no me bailes bulerías. ¡Como si fuera de hoy! Ya te he explicado mil veces que sólo confío en el subdesarrollo, en la falta de madurez. ¡Juventud, divino tesoro!

—¡Y viva Mussolini!

Preferí no hacerle caso. La discusión empezaba a enconarse y a carecer de sentido.

—No, señor... ¡Viva Cuba! Si la reencarnación existe, Castro es la reencarnación de Lorenzo el Magnífico.

—Siempre te ha gustado hacer frases.

Lo mismo me decía Begoña en el bar de la Facultad. Supongo que es cierto. Y basta de filosofías.

—¿Me pagas una ginebra?

—Ya te he dicho que sí.

Llamé al camarero con la mano y señalé la copa.

—A tu salud...

La apuré de un trago. Los demonios empezaban a hacer de las suyas. ¿Por qué iba a enfadarme con Joaquín, que era un buen amigo y una persona inteligente? Lo había encontrado unos días antes, por casualidad, saliendo de El Oasis con su mujer. No sabía que anduviera por allí. Llevaba años sin verlo. Me soltó a quemarropa que esperaban un hijo y que el médico les había recetado una temporada en el mar. Culpa de los nervios de Susi. ¿O quizá —pensé— *una estación en el infierno*? Vivían en una casa de las afueras, hacia el interior, casi al borde del desierto pintado en el que se perdían todos los caminos de aquel pueblo o encrucijada universal.

Pero yo no era digno de él. No le quería. No quería a nadie ni a nada en el mundo, fuera de mi soledad, de mi juventud y de la arena ardiente de la playa. Sólo sabía jugar, jugar con Joaquín, con Susi, con Julio, con todo, siempre a mitad de camino entre la ociosidad y la desgana. No creía en la comunicación, ni siquiera en la comunicación amorosa. Podía pasar un rato discutiendo al tuntún con un hombre como Joaquín, pero en realidad yo no intervenía. Me limitaba a escuchar incluso mis propias palabras. Fingía, representaba papeles en busca de un halago, de un poco de carnaza para mi vanidad. Y fondeaba siempre al pairo, fuera de las aguas territoriales, meciéndome en la calma chicha y jugando al tute con mis demonios. Satisfecho, además, con mi conducta y sin saber que iba a costarme cara.

Dieron las doce en alguna parte y no me moví. Un margen de confianza para la puntualidad de Julio. Seguí fumando lentamente, con los pies sobre el travesaño de la mesa, y oyendo desde las nubes mis propias escaramuzas matinales. Ni triste ni alegre, ni ángel ni demonio. Híbrido y terco, como los mulos y los humbertolanitas.

Joaquín pasó a otras cosas.

—Estoy preocupado por Susi. Por su salud. No lleva muy bien el embarazo. Adelgaza... Bueno —sonrió—, adelgaza en cierto sentido. ¿No la encuentras muy pálida?

Sacudí la ceniza y lo miré con aire deliberadamente pensativo. Empezaban a sucederme cosas rarísimas. Me sentía un poco conmovido, maternalmente conmovido, por su desahogo. Por su bondad. Por su irritante desprendimiento. Pero no le eché un cable, no dije nada. No mencioné la infantil perversión de su dulce esposa ni la suavidad de sus pómulos ni el mullido hueco tras sus orejas. No le repetí las palabras deliciosamente lascivas con que salpicaba a media voz sus pataletas sexuales. Y tampoco me pareció oportuna la explicación de que ni siquiera conocía esos detalles íntimos y minúsculos por experiencia propia. Me los había revelado perversa y minuciosamente Leopoldo el gallego, conmilitón de estudios universitarios hasta que —como los demás— decidió ahorcar la toga y llevar una vida de trueno y calavera. Andaba ya perdido para todos por esos mundos, pero —antes de desaparecer— me confió la historia de sus amores con Susi mientras repelábamos los huesos de un cabrito en el Madrid de los Austrias.

Frecuentad el catre, hermanos, que la juventud es breve. Joaquín, no me escuches, no juegues a adivinar mis pensamientos. Tú, como Bruto, eres un hombre. Sin éxito, pero un hombre. No un niño homicida ni un viejo gracioso. En ti se puede confiar. Eres estable, llevas sobre tus hombros —como un Atlas venido a menos— la cotidianidad del mundo. Pero no la vives. No varías. No te mueves como se mueven los planetas. Careces de órbita. ¿Adónde fueron tus crisis? ¿Has renunciado a las esperanzadas desesperaciones que con tanta solidez nos unieron? ¿Pisas con firmeza, sientes la roca bajo tus pies, no te amordazas, no te falsificas, no te niegas y desdices setenta veces cada minuto? En cualquier caso, hermanito, me has dejado solo y no era eso lo que en su día se pactó. Me has dejado solo escondiéndote tras tu dulce Susi —cuyas nalgas nos pertenecieron a todos, hace mucho, en los guateques de Martín— y tu dudoso equilibrio de dientes afuera, tras los dividendos de tus tejemanejes y la renuncia a un pasado que tú y yo supimos compartir cuando aún tenía futuro. Pero yo te conozco, Joaquín, yo te conozco.

Bebí sosegada y pérfidamente la ginebra, como si hiciera el amor con Susi o, al menos, con la versión de Susi que me había transmitido Leopoldo. Los minutos pasaban al ralentí. El alcohol, casi en ayunas, me aturdía, me inundaba de optimismo, lustraba los cuerpos y las pupilas.

Entorné los ojos. Joaquín seguía hablando y yo le replicaba con lógica y regularidad. El mundo iba cobrando perfiles. Los misterios se desvanecían. La corporeidad brillaba. *Si Rosa estuviera aquí, con aquel aire tan especial de novicia recién fugada del convento, diría...* Al carajo lo que diría. Fui yo el que dije, en voz alta:

—Hay dos cosas que no perdono a la gente. Que no beban o que, bebiendo, no sean capaces de alcanzar esa plenitud del alcohol que es la alegría, el brillo en las cosas.

Joaquín asintió. No demostró ninguna sorpresa ante mi inoportuna, extemporánea y un poco brutal afirmación. *Piensa otra vez que estoy haciendo frases. Y lo malo es que acierta.* Me puse furioso.

Por la plaza, dejando atrás la carretera de Fuengirola, venían Antonio y Miguel. Se acercaron a la mesa y decidí, injustamente, que buscaban camorra. Nos saludaron con cordialidad, Joaquín les correspondió y yo mantuve las distancias. Miguel, al borde —como siempre— de alguna ignota revelación morrocotuda que en el último momento jamás se producía, me provocó y exasperó por su aspecto de catequista ya antes de abrir la boca.

—Hola —dije—. Supongo que no pretenderás endilgarme a estas horas una de tus amenas homilías sobre la literatura de evasión y el arte comprometido...

Se podía jugar con él. La frivolidad lo desconcertaba. Poseía, sin embargo, cierto sentido del humor allá por las honduras. Tan profundo que tardaba en aflorar. Ése era su drama: hacía las cosas a destiempo. Percibía las oportunidades cuando ya no estaban en su radio de acción. Y las perdía, claro.

Seguí con el juego:

—¿A que no sabes dónde nació la literatura comprometida? Pues nació en Israel, cuando la de Dios es Cristo. El avemaría y el padrenuestro son puro compromiso. Del que te gusta a ti. Pero se han desgastado. Se han desgastado en la forma y en el fondo. Paso y peso del tiempo. Ya se te desgastarán a ti, incluso a ti, tu Sartre y tu Neruda. ¡Valientes pelmazos!

—Y tú, cuídate. La mala leche se cura, sobre todo si es por la mañana. No te preocupes. Sucede en las mejores familias.

Bla bla bla. Vi salir a María de la calle de San Miguel y doblar hacia la playa de poniente. Llevaba un malvado traje negro y supuse que bajo él, tirante y turgente, estaría su malvado bañador negro. Me levanté, dejé un par de duros sobre la mesa y me guardé los cigarrillos.

—El resto lo ponéis vosotros —dije—. Julio vendrá enseguida. Le dais la bolsa y le decís que estaré, más o menos, donde siempre. O sea: que le espero abajo. Y que es para hoy.

Joaquín, mientras subía los escalones de la acera con los ojos clavados en el trasero de María, me dijo:

—¿Por qué no venís esta noche a casa? Convence a Julio. Compramos unas botellas y charlamos, o bailamos, o lo que se tercie...

—Muy bien. Casi seguro. A eso de las ocho y media caemos por ahí.

María había desaparecido. Troté, galopé y recuperé el espectáculo de sus posaderas exiguas, marciales y reventonas. *Virgencita, llegas en el momento justo. Nademos un poquito por la historia. Pero sin bucear, a no ser que tú me pidas lo contrario.*

Un mundo joven: el sol, las mujeres, los quioscos, los amigos y los coches inequívocamente americanos que seguían la ruta de la costa. Yo era otra vez el mismo, el mañanero, Peter Pan, un hombre sin demonios, el de la erupción sexual, el presidente de un consejo de administración en vacaciones. Y, por todas partes, aquel pueblo fabuloso, eléctrico, sobrecogedor. El asfalto de la carretera se alejaba entre curvas, badenes y peraltes hacia el trasero de María y hacia Fuengirola. Volví a apretar el paso. Mi camisa, suelta y sin botones, ondeaba con el viento. *Feliz, feliz, feliz,* pensé. La mañana dejó de ser una mentira.

Sus hombros, apoyados en la arena, quemaban. Bajé mi boca hasta su boca y la detuve en un beso prolongado. Su voluntad de resistir seguía sin dar signos de flaqueza.

Cerré los ojos. Apreté los labios contra sus labios. *Dulces, húmedos, rugosos, como naranjas en días de sol.* Ella, perpendicular al agua, no decía nada, no hacía nada: ni gemidos ni caricias ni susurros. Yo, con los codos sobre la arena, sentía mil alfilerazos en la piel. *Su cara parece un mundo visto desde otro.* La besaba con todo el cuerpo, hincando los pies en la arena y empujando el deseo hacia arriba. Estábamos en el extremo de la playa, protegidos de la curiosidad ajena por un bote varado. Pensé en Dalí, en sus paisajes muertos, en sus relojes sin tripas, en sus sombras, en su morbidez, en sus ubicuas crisálidas.

No nos habíamos bañado. Una avidez compartida nos lo impidió: la de conservar la pureza matinal en aquel beso, en aquel acto, en cualquier cosa que fuese a suceder. Conservarla y perderla luego, pero allí mismo, entre nosotros, sin que nada —ni tan siquiera el mar— interviniese. Sólo oíamos el ruido de las olas, pero el mundo jadeaba alrededor. Mil espectadores invisibles, mil ángeles vengativos, mil empujones de miles de células nos unían, nos mezclaban, nos sofocaban, nos arrojaban sobre los engranajes dentados de nuestros incandescentes cuerpos.

Allí, solos, en la arena. *Oh, abandonados.* Recordaré siempre aquella rendición de espíritu como el último destello de mi adolescencia. Marcaba el fin de un periodo, era la caída de Constantinopla, la postrer y natural consecuencia de las palabras perseguidas y perdidas en el diccionario, de la sorpresa que me produjo el nacimiento de mi primer hermano, de los crepúsculos salvajes de mi infancia, cuando me sentaba ante un libro abierto sobre una mesa de oficina y dejaba volar libremente por mi sangre todos los sueños incomprendidos que, juntos, formaban un dios Jano con el doble rostro de la pasión y de la obsesión. No me bastaba el presente ni el cuerpo de María. No me bastaba el placer, la vanidad, el sol. Quería algo más. Todas las mujeres de mi vida resucitaban en aquel beso oscuro, prolongado y febril sobre la arena del mar. Maruja, la extrañamente presentida al filo de los diez años. Y Beatriz, que con tanto desafuero y tanta cursilería quiso que me pareciera al Dante. Y Dolores, Águeda, Inés, Luisa, Sofía... Y Rosa, ay, Rosa, a la que terminé por odiar.

Era el fin de un período y lo supe entonces, en la furia o en la gracia de aquel beso prolongado y compartido con María, la virgencita lujuriosa que se encargaba de vender trapos y perejiles en Jujú. ¿De un período o de toda una época? De la historia.

Y así, sin historia ni presente ni futuro, mientras los alfilerazos de sílice se clavaban en mi piel, fui dejando en aquella playa y en aquel vientre de mujer los recuerdos y los presentimientos, las verdades descubiertas noche a noche en mi cama solitaria, el primer pecado, el primer remordimiento, las confidencias cuchicheadas al arrimo de los patios del colegio, la tardía (pero definitiva) conclusión de que existen personas buenas y malas, pero no individuos pecadores.

Muy lejos, en la punta de aquella playa en forma de rabo de dragón, los niños jugaban a ser niños y las cuarentonas pelaban frutas sobre sus muslos pintados de varices. Jadeaba el mundo. Un bote ladeado y descascarillado nos protegía. Protegía, en realidad, aquel minucioso testamento, cuidadosamente elaborado —boca a boca— por los dos cuerpos en tensión. Protegía el pausado deshacerse de mi vida anterior o, quizá, la definitiva contestación a las preguntas que en casi un cuarto de siglo no me habían sabido responder.

Después, ya no. Derribados en la arena, a la sombra de una barca sin horizonte. Con el sol por encima de nosotros. Con los cuerpos jóvenes, cabales, abrazados. Jadeaba el mundo, en efecto, como si al cumplirnos se cumpliera. Y allí, en el punto sutil de nuestro beso, danzaba Shiva. Allí nos uníamos y desuníamos, allí nacíamos, allí nacía el movimiento. Allí dábamos un dios a los creyentes. Allí, enamorados, perecíamos.

Se amaban, sí, dos personas: un hombre y una mujer. *Se querían, sabedlo.* Y, amándose, daban su razón de ser al mundo, que por ellos —gracias a ellos— existía.

Llevábamos unos minutos tendidos en la playa y habíamos olvidado, o tal vez recuperado, cincuenta milenios de mutación y evolución. No sabíamos leer ni escribir, no conocíamos la rueda ni el fuego ni la palanca ni la existencia de Dios. Estábamos en el comienzo, en el comienzo absoluto, y —por mi parte— en el fin. En el fin de algo. Habían desaparecido las personas de los verbos. Ni yo ni ella —María— ni nosotros. Ni nadie. Éramos dos células y una chispa, un cortocircuito sin idioma, sin voluntad, sin lucidez, sin alma. Éramos yesca y pedernal y fuego.

Abrí los ojos sin dejar de besarla y pensé en ella. Hacer el amor me parecía un rito superficial, una liturgia que practicaba conservándome entero, sin perder el equilibrio ni la cabeza. Nada sabía aún del escorpión y la mantis, de la muerte, del perderlo todo de vista, del caer rodando a un precipicio de aristas y cristales. Mil alfileres de arena se clavaban en mis codos. No oíamos el ruido de las olas. No conocíamos el alfabeto. Sus pestañas, en forma de bahía y de palmera, temblaban y aguardaban. *Lo tendrás, virgencita. No te preocupes. Tendrás el desgarrón que deseas, ese estremecimiento, ese estropicio, ese hallazgo feliz. Te encontrarás, a pesar de todo, esta mañana. Acudirás a la cita. Cierra aún más los ojos, pon tu cerebro en blanco, invoca a tu íncubo, deja que tu cuerpo viva. Así. Como se ama.*

La conocía, la *sabía*, sin necesidad de verla. Mis ojos ciegos y cercanos alcanzaban a distinguir la piel tiznada de su rostro y la bahía entreabierta de sus pestañas, pero —sin ver— adivinaba el resto: sus piernas, la curva de sus rodillas, la postración de sus muslos, la áspera encrucijada de su sexo.

Alcé la vista. Los niños, los adultos, sus sombras y sus gestos formaban ante mis ojos una comunidad de seres incomprensibles, una película de celuloide rancio sin banda sonora, una tornadiza imagen de caleidoscopio absolutamente ajena a la condición humana. Me reí con suavidad. A unos centímetros de mi piel crecía la piel de aquella extraterrestre. *Animales distintos, preciosidad.* Un triángulo de sol golpeaba mi antebrazo y sentía, incómodo, el progresivo enrojecimiento de su superficie. Por fin llegaba a mis oídos el rumor amistoso de las olas. Lo demás era juventud, sexo y salitre.

Modifiqué la postura de los codos y rocé con los labios su mejilla.

—Gracias, *demi-vierge*.

María abrió sus grandes ojos negros.

—Es una palabra inglesa, ¿verdad? ¿Qué significa?

—Es francesa, amor mío. Y significa que me gustas.

—Bésame.

Lo hice. Con estudiado detenimiento, con morbosidad. Nuestras voluntades flotaban. Alcé de nuevo los ojos.

—Bésame.

Volvió a decirlo entreabriendo apenas la boca. Llevé mi mano a su hombro, acaricié su cuello y me detuve en el borde fruncido de su bañador. Dientes y lengua, lengua y dientes: un entrechocar de aceros. Nos estaba creciendo un corazón común. Sus uñas, inertes, se distraían por mi espalda. *Nunca serás otra cosa. Te falta valor o sinceridad o algo que no vislumbro. Pero ahora estás en el camino. Sigue por él.*

Un enorme moscardón azul revoloteó sobre nosotros, trazando bruscas curvas en el aire limpio, y se alejó. *Me equivocaba. No sigas. No hay caminos. Te detendrás siempre en las vísperas del amor y terminarás vestida de blanco en el reclinatorio de una iglesia. Con el complejo, además, de vender gato por liebre.*

Me molestaba el bañador y algo móvil —una hormiga, una pulga de playa— subía por mi pie. *Estás dispuesta al sacrificio. Quieres que hunda en ti el puñal homicida.* Busqué la cremallera de su traje y tiré hacia abajo. Todo, repentinamente, se aflojó en ella: la ropa, los músculos, los nervios, la carne, la sonrisa... Me precipité por esa brecha. Estuvo al borde de abrir los ojos y dijo con un gesto de clara petición:

—Por favor... No lo hagas.

Estábamos fundiéndonos con la más pura geología de la arena. Sujeté sus manos, que se rebelaban. Vi cómo sus pechos latían y florecían. Desapareció la luz, la gente, el mundo. Una turbia almadía bogaba por mi sangre. Era, en aquel momento, una mujer infinita. No la abarcaba. La perdía.

—Déjame.

Lo dijo con dolor, arrugando el ceño y enseñando la blancura de sus ojos entre las pestañas. La blancura y la negrura: un tablero de ajedrez. Moví el peón.

—Gambito —susurré.

—¿Cómo?

Abría excesivamente la comisura izquierda de la boca. Cedía. Se deshacía. Exigía. *¡Cuánto os parecéis todas! ¿Seré yo como los otros?*

Las olas, desdentadas, nos salpicaron en un golpe de viento. María empezó a moverse, dio señales de vida, me estrechó, abrió los ojos. En sus pupilas brillaba excalibur.

Estás a punto de perderlo todo, estás a un paso de la verdad. Deja que tu cuerpo se aleje de tu alma. Equidistante. Entonces me volcaré sobre ti.

Parecía un canal abriendo las esclusas. Y abrazarla era como descerrajar un libro.

—Es demasiado tarde. Mi turno empieza a las dos.

—Hay tiempo.

Y hundí la mano.

—Nos ven.

—No, no nos ven, no pueden vernos, estamos solos, no existe el mundo.

Me dejé ir. Abandoné toda ironía. Sentí la seriedad de la sangre, del mono y de las vísceras. Mordí sus labios, le hablé en la boca, mantuve la serenidad, sostuve la pasión, abrí su misterio en dos mitades.

—Querida...

—No, no. Déjame.

—¿Dejarte?

Gloriosamente sí.

Volvió a pasar el moscardón azul sobre nosotros. Y fuimos encontrando lentamente —*como muere la vida de una rosa, como acaba a lo lejos un camino*— el más remoto, lóbrego, viscoso magma de la tierra. Aquél donde no existen los recuerdos.

Estaba otra vez solo, frente al mar. Tenía las piernas dobladas, los brazos alrededor de las rodillas y el mentón apoyado en las muñecas. Horizonte vacío y gaviotas rasantes. Bañistas. Tres hombres y una mujer en una barca. *¿Y el perro?,* pensé. *Nunca lo cuentan. Anda, sigue viviendo literariamente. Que no te saquen de ahí. ¿No es lo que te gusta?*

Volví la cabeza y contemplé la enorme playa en forma de alfanje, como una túnica tendida.

Ignoro la razón, pero recuerdo que miré todos los detalles con absurdo ahínco. No sentía el cansancio del cuerpo tras el amor. Viví un paréntesis, unos instantes de blancura y de reposo. Los íntimos, últimos e imperceptibles instantes que separan los eslabones consecutivos de la evolución biológica. El falaz instante que precede al chispazo de la comunicación. *La naturaleza* —dije en voz alta— *imita a las postales.* Nadie me escuchó.

Me aburría, pero a la vez el aburrimiento me interesaba. En rigor yo había dejado de existir. Estaba entre dos murallas, frente al tiempo, y —encajonado, sin salida— prescindí del ayer y del futuro. *Hoy he vuelto con todo mi camino a verme solo, recité.* Pero así era.

El paréntesis no duró mucho. De pronto incliné la cabeza hacia el suelo, tracé un dibujo abstracto en la arena con el dedo gordo del pie y decidí que lo mejor era marcharse. ¿Adónde? Me levanté. Ante mí se abría la curva tediosa de la playa. Entre el populoso mundo y mi persona, entre *ellos* —la canalla, los cuarentones monógamos, los niños rubicundos y escalfados, las jamonas cinco veces fecundadas, los vendedores de refrescos— y yo, o mi efigie ambulante a lo largo de las olas, mediaba un kilómetro cumplido de soledad, de monotonía y de tristeza. *Me moriré en Perú con aguacero. Necesito calor humano. Amistad. Debe de ser muy tarde. María estará detrás del mostrador enseñando perfumes, probando collares, deshojando bragas, soñando con príncipes azules. ¿Y Julio? Me va a poner verde. Ni siquiera le he dejado una cajetilla de vencedor. La vida es una mala novela. Sin diálogos. Nunca se interrumpe. ¡Qué pesadez! Nunca resuelve nada. Es un monstruo en estado gaseoso, invertebrado. Carece de argumento. ¿Y qué? ¿Existiríamos acaso sin la vida? ¿Existirían los peces, las rocas y las algas? ¿Somos un sinsentido en busca de unidad? Demócrito, Dante, Vico, Spengler y cuantos quisieron santificar la historia. Tonterías. Gentuza lista, eso sí, pero pensar inteligentemente no sirve para nada, no arregla nada. Sólo vivir tiene sentido. Sólo la juventud y la plenitud corporal. Aunque sea panza arriba. Pero yo, como ellos, soy un tonto. El soliloquio se quebrará. Todo, dentro de un minuto, volverá a parecerme agradable. Me sentiré acompañado. Creeré en el sendero de la historia y en la lucha de clases. Tendré amigos. Tendré también la esperanza de un hermoso, amplio y definitivo amor.*

Y me recompuse.

Como si nada hubiera sucedido. Como si ningún acontecimiento hubiese acertado a encauzar mi atención. Como si mi efigie ambulante a lo largo de las olas se hubiera inmovilizado, con un pie en el aire y otro hundiéndose en la arena. Después, todo siguió. Me recompuse. El ingeniero pegó los trozos de la historia, unió el pasado al futuro, introdujo la cinta en el proyector y nuevamente se iluminó la pantalla. Los hermanos Marx estaban otra vez entre nosotros. ¡Qué alivio!

Atrás quedaba el bote varado con la sombra de María. Las olas empujaron hasta mis pies una estrella de mar, también varada. La cogí por uno de sus extremos, la volteé y la devolví a su ámbito. Cayó cerca de unos niños que jugaban en la orilla. Se asustaron. La perdí de vista.

La gente empezaba a comer, abría bolsas, deshacía paquetes,

pelaba plátanos, descorchaba botellas. Vi a Julio, lejos aún, bajo la sombra de un toldo. Menos mal. Corrí hacia él dando brincos. La arena ardía.

—Eres un cabrón.

—Admitido.

—¿Dónde estabas? Te he buscado por todas partes. Hay que ser hijo de puta para dejarme así... Sin un céntimo, sin un cigarrillo, sin un periódico.

—Y sin una triste botella de Dom Perignon. Espérame aquí. Enseguida la traigo.

—¿Me dices de una puñetera vez dónde andabas?

—Con María.

—¿Con María? ¿Y ésa quién es?

—Sí, hombre. La de la otra tarde. La que trabaja en la *boutique* de los masturbadores.

La habíamos bautizado así por la lencería de lujo que se estiraba como una pantera en su escaparate.

—No la conozco.

—Pues ella a ti, sí. ¿No te acuerdas? La conocimos el jueves, delante del Pez Espada. Tú le caíste fatal.

—¿Aquella gachí delgada, monilla, de labios gruesos?

—Ésa.

—¿Y qué tal?

—Bien.

—¿Del todo?

—He dicho bien. No indagues. Soy un caballero.

—Ya... Y yo, Sancho Panza. Venga, corta el rollo y dame un pitillo.

—No tengo. Me los he dejado en el pantalón y el pantalón está en las quimbambas. Así que búscate la vida.

—Para haberlo sabido. Menos mal que Joaquín me dio unos cuantos.

—Entonces ¿qué las pías? Y por cierto: ¿desde cuándo fuma Joaquín?

—Desde que tú empezaste a olvidar cajetillas en los pantalones.

—¿Vas a estar todo el día con esa matraca?

—Sólo hasta el atardecer.

Una chica en bikini vino hacia nosotros, se inclinó sobre una bolsa de plástico, sacó un paquete de *bisonte* y una caja de cerillas, y se marchó. Nos quedamos boquiabiertos.

Julio cambió la música y dijo:

—Joaquín organiza un *party* en su casa.

—Sí, ya lo sé. Y habrá que ir. No hay dinero para otra cosa.

A no ser que te vistas, subas al pueblo, cojas el autobús y te largues a Málaga. A lo mejor ha llegado el giro. A mí no me lo dan. Viene a tu nombre.

—Te lo dan si llevas una autorización.

—Sabes de sobra que eso es un jaleo. La mitad de las veces no reconocen la firma.

—Me agotas.

Se levantó, se sacudió la arena y añadió:

—Voy por tabaco.

A los cinco minutos estaba de regreso. Me lanzó, ostensiblemente, una nube de humo y propuso que comiéramos.

—Ni hablar —dije—. No son ni las dos y media. Si quemamos las naves ahora, ya sabes... A las ocho estamos que nos caemos. Y de cena, nasti. A no ser que vayas por el giro.

Recalqué la última frase.

—Sí. Que *yo* vaya por el giro y que *él* haya llegado. Tú, entretanto, puedes esperarme en la trastienda de María. Te marcas un buen polvo a mi salud.

—¿Cuánto esperamos? ¿Una hora?

—A sus órdenes, capitán.

Me senté en la arena. Alguien, cerca de nosotros, sacaba filetes empanados de una fiambrera. Julio y yo, después de contemplar el espectáculo con sombría consternación no exenta de masoquismo, nos echamos a reír. Llevábamos más de una semana sin probar la carne. Pasé la mano por el bañador y vi que seguía seco. Me incorporé.

—Agur. Me voy al agua.

—Que se te quiten los pecados.

La culpa, posiblemente, fue del mar. Si no hubiese estado tan sereno aquella tarde...

Pero lo estaba. Parecía una llanura y, por supuesto, una tarjeta postal. Nubecillas como jirones de algodón, gaviotas, balandros y un cielo escrupulosamente azul.

Entré corriendo en aquella película de Hollywood. Me caí varias veces y otras tantas repetí la pirueta. Sentí la frescura y el vigor de la primera mañana del mundo. Después regresé a la orilla tambaleándome, ebrio, liberado, a muchos años-luz de distancia de los niños, de sus pelotas de colores, de Julio, de las mujeres bronceadas, sinuosas e incitantes. Algunas me vieron salir. *Narciso, Venus, Botticelli.* No evité la tentación del pavoneo. Me sentía un león marino en el vértice de un imán. Se enredaban en mí la arena, las olas, la vida, el deseo, las miradas.

Descansé un rato junto a la orilla. *¡Qué bonito parece el mar esta* *mañana!*, pensé parafraseando a Napoleón en Austerlitz. *En un día como éste debió de andar Cristo sobre las aguas.* Tuve envidia. Quise imitarlo. Imitarlo y hundirme luego, enseguida, haciéndome partícipe de la profundidad. *Una tumba de pedrería azul, un sarcófago de faraón, un lugar tranquilo y bien iluminado. Para descansar. Como un oasis. Como la ayuda de un amigo. Como si una mujer joven y guapa te apretase las sienes con sus dedos.*

No tuve la culpa. Ardía el mar azul y ardían las gaviotas, los balandros, el horizonte. Pasó corriendo un niño y me llenó de arena. Detrás venía otro, muy despacio, volviéndose para mirar las huellas de sus pisadas. Me zarandeó la nostalgia. Yo, a su edad, también lo hacía. *Playa de Santa Pola, sol y aridez. Si la arena se mueve, te inclinas y zas, un cangrejo. Pero aquí no hay piedras rodadas para hacer corrales. Ni cangrejos, supongo.*

No tuve la culpa, pero tardé en decidirme. Seguí sentado allí, entre los niños y las mujeres sinuosas, pensando en Napoleón y en los cangrejos. Dejé pasar alrededor de quince minutos. Los necesarios para que mi piel se secara por completo. Entonces sentí otra vez calor y me precipité hacia el agua en busca del lugar tranquilo y bien iluminado. ¿Quería ahogarme? Es de suponer que no, pero en aquel momento tampoco sabía (o no recordaba) que la segunda playa, la de levante, la protegida por la inmensa mole de la Roca, estaba lo suficientemente cerca como para nadar hacia su orilla en jornadas de mar sereno. Y lo hice, aproveché la oportunidad y cedí a la tentación sin calcular la distancia, sin medir el riesgo y, sobre todo, sin pensar en Julio, en el amigo que dejaba atrás y al que tantas veces había utilizado como burladero frente a los demonios. ¡Qué importaba! Tarde o temprano, un hombre —para serlo— tiene que vadear el Rubicón. El impulso de mis piernas y de mis brazos, mi respiración regular y jadeante, ya dentro, muy dentro del agua, me conducían a un ignoto lugar del futuro sin premeditación, nocturnidad ni alevosía.

Y, como el Almirante, decidí conocerlo.

Me acordé de Laura cuando aún estaba lejos de la costa. Veía desde allí, a derecha e izquierda, las dos playas y, en su centro, la Roca, el falo ciclópeo que simultáneamente las unía y las separaba. Me detuve, pataleé con cordura y economía de movimientos, lo justo para mantenerme a flote, pensé que aquellas dos medialunas de arena parecían mujeres acostadas y barrené hasta el fondo de mis antípodas como en mis mejores tiempos. *No estoy tan embrutecido.*

No he terminado de olvidar mi historia. No he sabido perderme en el sol y en el sexo. ¿Qué será de mis padres? ¿Y de Rosa? ¿Intentará rehacer su vida? Pero las vidas no se hacen ni se rehacen ni se destruyen. Admiten adjetivos, eso sí. Son buenas o malas, cobardes, felices, fecundas, gilipollescas... Pero son *siempre, hasta que dejan de ser, hasta que dejan de admitir adjetivos. Morir es perderlos, prestarlos a los que quedan. ¿O mueren con su soporte, con su sustantivo? No lo sé, pero sé que nacemos sin ellos y que la vida, poco a poco, nos los va colgando, y que los cogemos, y que nos los imponen, y que antes o después los apretamos contra el cuerpo y los incrustamos en él como si fueran mujeres insumisas. Al empezar somos simplemente rubios o morenos, altos o bajos, masculinos o femeninos. Casi nada. El ser que no es. Pero enseguida hay que elegir. Y cada elección nos añade otro adjetivo: simpático, católico, estudiante, cura, tornero, actriz, marica... Portazos en la napias, porque la adquisición de adjetivos se paga con una moneda fuerte: la renuncia, las posibilidades perdidas, lo que ya nunca será nuestro. Llamamos libertad a la esperanza de que no nos condicionen herencias fisiológicas o históricas ni imperativos terrestres o celestiales, a la suposición —sólo suposición— de que el hombre se determina a sí mismo. Y es cierto, aunque inútil. Somos libres, pero no tenemos libertad para dejar de serlo. La única salida es el olvido, la eterna canción de negarnos ochenta veces al día. Suma y sigue. Sólo dos santos me caen bien: san Pedro, que corrió la aventura sin límites de la contradicción, y santo Tomás, que se manchó las manos. Nombres propios de la infancia. Y luego la edad de la razón: hazte a ti mismo. ¡Partida de mentirosos! El hombre nace hecho. O no. Se hace, sí, se hace célula a célula, glóbulo a glóbulo, en el divino vientre de la madre. Palabras, palabras, palabras. Confundimos el pensamiento con las palabras. Y así no se puede pensar, porque el pensamiento sólo lo es cuando se basta a sí mismo. Lo que nosotros, los borricos del montón, llamamos pensar, no pasa de ser una conversación a solas. Tal vez los genios, no. ¿Y quién es un genio? ¿Cómo se sabe? ¿Dónde está la línea divisoria? ¿Quién extiende el certificado de genialidad? Shakespeare, Napoleón, Dostoievski, Stendhal, Homero, Botticelli... Botticelli. La costa está llena de pinos como los suyos, de pinos para el amor.*

El mundo, que giraba en torno a mí, se detuvo lentamente. Pude ver aún las dos playas, su curva de mujer supina, el morro chato de la Roca.

Un hombre y su soliloquio. Una extraña mezcla. Algo de realidad, algo de fantasía, algo de estupidez. La mecedora del agua, los chillidos de las gaviotas, las cabezas de los bañistas cada vez más cercanas. Pensar y abandonarse y existir. Nunca entendía cómo. Me encontraba dentro y fuera de aquel cuadro. Era como ser espectador de una película, con su fotograma de cal y su fotograma de arena, con su pellizco de verdad y su pellizco de mentira. Sentarse en la butaca sin olvidar el mundo. O lo contrario. Otra elección. Y al burdel.

Me aburría. Estaba aún lejos de la costa. Nadé con fuerza. O eso o morir ahogado. La Roca se me echaba encima. Doblé su punta y evité como pude, acezante, con los pulmones en los labios, los arrecifes verdinegros, viscosos, espumajosos y acorazados por una aguerrida panoplia de erizos y mejillones. Sentía un agudo dolor, algo parecido a un torniquete, en la parte izquierda del estómago. Yo, que no creía en los dolores ni en los calambres ni en las jaquecas ni en la acidez de estómago ni en las demás vainas y arrechuchos constantemente aducidos por los *mayores* para atrincherarse en ellos y justificar la parálisis de sus espíritus. Yo, que era Peter Pan en busca de Wendy, y de la hija de Wendy, y de la nieta de Wendy... Y fue entonces, sólo entonces, al reclamo de ese nombre restallante y de ese escurridizo concepto, cuando me acordé de Laura. De Laura, la que olímpicamente desconocí en Madrid, teniéndola al alcance de la mano, y la que casual y vehementemente había descubierto allí, unas horas antes, sin premeditación ni alevosía pero con nocturnidad y frivolidad, como quien juega distraídamente una partida de ping-pong.

Me acordé de ella, sí, y de sus ojos claros no oscurecidos por la ginebra o los demonios, y me acordé de la velada promesa —una cita en cualquier sitio sabe Dios cuándo— que con escasa convicción le había hecho, y me acordé también, felinamente, de que ya no parecía estar al alcance de mi mano, sino de otras manos masculinas, inciertas, ausentes y a lo peor ardientes.

¿A lo peor? ¿Y qué carajo me importaba la criatura aquélla? Volví a refugiarme en la frase de Camus: *asediar a la más hermosa de las que suben, perseguir a la más bella de las que bajan...* Tal era el compromiso y mi férrea norma de conducta. No había razón alguna para violar el uno ni la otra. Pero la playa de poniente, con Julio y las cuarentonas, me aburría. Laura, en el peor de los casos, significaba un camino nuevo y ponía a mi disposición —o a disposición de mi famélica curiosidad— una playa diferente. Con eso, a la defensiva, me conformaba.

No acudí en su busca, sin embargo, porque adivinase en ella un camino o una simple esperanza sin estrenar. Me movieron, como de costumbre, impulsos más personales y narcisistas. Necesitaba abandonar allí mismo, lejos aún de la costa, todos mis adjetivos para sentirme otra vez desnudo y poder elegir. Recordé la noche anterior, la subida hacia el monte planetario y el deseo o inminencia de una *vita nova*. Laura, indirectamente, había sido la responsable de aquella silenciosa rebelión. *Laura*, pensé. *Está y con eso basta. No tiene adjetivos. No me inspira nada original ni exótico ni nuevo. Laura.*

Nadé vigorosamente, con todo el fatigado empuje que me quedaba, hacia el extremo de la curva perezosa, concupiscente y femenina de la playa de levante. Huía del aburrimiento, de la costumbre, de la soledad, de la pelota azul y blanca. Y mis manos partían y repartían las olas con precisión e intensidad, como *Dalí niño levantando la piel del agua* o como los supervivientes de la *Bounty* con la esperanza y el rumbo puestos en los bajíos de Pitcairn.

Doblé por fin no ya el bauprés de la Roca, sino sus últimas y más alacranadas estribaciones, y vislumbré muy fugazmente, de costadillo, sin levantar la cabeza y cegado por las salpicaduras, aquel seno de mujer, aquella mujer de dunas, aquellas dunas de arena, felicidad y salitre: la playa de poniente. Cerca, muy cerca. A falta de un último aúpa. Lo lancé, braceando histéricamente en medio de una aparatosa nube de espuma y chasquidos, sentí la proximidad ondulatoria de la arena, detuve la maquinaria de los músculos, extendí los pies —ya inertes— hacia el suelo y toqué tierra firme. Como un ahogado a la deriva, como Adán al salir del mono, como Robinson, como el último resto de un naufragio. E inmediatamente volví a sentir bondad y fuerza, tranquilidad, confianza y calor, el calor oscuro y mate de la geología subiendo sin prisa ni pausa por mis venas.

La playa de levante nacía (o moría) en la ladera más escarpada de la Roca y seguía en dirección a la invisible Málaga hasta morir (o nacer) en un punto indeterminado del trayecto. Un monte pedregoso, blancuzco y exageradamente vertical la separaba del pueblo. Y éste, una vez salvado el estorbo, se estiraba hacia el centro de la tierra como un cefalópodo doméstico de calles sinuosas y nacaradas en forma de tentáculos. Algunos, más audaces o más curiosos, rodeaban el perímetro del peñón y se lanzaban vertiginosamente cuesta abajo hasta hundir sus últimas ventosas, ladrillos y jardines en la arena contigua a los chiringuitos. Pero desde éstos hasta la línea quebrada de las olas, sin brote alguno de urbanismo, la playa nos pertenecía por completo. Y, efectivamente, la poseíamos, aunque con cortesía y temor casi reverencial, como se posee desde el otro lado de la reja a una novia entre visillos.

Cuando encontré a Laura aún tenía el pecho apresurado y la respiración entrecortada por la pelea de la travesía. La vi venir desde muy lejos, chapoteando con sus sandalias japonesas al hilo de la orilla y acompañada por un individuo bastante joven, cargado de hombros y sin afeitar, y por una chica con aspecto de secretaria o de peluquera. Se acercaron a mí —yo estaba sentado y derrotado sobre la arena húmeda— y Laura, amistosamente, me empujó con el pie.

—Hola —dijo.

Alcé los ojos. Los detuve en la presunta oficinista y después, parpadeando, en ella. Llevaba un bañador negro y frágil, angosto en el escote y generosamente abierto por la espalda. Un gorro blanco, similar al de Spencer Tracy en *Capitanes valientes,* le escondía la prudente melena de pelo negro y estirado dividida al buen tuntún en dos coletas.

—Hola —contesté—. Me alegro de encontrarte. ¿Cómo terminó la fiesta anoche?

—Soñando con los angelitos. Ni siquiera tuve resaca, pero me he despertado a las ocho y pico. Un desastre. ¿Y tú? ¿Qué haces aquí? ¿No ibas siempre a la otra playa?

—Y, aunque no lo parezca, *estoy* en la otra playa. Sólo que me he venido a ésta nadando, porque allí me aburría. Un palizón.

—No hace falta que lo jures.

—La gente de Montemar no es como la de aquí. Son mayores, tienen más dinero, visten mejor, van a hoteles de lujo: Y casi no hay españoles.

—¿Sabéis algo del giro?

—No. Supongo que Julio irá a Málaga esta tarde.

—Conste que mi oferta sigue en pie.

—Tomo nota. Y *tante grazie.*

Me había levantado para saludarla y estaba muy cerca de ella, secándome las manos en el bañador. El ambiente olía a sal y a escamas, y nosotros —jugando a tritones y nereidas— formábamos parte del ambiente. Y lo que era peor: del mundo. *Los síntomas son fatales,* pensé. Empezaba a parecerme excesiva e incisivamente joven y guapa.

—¿Vais hacia allí?

Y señalé con el índice el puerto de Málaga, fantasmagóricamente proyectado en el aire por el humo de las chimeneas de los vapores.

—Tanto como eso... No, vamos a lo del Madriles, a ver si nos alquila barato un patín.

Se apartó un poco y me dejó, desarmado, frente a sus compañeros.

—Ésta es Marisa y éste es Rodolfo. Jaime.

Nos estrechamos las manos en silencio. Marisa sonrió y fingió una reverencia. Tenía el pelo corto y rizado, la cara muy redonda, los ojos muy saltones, el culo muy fondón. Nos adelantaba, evidentemente, en edad y —evidentemente— se esforzaba en disimularlo. Rodolfo, a primera vista, no rayaba a la altura de su augusto nombre.

Rebusqué frases posibles en rincones oxidados del cerebro y me cubrí de gloria preguntando:

—¿No es un poco tarde para alquilar un patín?

—Nunca comemos antes de las cuatro —respondió Laura con cierta brusquedad.

Hubo unos instantes de silencio. De un silencio injusto, injustificado e incómodo. Miré hacia el mar o hacia ninguna parte con el rabillo del ojo. Laura resolvió la situación. Por primera vez en su vida, seguramente. No tuve que esperar mucho tiempo —aunque sí varios días— para descubrir que los dioses le habían concedido el inestimable don de complicarlo todo.

—Bueno, pues nos vamos. Hasta otra y que lo del giro no sea nada.

No hubo más. No me invitaron a ir con ellos, y no fui. Cuestión de timidez, porque desconocía el orgullo. Marisa se sintió ligeramente decepcionada e hizo todo lo posible, dentro de lo implícito, para que yo lo supiera. Miraditas, suspiros y pestañeos. Lo encontré lógico. Quería casarse, la pobre, y aún no estaba al corriente de mi pasado. Vi cómo se perdían en la calígine —espejismos o ectoplasmas— y, desentendiéndome del encuentro, volví a sentarme en la arena. Pasaron unos minutos. Luego levanté la vista y los vi, aún más brumosos y cerca ya del enorme desagüe de granito que depositaba el pestilente residuo de las juergas del *submundo* (y del mundo a secas) en la orilla del mar. Me levanté y, como Lázaro, me eché a andar. Iba muy despacio, fijándome en todo. Me dolían los talones. Notaba en la boca un extraño y perentorio sabor a novedad.

Media hora después los vi de nuevo. O vi, mejor dicho, su patín atravesado en alta mar. Desde la orilla sólo se distinguían tres figuras híbridas y móviles, sin volumen, sin tamaño y sin sonido.

La playa era casi un desierto de dunas y cactus. Los últimos bañistas estaban a la sombra de los merenderos y, pringosamente, engullían pepitos de ternera, boquerones con mixomatosis, huevos duros, salchichas de ratón y el dudoso contenido de las herrumbrosas latas de conserva previsoramente almacenadas en sus bolsas deportivas. Todos los perros de la vecindad, más bien tiñosos, se hacinaban por los alrededores derribando las sillas sin ocupante, mordisqueando las patas de las mesas, lloriqueando con patética y repulsiva falta de dignidad y aplicando su mucilaginoso hocico a las piernas lampiñas de los peques y a la ingle peluda de los adultos. Una tenue bruma vibratoria se desprendía de la arena. En el ángulo más deshabitado y prominente de cada chiringuito un enorme altavoz metálico propagaba y repetía hasta la saciedad las canciones de última moda.

Volvió a lastrarme el aburrimiento. Aquella playa, en la hora de la sobremesa, se parecía mucho a la de poniente, donde Julio —con toda seguridad— estaría dando buena cuenta de los últimos víveres disponibles. *Y poniéndome tibio,* añadí para mi coleto. *Con razón.*

Sobre el agua, sin quebrar su superficie, sólo quedaban ellos —Laura, Marisa, Rodolfo— y el patín, recortándose los cuatro contra un horizonte que ya no me parecía lleno de luz, pero que conservaba parte de su sabor a novedad.

Sentía hambre y, al mismo tiempo, vigor. Nada podía hacer contra aquélla, así que opté por entretenerme con lo segundo. ¿Cómo? Gastándolo.

Entré en el mar con lentitud, evitando los desniveles y pozas del suelo, y sorteando los pedruscos semihundidos en la arena. Soplaba un viento traidor, desagradable, polvoroso, y el agua —gris y turbia— llevaba infinidad de insectos en suspensión y de materias en descomposición. Para colmo, culpa quizá de la hora, estaba fría, desangeladamente fría. *Como si el sol refrigerase. Como si entre sus rayos y el agua se produjera una plebeya reacción química. Como si del azul y el amarillo saliera el negro.*

Caminaba de puntillas. Un sacacorchos de helor se me clavó bruscamente en el ombligo. Seguí avanzando a la mujeriega, con los codos a la altura del hombro, dándome breves y ridículos impulsos con los dedos de los pies. Por fin noté el apretón del frío en la garganta y empecé a nadar con mesura, manteniendo muy erguida la cabeza y los músculos del cuello en posición forzada. *Se van a asombrar al verme,* iba pensando. *Se va a asombrar Laura, sobre todo. ¿Y si ese tipo del bigote y la cabezota puntiaguda fuese el misterioso Santiago? Imposible. Se llama Rodolfo. ¡Vaya atragantón de agua! Y sin llevarme un mendrugo a los dientes desde hace más de veinticuatro horas.*

Mantenía el pelo seco. Me obstinaba en nadar con la cabeza fuera del agua, como esos chuchos de colegio de pago que persiguen a veces las embarcaciones de recreo de sus distinguidos propietarios. El patín, a fuerza de bemoles y brazos, se acercaba. Distinguía ya perfectamente las siluetas de todos los miembros de la tripulación. Las dos mujeres estaban sentadas con los pies apoyados en los pedales, pero sin moverlos. Laura gesticulaba, seguramente hablando y riéndose. Lo hacía a menudo. Sus ojos lo hacían siempre.

Marisa se atusaba los rizos de alfombra apolillada con la mano derecha y con la izquierda sostenía un espejo de empuñadura azul. *Seguro que se hace la permanente, el sistema más eficaz que se ha inventado para no encontrar novio. El más eficaz, sí, pero no el único. Conozco muchos otros.* Y, sin detener mi avance, me dediqué a enumerarlos.

Rodolfo, aquel antipático Rodolfo al que mi subconsciente asignaba misteriosos puntos de ensambladura con Santiago, se lanzaba una y otra vez desde la rueda posterior del patín a la superficie encabritada del agua. El espectáculo me llenó de regocijo. *¡Qué mal lo hace!*, pensé. Pero yo era infinitamente más torpe. Le tenía miedo a esas cosas —a los trampolines, a las aguadillas, a los chapuzones— desde que Manolo, mi mejor amigo de los mejores años infantiles, se raspó malamente la cara contra las piedras del río Cinca, en su pueblo natal, y salió de él como un héroe o como un idiota, con la mejilla izquierda sañudamente ensangrentada. Lo de idiota era valoración añadida por el paso del tiempo y por su inevitable carga de cinismo, porque entonces me pareció solamente un héroe. *¿Solamente?* ¡Pero si yo nunca quise ser otra cosa! Nos bañábamos juntos en el regato del Suicida y buceábamos con la esperanza, siempre frustrada, de encontrar miríficos y jaspeados huevos de pez entre las rocas. Creíamos que también los peces, como las gallinas o las avestruces, depositaban huevos de considerable tamaño en escondrijos que ni siquiera las ranas conocían. *Tienen que saber de puta madre las tortillas que se hagan con esos huevos,* pensábamos. Y nunca conseguimos ninguno, como tampoco conseguimos nunca, ni él ni yo, a aquella cristalina y volátil Pili, primogénita de los vecinos del segundo, que nos inspiró un irresistible amor fatal, colérico, cejijunto y, por desgracia, simultáneo. Manolo se casó con ella en broma, a los trece abriles mal cumplidos, mientras Eduardo hacía de cura, y la besó al terminar. Yo me enfadé con él, por lo bajo, y no le dije nada (ni le perdoné nunca), pero aquella noche me fui como un náufrago a la cama, y pensé con suciedad en las bodas y en quienes las contraían, y me sentí por primera vez inmensamente solo entre las tristes sábanas. Y aunque jamás dimos con los encabronados huevos de pez ni se nos concedió la gracia de una verdadera noche de bodas con Pili, sí fuimos descubriendo en cambio y poco a poco, al paso alegre de la adolescencia, la falsedad y debilidad de aquellas relaciones infantiles que siempre habíamos supuesto imperecederas. *Tú me rehúyes, Manolo del río Cinca, héroe corruptible de mi infancia incorrupta, y yo —que a veces te busco— no puedo* *estar ni siquiera cinco minutos a tu lado sin irritarme. Supongo que nos compadecemos mutuamente. Que Dios nos perdone la amistad y los recuerdos.*

Pero ya Laura se me echaba encima, y la imaginé entre los brazos de Manolo —¿por qué no entre los de Santiago?— y me enfurecí hasta el extremo de perder el compás del agua, y de hundirme en ella, y de mojarme el pelo, y me tragué un sorbo matón de Mediterráneo en salmuera, y casi me voy al fondo de los mares, matarilerile-rile, en busca de huevos de chanquete y de testículos de avestruz.

Salí a flote, y volví a pensar en Laura, y me pregunté por la razón de aquella furia repentina, ya que en realidad —y mi convicción era espontánea— ni la conocía ni (consecuentemente) la deseaba, pues tan imposible es desear lo que no se conoce en absoluto como lo que se conoce en demasía.

Pensaba en ella, eso sí, como suelen pensar los *peterpanes* en las *wendis* atractivas, pero nada más, lo que ciertamente no era mucho ni en principio me llevaba a parte alguna. Frivolidad, egocentrismo y punto: tal sería el diagnóstico de Rosa, de Julio y de mi gente. ¿Y el mío? Imposible saberlo. Me faltaban datos sobre aquella mujer marina. Me faltaban pruebas de su seriedad casi estremecedora, de la seriedad con que se enfrentaba al mundo, de la seriedad que quizá pondría en sus labios (y en los míos) al besarme. *Porque algún día te besaré, palabra, y volveré a besarte y a besarte en mil descuidos, quieras o no quieras, en cualquier lugar del pueblo, en la playa o por sus calles, sin dejar de hacer lo que estemos haciendo, entre sonrisas o entre carcajadas. Y entonces lo descubriré y te lo diré. Te diré todo lo seria que eres al terminar de besarnos, cuando se evapore de mi boca y de mi cuerpo la temperatura de tus labios, la punta de tu lengua, el esmalte frío de tus dientes. Y me pararé, y sentiré el hueco del aire entre tu piel y la mía, y dejaré de reír, de sonreír y de caminar. Pero no de nadar, ahora, porque me hundo, hermanita, y si me hundo...*

Llegué por fin hasta ellos y me agarré con alivio a uno de los flotadores del patín. Mi cara se detuvo y descansó a muy pocos centímetros de la pierna de Laura, lisa y dura, marmórea casi en su impasibilidad.

No demostró sorpresa al verme y fue la primera que dijo algo, mientras Marisa y Rodolfo me miraban como si fuese Moby Dick.

—Hola —repitió por segunda vez en lo que iba de jornada—. Sube a recuperar las fuerzas. Es mucha paliza para un estómago hambriento.

Se corrió hacia Marisa y me tendió la mano. Inmediatamente añadió:

—¿Lo haces todos los días?

El tono era burlón. Marisa adelantó los labios, se retocó el pelo e intervino:

—¿Cuánto has tardado en llegar hasta aquí? ¿No te cansas nunca?

Las dos frases se escucharon casi al mismo tiempo. Trepé al patín, que se tambaleó un poco, y me senté en el flotador. Tenía frío y hambre. Tiritaba. Laura me tendió una especie de caftán.

—Toma. Sécate.

—No, gracias. De verdad. Ahora, con el sol, se me pasa en un minuto.

Rodolfo, que estaba metido en el agua al otro lado del patín, se decidió a saludarme.

—Vaya, hombre... ¿Conque te has animado a venir? Pues hay un paseo.

Lo había. Las olas eran cada vez más altas, más profundas, más veloces y más frecuentes. Chocaban, severas, contra nosotros y nos zarandeaban. Rodolfo preguntó:

—¿Qué hora es?

—Espera.

Marisa metió la mano en una bolsa plastificada y sacó, milagrosamente, un reloj.

—Las cuatro.

Dije:

—Traes de todo. Y luego hay quien se atreve a sostener que los hombres y las mujeres somos iguales. Reloj, peine, espejo, potingues para la piel... ¿No llevarás por casualidad un pollo frío con ensalada de lechuga y tomate o unos canapés de caviar del Caspio?

Estaba cogido entre dos fuegos con forma y fondo de mujer, y no sabía prescindir de mi vanidad, de mi aparato, de mi bata de cola, de mis mecanismos de pavoneo ni de mis estúpidas ínfulas de seductor. Procuraba mostrarme atractivo, desenfadado, barbián, cosmopolita y un poco escéptico. Era una táctica como cualquier otra y generalmente daba buenos resultados. Una cucharadita de aventura y un dedo de incertidumbre. Hablar ligeramente del pasado sin descorrer su velo. Insinuar turbulencias, sugerir desesperaciones, exhumar sarcófagos de ambiguo contenido. Ignorarlo todo sobre el futuro. Presumir de que sólo importa el presente. Y la piel morena.

Laura se rió.

—Ni pollo ni caviar, pero si quieres un caramelo...

—Gracias, rumbosa. Los caramelos me quitan las ganas de comer y mi madre me los tiene prohibidos. Aunque eso de comer, la verdad, ni siquiera me acuerdo de cómo se hace.

Rodolfo, postergado, salió por sus fueros viriles y anunció con tono y ademán de *morituri te salutant* que iba a concederse un último baño.

Luisa sale del agua, se acerca a mí y roza su rodilla húmeda contra mi hombro. Después se sienta a mi lado sobre las piedras lamidas y escurridas por los elementos en la playa de San Juan. La miro, la admiro y descubro que el bañador le viene estrecho, maravillosamente estrecho. Se lo digo. Responde: eso no debe importarte. Después se sacude, se aparta el pelo, se acerca, se apoya en mi hombro y añade: abrázame. Nos besamos mientras el sol se pone. Por la carretera, tosiendo y traqueteando, pasa un camión. El chófer, reprimido y envidioso, nos obsequia con la vulgaridad de turno. Me revuelvo como un babuino, me levanto y —rabioso— le tiro una piedra que no le da. Ya no vuelvo a sentarme y, como Rodolfo, le digo pomposamente a Luisa que voy a apagar la hoguera dándome un último baño.

El del bigotillo se tiró, efectivamente, al agua y lo hizo de la peor manera posible: atizándole un empujón al patín y cubriéndonos de espuma.

—¡Qué gracia!

Me sentía asqueado. Busqué una excusa.

—Son las tantas, tengo hambre y Julio se lo ha debido de comer todo. Me voy.

Marisa, con los ojos como huevos de codorniz, dijo:

—¿Estás de verdad en la otra playa? No me lo había creído. ¡Qué bárbaro! ¡Vaya palizón!

Eternamente admirada y, en la segunda fase, eternamente consternada. Te conozco de toda la vida, hermosura. La editorial donde trabajé seis meses a sueldo fijo —una vez y no más— estaba llena de chicas como tú. Y la facultad también, aunque allí guardaban mejor las apariencias y tenían un poquito más de clase. Hasta Rosa era, a su modo y salvando las distancias, como tú. Gajes y frutos del país. Y genio, y mierda, y figura. España está llena de mujeres así. Y de hombres que buscan a mujeres así, aunque algo más guapas, dentro de lo posible. Mujeres que abran los ojos huevones con frecuencia, que conserven intacta su hipócrita facilidad para el asombro, que junten coquetuelamente sus dedos y den grititos de gorrión de sacristía al escuchar al macho. Acabarás casándote, Marisa, a pesar de tu desconfianza, sólo porque eres capaz de expresar emoción ante el vacío y de transformar a Napoleón en un agente de seguros. ¿Conservas aún sellada la cerradura pringosa de tu virginidad? Lástima que tengas los ojos tan saltones. De pechuga y de piernas no andas mal.

Mojé la pólvora. Cerré el frasco de la leche agria. Contuve la marea de la irritación. Y todo porque sentía la proximidad de Laura. A veces, en los balanceos imprevisibles del patín, mis codos rozaban sus rodillas o el tobogán felino y lustroso de sus muslos.

—¿Te vas directamente desde aquí?

Lo preguntó con brusca y tibia seriedad. Era un golpe de timón, un cambio de tercio, un regate en el área.

—Sí. Está mucho más cerca. Me libro del rodeo de la Roca, que se las trae.

—Quédate. Puedes comer con nosotras en el merendero.

—¿Y Julio?

Me mordí la uña del dedo corazón. Rectifiqué.

—Bueno, Julio es lo de menos. Pero ya sabes que estoy sin blanca.

Sí. Y esto, pedazo de mameluco, equivale a pedirlo. Maldita sea.

—Por tercera y última vez te repito lo del préstamo. Ya te dije anoche que me sentía culpable. Cómete el orgullo, que no es mal aperitivo, y acepta. Tampoco es para ponerse así.

—No. Ni hablar. Me marcho.

—Déjate de bobadas. ¿Qué son quinientas pesetas?

La mitad del dinero del mundo, pensé. Laura siguió:

—Mira, te las presto —o, mejor dicho, *os* las presto— vengas o no vengas a comer. En cuanto llegue el giro me las dais, y a otra cosa.

Sonrió.

—Porque supongo que no sois unos estafadores.

—No te fíes. Estamos en el *far west.*

—Pero yo soy amiga del *sheriff.*

Marisa, casi implorante, terció:

—Venga, quédate. Lo pasaremos bien.

—No me lo digas dos veces. ¡Comer con tenedores en un aguaducho! ¿Se celebra algo?

Y añadí, muy deprisa:

—De acuerdo. Pero que no corra la voz.

El patín, llevado a la deriva por las olas, había ido acercándose en diagonal a la playa. La teníamos casi encima.

—Lo malo es que la ropa sigue en Montemar y no puedo volver a la pensión en taparrabos.

—La recoges más tarde o subes a mi apartamento y te pones uno de mis vestidos. Vas a estar hecho una monada.

—¿Y la digestión?

—Esperas un par de horas antes de meterte en el agua. Esas cosas, además, son supersticiones de nuestras tatarabuelas.

—Bueno.

Bajé definitivamente la guardia. No iba a lanzar mis naves contra los elementos. Mejor arriar velas y barloventear. Laura tenía razón: mucho ruido para tan pocas nueces. ¿Por qué resistirme como gato panza arriba a algo tan sencillo como un almuerzo?

Marisa se incorporó y llamó a Rodolfo. Después me dijo:

—Siéntate aquí y pedalea. Yo, en cuanto este cacharro empieza a moverse, me mareo.

Entró con mil precauciones en el agua y se colgó de la popa del patín. Por lo que fuera —nunca supe la razón— acababa de renunciar a mí en cuanto posible sujeto (u objeto) de casorio. Me alegré por ella.

Y fue así como mi cuerpo sediento —y hambriento— se encontró repentinamente al lado de otro cuerpo del que nada sabía. Eran las cuatro en punto de la tarde: una hora para la eternidad, para que las agujas del reloj dejaran definitivamente de moverse. Laura y yo pedaleábamos. Rodolfo nadaba. Marisa, rémora del cachalote, pataleaba. Lo demás, como en el cuento, era pura expectativa, cansancio, quemazón en todos los sentidos de la palabra, gazuza y mar abierto. Abierto y cubierto de presagios en forma de nubarrones.

Pero las agujas del reloj siguieron moviéndose. A las siete de la tarde todo había terminado. La playa parecía una mujer de edad quebrada por la cintura. El sol, como un globo desinflado, rozaba titubeante la superficie del mar a punto de hundirse en ella. De vez en cuando, sin ganas, algún que otro niño con sangre gris de pescadores de bajura pasaba —remolón y descalzo— por la orilla de olor acre en busca de sardinas muertas o de baratijas de oropel extraviadas por los veraneantes. Eran, a su modo, la punta de lanza de la población nativa. Y nos mirábamos con recelo, nos ignorábamos, nos cruzábamos sin farfullar un saludo ni una despedida. Las gentes del pueblo —los aborígenes, como entre bromas y veras los llamaba Julio— formaban un mundo distante y nebuloso, de cuya esencia y existencia nada se sabía ni se quería saber en los pimpantes vestíbulos de los hoteles de relumbrón. Vivían en chabolas y casuchas blancas, junto al mar, y apenas mantenían contacto con los seres vaporosos, elegantes, impasibles y pérfidos que iban o venían de ninguna parte a ninguna parte siguiendo líneas de fuerza absolutamente ininteligibles para quienes, como ellos, tenían desde épocas inmemoriales puntos de origen y de destino crucificados y disecados en los mapas del tiempo.

Pero entre los aborígenes propiamente dichos y los forasteros de la nueva Edad de Oro existía una especie de colchoneta con amortiguadores, un estrato de población intermedio, autónomo, cordial, útil, vivaracho y saludablemente egoísta. Pertenecían a ella, entre otros, los pequeños comerciantes —que se instalaban de modo permanente en el pueblo y abrían salas de fiestas, bares americanos o *boutiques*— y también, aunque con menos humos, los pícaros de la legua que plantaban quioscos de refrescos, tenderetes de condumio o simples bandejas de quisquillas con ácido bórico al arrimo de las playas.

Y con ellos —a la fuerza ahorcan— sí que nos relacionábamos los intrusos, los advenedizos, los alienígenas, las actrices sin trabajo, los vagabundos como nosotros, los gringos, los señorones, las esbeltas divorciadas, las estudiantes fisgonas, los carteristas de lujo, los jóvenes a la ventura y, en general, todos los habitantes del extramundo visible y del submundo invisible.

Pero no sólo relación, sino también simbiosis. Los necesitábamos para subsistir y nos necesitaban para lo mismo. Era un toma y daca de dinero por servicios, de servicios por dinero. Algo así como un negocio de embriaguez montado a medias. Nosotros poníamos el oro y la irreflexión, los cuerpos tumbados y la garganta seca; ellos, astutos e interesados, añadían sentido del humor y tolerancia respecto a la amoralidad o inmoralidad que constituía nuestro balón de oxígeno y nos servía para acorralar o conjurar el fardo de los recuerdos.

Con los indígenas —pescadores, albañiles, verduleras, conserjes del ayuntamiento— no valían coplas ni copas. Sus verdades y sus principios —o sus mentiras y sus valores— eran irreconciliables con los nuestros. ¡Y qué se le iba a hacer! Estaban encadenados de por vida a su nación, a las llanuras pajizas de la meseta, al vaivén secular de los *pronunciamientos,* a los caciques, a las prostitutas cuarentonas, a los canónigos gorrones, al dialecto ramplón de los extrarradios, a la miseria urbana, al hambre puntiaguda y silvestre de los campos de pan llevar, a las ciudades estranguladas por el garrote vil de los suburbios, a...

Y, en efecto, ¡qué podían o qué podíamos hacer! Cada uno a lo suyo y Dios con nadie. Ni siquiera tenían curiosidad o arrestos para salir de sus chabolas. Permanecían en los porches, lastrados e hipnotizados por las lentejuelas que petulantemente desfilaban ante ellos sin acercarse nunca, y seguían con ojos impotentes o indiferentes aquella rutilante procesión de hembras de marca con los senos en punta y de espigados varones con deje de juncos airosamente crecidos en la otra ribera del curso de la vida. Sus grandes blusones negros estaban siempre escrupulosamente limpios y los rostros encalados de sus casuchas reflejaban como un espejo las muecas, los arreboles y los guiños de la luz del sol. Eran, a la vez, orgullosos y sumisos. Se dejaban transformar en bambalinas exóticas y pintureras sin pedir nada a cambio y se amoldaban dulcemente a las peregrinas normas higiénicas dictadas por los alcaldes. No molestaban a nadie ni nadie los molestaba. A veces, cuando las pensiones de la calle de San Miguel o los fastuosos hoteles en forma de colmena se ponían a reventar —lo que sucedía a mediados de agosto o en otras fechas señaladas con un círculo de tinta roja por los seres opulentos y dorados de las europas y las américas—, entonces, digo, al desplomarse el mes de los sueños y de las utopías sobre las dos playas y el monte silencioso, las gentes humildes se desperezaban y alquilaban las alcobas de su noche nupcial por treinta peniques al día. Y así, por dinero y con resignación, abrían un poco sus postigos al aire de un mundo que no deseaban y que nunca les pertenecería. Cuestión, quizá, de sístole y diástole, de colesterol, de riego sanguíneo. Sus corazones iban siempre más despacio y, lógicamente, se rezagaban. Pero no sufrían ni decaían ni morían ni, llegado el caso, zozobraban.

Yo, al pasar ante ellos, me sentía culpable e irritado. Los burgueses —mis ancestros— me habían facilitado una educación flexible e ilustrada, al uso de los tiempos, que teóricamente me permitía observar, enjuiciar e interpretar la historia, pero aquellos gorgojos de adoquín, boquiabiertos, penitentes, pasivos y reacios al placer, tenían la estúpida virtud de sacarme de quicio por encima de los dogmas y los esquemas, de los rimbombantes análisis históricos improvisados en los cafés de la Gran Vía y de mis arraigadas convicciones acerca de la conexión existente entre las formas de existencia y el contenido de la conciencia. Los equiparaba, secretamente, a mis compañeros de colegio, cuya curiosa manera de vivir y de entender la vida compartí a lo ancho de una década. *Lo que verdaderamente une,* me había enseñado Proust, *no es la identidad de pensamiento, sino la consanguinidad de espíritu.* Y esa era la razón, supongo, de que los albañiles, los pescadores, los notarios y los ingenieros consiguieran irritarme casi del mismo modo, desbaratando así todas mis fachendosas elucubraciones sobre la mitología de la igualdad humana y pulverizando mi altivo y pedante desprecio hacia las leyes de Mendel, la aristocracia, los idealistas alemanes y el antiguo intento de esconder nuestra miseria en el batiburrillo de una horda de dioses.

Veía cabalgando hacia mí la playa postrada y abandonada como una ramera de a duro al despuntar el día, con el pelo lacio sobre la roñosa almohada y los muslos salpicados de semen seco. Ya no quedaban vikingas de senos encampanados ni jovencitos juncales culeando en sus meybas. Sólo los mugrientos hijos de los pescadores pasaban, a la busca, por la orilla. En el merendero de Antonio, contiguo a la Roca, quitaban los manteles, amontonaban las mesas junto al bardal blanco y cerraban el mostrador con tablones de pino mal cepillado y peor clavado. Las gaviotas se alejaban sin prisa sobre su abdomen impermeable y pálido. Los botones de los hoteles plegaban las sombrillas y las guardaban en las casetas. Todo aquel mundo, aquella monarquía sin corona de los cuerpos achicharrados por el sol, se desnudaba mientras nosotros, en sentido inverso y complementario, nos vestíamos para recuperar la noche. Y se borraban así los ombligos rosados de las doncellas, las varices de los vejestorios, las canciones de Nat King Cole, los ojos globulares de Marisa, las piernas de Laura, su seriedad, sus miradas, mi locura.

Me sentía mareado por el alcohol y desconcertado por lo demás. Estaba en cuclillas, frente a la grisura del mar y muy cerca de la Roca, buscando el último y casi imperceptible calorcillo del sol. Sabía que, una vez más, también eso —la borrachera y el destemple— desaparecerían un instante después, cuando me sumergiera en el agua y retrocediese a mi vida anterior, a la mujer de arena de la playa de poniente, a Julio, a los amigos de Madrid, a la decepción de Rosa y a mis recuerdos. Nadaría temeroso y ligero, al hilo abrupto de la Roca, evitando las aristas de sílice, las púas de los erizos, los rabiones espumajosos y las grutas submarinas repletas de lapas. Y entonces sentiría un escalofrío en la médula y pensaría en los tiburones o, incluso, me aterrorizaría por las buenas la aventura de la profundidad, en sí y por sí misma, como si de su núcleo fuera a brotar una mano oscura para atenazar mis pies y arrastrarme hasta la insondabilidad de su misterio. Y recordé, inevitablemente, la peripecia de Malte Laurids Brigge el día en que para recuperar una pelota metió los dedos en la trampa de ultratumba de un armario y se encontró con otros dedos, fúnebres y huesudos, que salían voraz y sincrónicamente a su encuentro.

Pero una dura fe sublevaba ya mi sangre y todos mis temores carecían de importancia. No, no me detendría entre ni sobre las aguas grises para demorarme vanidosamente en la masturbación de la soledad. Nadaría sin que la grisura ni el frío me asustaran, y llegaría indemne a Montemar, y correría hacia los desnudos toldos, y me pondría al galope la ropa abandonada. No vería a nadie ni habría nadie a quien ver. E inmediatamente, con los zapatos llenos de arena, subiría al pueblo —al cruce de todos los caminos— porque algo, allí, me esperaba, porque una dura fe me encendía el cuerpo, porque vivía ya el principio de un episodio o quizá aventura cuyo desenlace no me importaba.

Adiós a Rosa, con quien estropeé dos leves años de ternura. Adiós a los objetos familiares, y al perfil de mi apariencia, y a los sueños de escritor perdidos en las terrazas de los cafés, y a mi gente, y a las noches en blanco de poeta maldito, y a las acacias de mi ciudad. *O, dolci baci e languide carezze.* Salud a la vida y definitivo adiós a los días que ya pasaron.

Me levanté y fui hacia el agua. Lo hice tarareando inintencionadamente una canción escuchada meses antes en una película de Nieves Conde. *Tú, tú, tú volverás...* Era una canción triste, casi tan triste como la nostalgia sujeta a norma y a papel pautado del *Vals de las velas.* Pero la mesticia estaba en la canción y no en mi persona, tan firme en su nueva fe como seguramente lo estuvo san Pedro después de que el gallo le recordase tres veces la noche oscura del alma.

Tardé mucho en alcanzar la orilla. Me demoraba adrede. Quería conservar aquel recuerdo, aquel redoble de tambor y de conciencia antes de guillotinar mi historia. Un inexplicable magnetismo tiraba de mí hacia alguna parte. No me sentía fatal y ciegamente enamorado, pero admitía y creía que todas las oscuras sensaciones de los últimos días estaban a punto de aclararse. La vida nueva, los empujones entrecortados del recuerdo, la rebelión sin causa, el viaje emprendido con las alforjas llenas de luz: todo cobraba lógica, dirección y sentido, sombras, silueta, penumbra, perfiles. Atrás quedaban los desafíos ganados, las apuestas perdidas, las paredes escrupulosamente blancas de mi cuarto, los libros de Tarzán, Madrid entero, no sólo el de ahora —el de entonces— sino también, y sobre todo, el Madrid abierto, acogedor y tibio de mis años infantiles, con los tenduchos navideños de Torrijos y los castaños de Indias y el futbolín y el vértigo del Viaducto y las primaveras luminosas. Mis amigos, mi Stendhal de tafilete, las criadas en flor, la mordedura de mi cuerpo solitario entre las sábanas, todo, oh, Satán, imponente manitú de los abismos primordiales, degollado y desangrado sobre la tarima polvorienta de un camaranchón vacío.

El rescoldo ácido y dulce de la sangría erizaba aún mis sensaciones. Centenares de ellas se agolpaban ante los vomitorios de mi red nerviosa. Era, aquello, mucha tierra para un hombre. La dualidad terrible del yo y las cosas, la encrespada navaja albaceteña que hendía el aire en un ziszás y nos separaba del mundo, nuestra maldita aptitud para desdoblarnos, para volver incensantemente sobre nosotros mismos, para salir momentáneamente de la realidad sin dejar de pertenecer a ella.

Las olas me lamían como perros. Me buscaban, me reclamaban, me tentaban. Y entonces, por una zigzagueante asociación de ideas, el pensamiento y el sentimiento se me fueron a Chepechú, mi jefe inca, mi sacerdote maya, mi comadrona quechua. A Chepechú, que llegó hasta nosotros desde la otra orilla del Atlántico con un tatuaje en el pecho, las manos llenas de raíces y su rostro chato de mesías indio. No se detuvo mucho tiempo. Nos extendió una patente de corso para circular libremente por el mundo y nos enseñó no a escribir, sino a *padecer* la poesía cuando ya sabíamos juzgarla. Con sus rabietas, con sus solemnes accesos de furor, con su amistad callosa y viril. Y luego, cosa de un año después, regresó arrebatadamente a su lugar de origen, a aquel país que nunca mencionó, pero que era —lo supimos enseguida y sin saber por qué— agreste, duro, encarnizado, lluvioso y henchido de montañas como una diosa encinta. Chepechú parecía Zaratustra bajando de los riscos. Nos habló de la muerte, de la vida, del teatro (que, según él, limita por una parte con el público y por otra con Dios) y del amor entre los hombres. Y un mal día nos abandonó por completo sin dejarnos otro alivio que la desdibujada huella de su imagen en las pupilas. Se lo llevó todo: su mujer, sus hijos, su tatuaje, la virgen románica inocentemente sustraída en una aldea de las Hurdes, los libros y —entre ellos— las obras completas de nuestro señor común César Vallejo, que Dios guarde. Venía a doctorarse y, naturalmente, se fue sin doctorarse. No era un maniquí, sino un hombre. Y todos nos sentimos zarandeados por su presencia y, más tarde, por su caprichosa huida. Todos, es decir, nosotros, por una parte —Julián, Alberto, Emilio, Milagro y yo—, los que permanecimos fieles, y —por otra— también ellos, los traidores y judas de cuyo rostro no quiero acordarme, los que por pura cobardía infringieron el compromiso de la adolescencia y se fabricaron un porvenir seguro entre las unánimes sonrisas, las palmas y los ramos de olivo de sus mayores.

Por fin, cuando el sol era ya una difusa mancha de colorete y claroscuro en la frontera más remota del horizonte, metí los pies en el agua. La noche, aún titubeante, se cernía sobre la costa. *Como los muelles en el alba,* recité. Salían ya las embarcaciones de bajura con sus faroles temblorosos. El mundo —cielo y tierra— parpadeaba. Avancé despacio, sin distinguir el fondo, temiendo que por voluntad divina o satánica desapareciera de pronto y para siempre. *Es la hora de partir... ¡Oh, abandonado!*

¿Abandonado? No. Al revés. Ardiéndome los dedos. Impetuoso. Pujante. Tomando carrerilla para cruzar como el meteorito de la Meca por mi historia. A punto ya para la subida al monte planetario. Decidido e inclusive heroico frente al turbio mar. Firme, apuesto, grácil. Riéndome de la pelota de Malte Laurids Brigge. *Pero llega la hora del amor y te amo.*

Di todavía media vuelta antes de zambullirme y abarqué con la mirada, bajo el último claror del día, la curva decadente y lujuriosa de la playa. Después, con todo mi mundo a cuestas, empecé a nadar.

A Marisa tuve que llevarla en brazos desde que me bajé del patín hasta la orilla. Se había mareado y ya no pensaba en casarse. Tenía ganas de vomitar. Se le había deshecho el peinado y en sus ojos había excrescencias pitañosas. La llevé, sujetándola por las axilas, hasta la arena. Sus pechos, que mis manos rozaban involuntariamente, eran maternales, invertebrados y amiboideos. Tenía tripa. Al llegar a tierra firme metió todos sus cachivaches en una bolsa y se fue derechita al apartamento. Dijo que no sentía asomo de hambre y que pensaba dormir la siesta.

Rodolfo dejó de parecerme un perfecto idiota. Tenía diecinueve años. Vivía con sus padres en un chalet cerca de la playa y le obligaban a comer con ellos. Se puso un pantalón de lona azul sobre el bañador amarillo y se despidió alegremente de nosotros.

Laura y yo fuimos hacia el merendero de Antonio, que era el más alegre y pachanguero de la playa. Por el camino le pregunté que si comía siempre allí y me contestó con un hirsuto gruñido, moviendo la cabeza de arriba abajo. Se había puesto muy guapa o quizá, simplemente, lo era. Le asomaba el pelo bajo su gorro blanco y el sol de Ulises lustraba e ilustraba sus hombros. Yo, literalmente hipnotizado, iba detrás de ella (o de su aureola) y podía ver lo bonitas que eran sus piernas. Llevaba, como casi todo el mundo, unas sandalias de goma negra y, como casi nadie, una blusa larga de infinitos colores.

Al llegar al aguaducho, antes de subir los tres escalones de madera, se volvió hacia mí. Había sacado de la bolsa una cajetilla de mencey y me ofreció uno. Le dije: no me gusta fumar con filtro. Pareció a punto de envolverme en una de sus frases amistosas e irónicas, pero se contuvo. Sonrió, se colocó el pitillo entre los labios, me tendió una caja de cerillas y me pidió fuego. Se lo di, resguardando la llama contra el viento, y volvió a parecerme muy guapa. Muy guapa y muy cercana. Inclinó un poco la frente y me miró desde abajo, oblicuamente, forzando la postura de los ojos. El resplandor la llenó de sombras y encendió sus pupilas. Casi creí que era de noche y que estábamos juntos, para vivirla, en un lugar tranquilo y bien iluminado.

En el merendero la conocía todo el mundo. Nos sentamos a la derecha, pegados a la valla, y enseguida extendieron ante nosotros un mantel limpio y áspero, cogido con pinzas de tender la ropa al borde de la mesa. El camarero se llamaba Lucas y parecía bastante joven y bastante simplón, además de larguirucho, pecoso, torpe y simpático. A Laura la quería mucho. O quizá le gustaba. Los tres nos sentíamos felices.

Soplaba algo de viento. Por las mesas, desperdigados, sobrevivían y vegetaban los últimos bañistas. Algunos charlaban, otros jugaban al tute y los demás dormitaban o escuchaban sin excesivo interés la radio. Juan y Benito me saludaron desde el rincón opuesto. Estaban con Dolores, una rubia cuarentona y seguramente calentona, si las apariencias no mentían. Juan me guiñó el ojo y apoyó su pierna escayolada en la silla de enfrente. Como de costumbre se atrincheraba en la ironía y en las nubes de humo de sus cigarrillos brasileños aguardando con calma y sabiduría a que el exceso de alcohol y el galopante endurecimiento de sus venas remataran de una vez lo que la guerra civil había empezado. Edipo, *su perro de lanas, vino brincando hacia mí con la lengua fuera.*

Pedimos, para abrir boca, una jarra de sangría. Después, mientras Lucas anotaba el pedido en un bloc mugriento, encargamos con refocilo —casi con lujuria— una ración de chanquetes, dos chuletas con patatas fritas, un plato de pimientos morrones y una ensalada de lechuga, tomate y pepino.

Carlos y Evelyn vinieron a sentarse con nosotros. Nos hicimos muy amigos y charlamos de mil cosas. Evelyn era rubia, apetecible, juncal y todos sus adjetivos confluían en un afiligranado rostro de muñeca vestida de azul. Estaba, quizá, un poco delgada, pero no lo parecía. Su media melena, su frágil cintura y la concisión de sus pechos me encandilaban. En otras épocas —de mejor talante— me hubiera vuelto loco por ella. Entre Carlos y Laura debía de existir una antigua amistad, porque se miraban a veces con un afecto calmoso y plano que excluía cualquier posibilidad de erotismo. Él me pareció inteligente y honesto. O bien intencionado. Trabajaba en Burgos y tres días después se iba al extranjero.

Mientras preparaban la comida fumamos un par de cigarrillos y, sorbo va, sorbo viene, liquidamos hasta las frutas de la sangría. Hubo que pedir con urgencia otra jarra. Discutimos de toros y pasamos revista con expectación y deleite al cartel de la feria de Málaga, que estaba a punto de empezar. Nos metimos un poco con Luis Miguel, aunque yo lo defendí, y pusimos verde —en contra de la opinión de algunos— al bragazas de Paco Camino. Dije que Ordóñez era el mejor torero del mundo y Carlos mencionó ponderadamente a Hemingway. Evelyn palmoteó y se echó hacia atrás en la silla. Nos contó que en Dijon, de donde era, también se celebraban corridas y nos cosió a preguntas sobre la peligrosidad de los toros. Laura se reía a menudo y me pareció que tenía bastante sentido del humor. De vez en cuando se encontraban nuestras miradas.

El filete nos pilló casi borrachos. Íbamos a mil revoluciones por segundo. Estábamos cada vez más risueños, nos escocía la sangre y veíamos las cosas como si flotaran. Carlos mordió a Evelyn en la comisura de la boca y ella le puso sesgadamente una mano sobre la rodilla. Conté uno de mis mejores chistes y sólo se rió Laura. Pedimos la tercera jarra de sangría y le dimos un vaso a Lucas, que se sentó con nosotros, superó la timidez, evitó la torpeza y estuvo muy simpático. Por los altavoces se escuchaban arreglos de Glenn Miller y alguien puso después canciones francesas melódicas, desmayadas y sentimentales.

Lucas se levantó para atender a unos ingleses y los demás empezamos a hablar de música. A Laura y a mí nos gustaban las mismas cosas: el jazz, las baladas del oeste y las rancheras. Por ejemplo. Carlos entendía bastante del asunto y se abalanzó vorazmente sobre Mozart, al que puso por las nubes. Yo le di la razón y tarareé, sin que viniera a cuento, la Sinfonía del Nuevo Mundo. Hubo división de opiniones. Petruchka nos entusiasmaba a los cuatro.

Carlos y Evelyn se besaban con frecuencia. Le cogí una mano a Laura y no se mostró sorprendida. Fumaba mucho y me miraba a veces desde el fondo de sí misma, muy seria, muy soñadora, muy terrenal, con los ojos iluminados por la sangría. Jugué con sus dedos unos minutos. Después acerqué mi silla a sus piernas, me olvidé de nuestros contertulios, les volví cortésmente la espalda y me puse a cuchichear largo, profundo y tendido con la única persona que en aquel momento veían mis ojos, palpaban mis sentidos e importaba a mi entendimiento. Y así, codo a codo, poro a poro, hablamos durante mucho tiempo y de muchas cosas, siempre bonitas, siempre generosamente personales, sin formular inútiles preguntas sobre el pasado.

A eso de las seis pasaron junto a la mesa Dolores, Juan y Benito, y los invitamos eufóricamente a una eufórica jarra de sangría. Dijeron que era muy tarde y que volvían al hotel, pero los convencimos con la vehemencia del amor y de la juventud, y se quedaron a tomar el penúltimo sorbo. Benito contó anécdotas muy divertidas sobre sus años de exilio en México y Juan pontificó sobre bebidas en general, como el Anís Machaquito y el Fino San Patricio, y se explayó luego sobre unas extrañas y sabrosas ginebras con apio y perejil que vendían a la entrada del pueblo y se llamaban **sopas**. Dolores, que dirigía una tienda de trapos y perejiles en Madrid, nos explicó los secretos de la alta costura. Se la veía enamorada de Juan desde la noche de los tiempos, pero Benito le gustaba más. Cosas de la vida, gajes de la muerte e injusticias de la decadencia. Pero yo, discípulo y émulo de Hemingway, me negaba a admitir ese destino o siniestra fosa común y me declaraba, como mi maestro, en constante y luciferina rebelión contra la muerte. Juan, de todos modos, andaba ya muy viejo, con tripa, papada, adenomas y varices. Era, por lo demás, un hombre mesurado, certero, inteligente y muy irónico. Daba gusto estar y hablar con él.

Media hora después se fueron, aunque con la etílica y alborozada condición de que nos viéramos al anochecer en el pueblo. A Laura no le cayeron en gracia y no se esforzó en disimularlo. Carlos y Evelyn también tenían que irse. Convinimos en que pasarían alrededor de las ocho por casa de Joaquín. Les expliqué donde estaba y prometieron que no faltarían.

Laura y yo seguimos allí, fuera del mundo y dentro de nosotros, durante dos o tres eternidades. Seriedad y miradas. El sol desaparecía por el resbaladero de un horizonte transformado en paleta de pintor loco y la playa se convertía lentamente en cementerio o quizá en escenario vacío de lo que antes fue gran teatro del mundo. ¿Tristeza de amor? Laura tenía en el bolso una novela de Scott Fitzgerald, en inglés y en edición de bolsillo, y hablamos de los últimos fuegos, de la soledad del artista, de la locura de Zelda y de la ternura de la noche. Por fin nos levantamos, fuimos hacia el mostrador y pedimos la cuenta. Mientras la preparaban, nos tomamos a guisa de estribo un par de ginebras. Los vigilantes de los hoteles empezaron a desarbolar los toldos.

Sus piernas me parecían cada vez más largas, cada vez más firmes. Su pecho era de la exacta medida de mis manos y en sus hombros se demostraba la redondez del mundo. Al terminar la segunda ginebra, de espaldas al mar y con el codo derecho apoyado en el mostrador, imité a César, crucé el río que no tiene retorno, le pasé el brazo por encima y la atraje hacia mí. Dejó que su cabeza rozara mi pecho y se apartó enseguida. A punto ya de marcharse me cogió la mano y sonrió de una manera muy suya y muy especial, casi sin abrir la boca y sin permitir que los ojos, tan serios como de costumbre, participaran en la sonrisa. Yo me sentía emocionado y triste.

Pero estaba, por suerte, en un callejón con salida. Quedamos en vernos a las ocho, junto a la freiduría de los aspetones y los pinchos morunos. Quería invitarme, dijo. Y ya trepaba carretera arriba con su *blusa de cuadros y su gorro de marinero. No se volvió a mirarme, aunque lo deseé con todas mis fuerzas. La seguí con los ojos y de repente desapareció. Los cactus y un recodo matón se la tragaron. Mantuve tercamente la visual y hubo premio: volví a verla, instantánea cegadora y fugaz, junto a la valla de la finca de los jazmines. Después, nada, sino soledad y humedad envueltas en silencio.*

Éste duró poco. En el aguaducho, ya completamente deshabitado, seguíamos Lucas y yo. Le dije que me fiara una ginebra y le invité a acompañarme. Hacía frío. Antes de entrar en el agua me senté en la arena y observé durante un buen rato la trayectoria del sol que declinaba por el horizonte.

De la playa al pueblo apenas tardé diez minutos. Subí a escape y tuve la suerte o la habilidad de no ver a nadie conocido, excepto a María, que estaba delante de Jujú, echando el cierre, y a la que saludé con brevedad y sequedad. Inmediatamente me arrepentí. Era, por supuesto, una injusticia y además una absurda venganza. Pero yo —*juventud, egolatría*— había hecho y ganado oposiciones a perito en coartadas. Carecía de aptitudes para la compunción, la contrición, el rencor y la pesadumbre. Pensé, lo que por añadidura me parecía cierto, que la injusticia es sólo una ultradimensión de la justicia, más elevada y profunda. Era, desde niño, apasionado lector de Conrad y no había olvidado ninguna de sus lecciones.

La plaza estaba en su apogeo, llena hasta los topes de luz, ruido, color y gente. La misma gente de todos los días: costumbres disfrazadas de jovencitos en pantalón y camisa o de hermosas mujeres con polvo de hadas y de estrellas. Una ininterrumpida procesión de coches desfilaba con impaciencia y lentitud hacia Fuengirola.

Llegué jadeante a la pensión y le pregunté por Julio a la patrona.

—Vino a eso de las cuatro y se marchó enseguida.

Menos mal. Ha ido a buscar el giro. Pero ¿y el billete del autobús? Que yo sepa no tenía ni lata.

—¿Dejó algún recado?

—No.

El laconismo de la bruja me exasperaba. Subí a la habitación, planché el pantalón con las manos, como buenamente pude, estirándolo contra y sobre la arista metálica del somier, desempolvé y lustré las sandalias con los apelmazados flecos de la colcha, y me puse la camisa marrón. *No hay tiempo para tomar una ducha. Es lo mismo. La sal y el agua limpian.* Al pasar por el cuarto de baño entré y me asomé al espejo. *Tendría que afeitarme.* Pero no lo hice. En mi escala de valores siempre pesaba más la devoción que la obligación. Cuando salí a la calle estaban dando las ocho.

Laura me esperaba junto a la freiduría, sentada en el pretil del puente. Se había puesto una blusa de color marfil y de manga larga, con florecillas de aspecto franciscano, y una falda negra de piel sedosa. *Como para creer en Dios y en la ruta de Marco Polo.* Los hombres la miraban y se la comían a bocados, pero platónicamente y en silencio. Los piropos se habían quedado en Madrid con el señor Rodríguez y sus adláteres. En aquel pueblo, cruce de todos los caminos, sobraban las fumarolas y desahogos de la represión.

Sonrió al verme.

—Perdona —dije—. No sabía que fueras tan puntual. En este país de polvorones de monja cualquier mujer que se precie llega a las citas con media hora de retraso. Y, si no, van y la toman por puta. Sin faltar, que conste.

Mantuvo la sonrisa y siguió, irónica, sobre el puente. Balanceaba las piernas. Sus talones golpeaban acompasadamente la mampostería del antepecho.

—¿Cómo van los aspetones?

—Esperándonos, supongo. También son puntuales.

Fuimos hacia ellos. Laura encargó media docena y entró en el local.

—Espera. Voy por vino.

—Lo traigo yo.

—Quieto. A mí me lo dan de marca.

—¿Pagándolo?

—No. Favores especiales.

Volvió enseguida con dos cañas de Moriles. Todo en su punto. Las sardinas humeaban ya ante nosotros.

—¿No te parecen enormes? El camarero es un tipo con mucha guasa, pero simpático. Me va a dar la receta antes de irme. Ahora no quiere, por si me voy de la lengua.

Pusimos manos y dientes a la obra, sin olvidarnos de la pituitaria. Comíamos olores y sabores. A veces, entre bocado y bocado, nos limpiábamos los dedos con una servilleta de papel y bebíamos un sorbo de vino, entornando e inclinando los ojos.

Le dije:

—Pareces una colegiala. Llevas una blusa muy bonita.

Y además le sentaba como la mano del rey Arturo a la empuñadura de Excalibur.

Me puse a barrenar. **Niente da fare,** *hermanito. Y si no, al tiempo. Conoce de pe a pa tu curriculum y es puñeteramente joven.*

Cualquiera de tus compatriotas se sentiría asustada. En tu país las mujeres crecen muy despacio. Algunas, la mayoría, no crecen nunca. O no evolucionan, lo que viene a ser lo mismo. ¡Vaya una cruz! Haber nacido en una tierra de niñas con pechuga de cocotas e incorregible nostalgia de los dioses, de los reyes y de los íncubos. Absurdo. Inenarrable. Portentoso. Un país de putas redomadas que no conocen el catre.

Terminamos las sardinas y Laura me tendió un billete de quinientas pesetas.

—Desde ahora pagas tú.

—No me lo des todo de golpe. Seguro que me lo ventilo en unas horas.

—Ya verás como te dura por lo menos hasta mañana. No te olvides de que hoy estás bajo mi custodia.

—Prefiero creer que no eres de ésas. Que no te importa el dinero. Que la sinceridad te incapacita para ejercer el oficio de centinela.

Otra vez la expresión irónica alumbrando su silencio.

—La comida corre por mi cuenta.

—Ni hablar. Yo tuve la culpa.

—Hasta cierto punto.

Pero no merecía la pena discutir. Ni disentir. Salimos de la freiduría. Ya no era como unas horas antes, en el merendero de la playa, pero aún nos entendíamos bien y nos sentíamos a gusto.

—¿Dónde vamos?

—A bailar, por ejemplo.

Lo propuse con escasísima convicción.

—¿A estas horas?

—Tienes razón. Es demasiado pronto.

Íbamos sin rumbo por la carretera de Fuengirola. Los enemigos del alma —mundo, demonio, carne y seres humanos— se quedaban atrás, en la freiduría, en la calle de San Miguel, en el mirador, en la plaza. Aún no había estrellas. El sol, oculto, las mantenía a raya disolviéndolas en un nebuloso resplandor. ¿Amanecía o atardecía?

Vimos a la izquierda, en un recodo, un aguaducho pequeño y solitario con las mesas cuidadosamente alineadas, un frondoso parral sobre el sombrajo, un futbolín, una bolera del auriñaciense y el suelo recién regado.

—¿Ahí?

—Ahí.

Por la carretera casi no habíamos hablado. Me sentía sin palabras y ella, por lo visto, también. El escozor de la sangría se difuminaba y dejaba paso a otros escozores.

La mesa resultaba excesivamente grande y excesivamente alta.

No era cómoda. No invitaba a la intimidad ni a la frivolidad. Se nos acercó un chico muy joven, con un mandil y en mangas de camisa.

—¿Qué van a tomar?

Miré a Laura.

—Algo con alcohol, ¿no? Creo que a los dos nos vendrá bien.

Laura asintió. Pregunté:

—¿Tiene *gin-tonic*?

—¿Cómo dice?

Me estaba bien empleado. Por cursi y por anglófilo.

—Ginebra y agua tónica. Vaya a preguntar. Y si tienen, nos trae dos.

Volvía la soledad. Tamborileé con los dedos en la superficie de la mesa. Todo me parecía ya muy forzado. Muy forzado y, además, requetesabido, requetevivido, como tantas otras veces, años atrás, cuando conocía a cualquier mozuela apetecible en el bar y, arrastrado por las convenciones, la invitaba a salir. Búsquedas a bulto. Desesperadas tentativas de entablar comunicación. Y fracasos siempre, que a menudo no admitía. *La adolescencia es un barullo. Nos sentimos demasiado importantes para sobrellevar la soledad.* Y luego, o simultáneamente, los mortificadores crepúsculos transcurridos entre las sombras de mi cuarto, cuando sonaba en la ciudad la hora del amor y no me sentía con fuerzas para inventarme uno. Me asomaba entonces al balcón y veía cómo se iluminaban poco los cristales de los demás balcones. Mustia desesperanza, decrépito descorazonamiento. *Los dos batacazos se produjeron a la vez: la crisis de los valores (o patrañas) religiosos y el brote del sexo entre las cejas. Entre las cejas, sí, porque en la ingle es fácil y no hace falta aprenderlo. Rilke, siempre Rilke. Y, en el rincón contrario, las cantilenas de los pedagogos. A tomar por culo. Nunca aprenderán. Ni yo tampoco.*

El camarero reapareció. Se había puesto una chaqueta blanca y traía un mantel cuidadosamente plegado.

—De eso que usted dice no tenemos.

—Pues qué cabronada.

El sitio, de todos modos, era fresco y acogedor. Decidimos quedarnos. Por la carretera vi a Miguel, que me saludó con un gesto cesáreo de la mano. *Irá al party de Joaquín.*

Laura intervino.

—Traiga media jarra de sangría, por favor.

—No tenemos sangría.

Pausa de perplejidad y nueva decisión.

—No se preocupe. Ya la haremos nosotros. Necesitamos medio litro de tintorro, una gaseosa y unas rajas de limón.

Añadí:

—Y aceitunas.

—Tienen que ser gordales.

—Pues gordales.

Aquel patibulario héroe de la andante hostelería se marchó por fin, cejijunto, sudoroso, grasiento, haciendo todo lo posible para retener en la memoria las diferentes partidas del encargo, y Laura y yo —sudorosos también, aunque por otros motivos— nos echamos a reír. Dios no ahoga. El hielo parecía roto. O resquebrajado.

—¿Te aburres?

—No.

Empezábamos a recuperar la intimidad misteriosamente nacida y bruscamente perdida. Laura, sin embargo, hizo un último esfuerzo para frenar o interrumpir la Reconquista. No lo entendí. Los recovecos del alma femenina volvieron a parecerme inaccesibles.

—Esto es un poco absurdo —dijo.

—¿Por qué?

—No te hagas el tonto.

Callé. No me hice ni el tonto ni el listo. El camarero trajo con sorprendente prontitud y exactitud lo que le habíamos pedido. Laura mezcló los ingredientes y fabricó un brebaje de sabor y color sombríos. Nuestros pies se rozaban por debajo de la mesa.

Encendí displicentemente un cigarrillo.

—¿Quién es Santiago?

Y antes de terminar la pregunta, cuando aún flotaba en el aire el segundo punto de interrogación, añadí:

—Perdona. No contestes si no quieres.

—Eso por supuesto.

Me sorprendió el tono de su voz y la agresividad de la respuesta. ¿Había herido su amor propio? Quizá, pero ¿por qué? ¿En qué?

No recogí el guante. Restañé la herida y argumenté con serenidad, gentileza y una miaja de ironía:

—Ya te he dicho que perdones.

Sus ojos se detuvieron frente a los míos, oscuros y claros —los unos y los otros— al mismo tiempo. Colocó durante un segundo mi mano sobre su muñeca y enseguida la retiró.

—Dame un pitillo.

Lo encendió ella misma, tiró el fósforo al suelo y expulsó una bocanada de humo.

—No juguemos a películas de intriga —dijo—. Santiago es un hombre como cualquier otro. Madrileño, rubio, economista, un poco mayor que tú... A mí me parece atractivo y buena persona. Claro que a lo mejor me equivoco. Nunca se sabe.

—¿Nada más?

La conversación era inadmisible y presuntuosa, pero no tuve arrestos suficientes para desviarla. La curiosidad me vencía. O la morbosidad. O el masoquismo.

Laura aceptó la pregunta, parpadeó ligeramente y dijo:

—No lo sé. Podrías tener razón, podría haber algo más. Pero aún no lo sé. De verdad. No lo sé. Estoy indecisa. Me encuentro bien a su lado y, además, supongo que le quiero. No lo supongo. Lo sé. Le quiero mucho. Merece que alguien le quiera.

No parecía una mujer enamorada. Se lo dije. Respondió al vuelo:

—Yo no he dicho que esté enamorada.

—Has dicho que le quieres. Y mucho.

—Querer no es amar.

—Según lo mires. Consultaremos el diccionario.

—No irás a enfadarte, ¿verdad?

Me eché a reír.

—No, claro. ¿Cómo se te ocurre preguntarme eso?

—Cosas que pasan.

—¿Llevas mucho tiempo con él? ¿Piensas casarte o algo así?

—Le conocí hace unos meses, en una fiesta... Mi familia no sabe nada. Bueno, sabe que existe, pero no que estoy aquí con él. Dije que me venía a veranear con una amiga. Con Marisol, ¿te acuerdas? Pero a finales de septiembre, como mucho, tendré que volver a Madrid y entonces... Entonces, *chi lo sa?*

Acompañó la última frase con los hombros, las cejas y las manos.

—¿Dónde está ahora?

—Trabajando. Es piloto.

Por la carretera, camino de la plaza, pasó un carrito de helados. Laura lo llamó.

—¿Me invitas a uno?

Volvió el bienestar. Mis preguntas a contrapelo, paradójicamente, la habían acercado o, por lo menos, no habían contribuido a distanciarla. Una confirmación de mis teorías taurosexuales: las mujeres, cuando no están en la cama, son tan imprevisibles como los toros de lidia. ¡Lástima que las cosas no sucedan al revés! En el sacro momento de la fornicación todas tienden a circular por su carril.

Nos decidimos por dos mantecados de pueblo, embutidos entre galletas rectangulares, como los que vendían a la salida del colegio. *Los polos Deli. Costaban, al principio, treinta céntimos. Después, al hilo de un bachillerato absolutamente interminable, subieron poco a poco hasta cincuenta. En casa me prohibían su uso y consumo con el peregrino argumento de que los hacían con agua sucia y llena, al parecer, de microbios del tifus, enfermedad que en aquellos años —los del hambre— fue, junto a las fechorías de los sacamantecas, uno de los principales espantajos de mis compatriotas. Y ahí, en la querella de los polos, se produjo mi primera insurrección sonada. Fue mi cortocircuito, mi Bastilla, mi asesinato del archiduque en Sarajevo, mi pasillo de Danzig. Me sublevé e infringí el terrible precepto de la obediencia. A partir de ese pecado original todo fue un ancha es Castilla. Terminaban las clases, salíamos como añojos del toril y nos agolpábamos —serían las seis de la tarde— alrededor de Remigio, el polero, que pregonaba a gritos su jugosa mercancía y la despachaba con increíble rapidez. Tan bestial y arracimado era el tumulto que los marianistas, nuestros pastores, terminaron por organizar una especie de servicio de orden. Y el desiderátum, la fiebre del oro, surgió cuando Remigio, un buen día, introdujo una variante en el menú: los polos de avellana. Aquello fue el acabóse.*

Llené los vasos, probé una aceituna, me armé de valor, me incliné hacia delante y puse (o busqué) la expresión con que habitualmente me dirigía —o, mejor dicho, me enfrentaba— a la jauría salvaje de mis alumnos. Una expresión que pretendía ser inteligente y severa, amistosa y comprensiva. Fue un pronto, un aquí te pillo sin síntomas previos, pero de repente —por lo que fuera— me sentí obligado a dar explicaciones.

—Te habrá sorprendido encontrarme aquí —dije.

—Sí, claro. Incluso lo comenté anoche con Marisa y le tiré un poco de la lengua a Julio. Fisgonería de mujer.

Bebí un sorbo interminable, pantagruélico, y tragué saliva sin dejar de mirarla.

—No hay mucho que contar. Es lo que todo el mundo se figura. En el matrimonio, como en la hora de la muerte, se nos mide con el mismo rasero. No hay príncipes y no hay mendigos. Un fracaso, y ya está. Un simple fracaso. El constante juego del amor: buscar un tesoro que no existe. Pero la búsqueda, o el juego, llegó a hacerse insoportable. En lo que a mí respecta, al menos. Me sentía al borde de la nada. Un minuto más, un paso más, y a freír monas. Anulado, cancelado, borrado de la vida para siempre.

Pausa, trago y colofón:

—Así que corté, le eché siete vueltas de llave a la cerradura y me vine al sur. Y aquí me tienes.'

Escuchaba con atención, abierta y tibia. Se lo agradecí y prolongué la confesión:

—No tuvimos un solo momento de paz, ¿sabes? Ni siquiera en los primeros días. Y no íbamos a ceder, claro, o —por lo menos— *yo* no iba a ceder, a conformarme como tantos otros...

Miré alrededor y, señalando la carretera, hice un gesto semicircular con el índice extendido.

—...como la mayor parte de esos que ahora pasan por ahí.

Gentuza, pensé. *Sólo las ratas se acostumbran a vivir en las alcantarillas, sólo las ratas se conforman... Conformarse, ¡puah! Yo no lo haré nunca. No bajaré la guardia. No me humillaré ni ante la Cruz ni ante la Bola. Besarte fue besar un avispero. ¿Homo homini lupus? ¡Ojalá! Los lobos, los lobos de los montes de León, los lobos de mis lecturas infantiles, los lobos de Oliver Curwood, Centella, Kazán... Buena gente. Los lobos, sí. Pero el hombre no es un lobo: es una rata para el hombre.*

Silencié esta explosión mental. Laura pertenecía a no sé qué grupo o catequesis socialista.

Enhebré el discurso y seguí de dientes afuera con mi sermón.

—Si la cosa dura un poco más, hale, derechitos al foso. Ya no hubiéramos encontrado nunca la salida del laberinto. Ahora, en realidad, y pese a todos los pesares, que son muchos, estoy contento. Relativamente contento. Mejor enmendarla que sostenerla, ¿no? Y me gustaría que no pronunciases ahora —aunque estés a punto de decirlo... Te delatan los ojos— el nombre común de seis sílabas más detestable de la lengua castellana: *responsabilidad...* Res-pon-sa-bi-lidad. ¡Hostipú, qué matraca! No se les cae de la boca, sobre todo si es la boca teresiana y jacobea de los autores de tus días. Curas y padres, padres y curas, con la intromisión a veces, y para acabar de joderla, de algún que otro primito sabio o amiguito ejemplar.

Estaba embalado.

—En cuanto sale a relucir esa dichosa palabra, y sale a relucir continuamente, ya sé que el enemigo acecha, que hay un cepo por los alrededores, que alguien, *por mi bien* —recalqué sardónicamente—, me está tendiendo una jodida emboscada. Y cataplún: sacerdote al canto. Un tipo de esos que, con o sin sotana, se creen en posesión de la verdad. Paralíticos mentales. Gente que oye o dice una cosa y es para toda la vida. Son del Madrid, nunca del Atleti, o al revés. Nacen católicos, o budistas, y mueren católicos, o budistas. La religión del carnet. El carnet del embudo y las orejeras. Tienen un sello en el corazón. Firmado y rubricado, por supuesto. Con póliza del Estado y *nihil obstat* del Obispado. Llegan a una conclusión y nunca la revisan, nunca vuelven a poner en tela de juicio sus razones. Y luego son precisamente esas estatuas de sal, que se irán de cabeza al infierno, las que nos recriminan y nos sentencian, las que nos acusan de ser *inconstantes* —otra palabreja— y de cansarnos de todo. Y encima, como argumento inapelable, tienen la desfachatez de asegurar que nos dejamos influir. ¡Influir! Ya ves tú... Dicen, despectivamente, que somos del último que llega. ¡Nos ha jodido! Pues claro que somos del último que llega... No vamos a ser del primero y quedarnos toda la vida así, pasmaditos, quietecitos, clavaditos en la vitrina como una mariposa disecada.

Me enjuagué la garganta como un conferenciante, aunque lo hice con sangría, y seguí.

—Bien mirado, tiene gracia. Resulta que los chaqueteros somos nosotros. Bla-bla-bla, todo el santo día raja que te raja, poniéndole los puntos al prójimo y sin darse cuenta de que la viga —y la empanada— está dentro de su chola, pero muy dentro, de sien a sien, inextirpable, y de que viven en una habitación vacía, de que se han sacado de la manga para su gusto y capricho un orden natural y teológico, nada menos que un orden divino... ¡Divino, chúpate ésa! Tiene que ser espantoso no ya vivir, sino morir así, enterándose en el último momento de que lo han apostado todo a una carta falsa.

Segundo sorbo de conferenciante. Pero ya estaba a punto de rematar la faena.

—Suponiendo, claro está, que efectivamente se enteren, porque a lo mejor ni eso, a lo mejor la revelación les llega cuando el corazón está ya hecho un ceporro. ¡Puñetera manía de buscarle trascendencias a las cosas!

El vino, o la atención de Laura, o la neurosis febril y contagiosa de aquel pueblo, o lo que fuese, me tiraba de la lengua. *Y en el colegio, ya ves: tenía fama de callado. Y de tímido. En cada hombre hay infinidad de hombres. Según dónde estamos, o con quién, somos distintos. El ser orteguiano y su circunstancia. Lo opuesto al mono de Huxley y a su esencia. Y existe, efectivamente, un yo para cada circunstancia. Tampoco esto lo entienden. ¡Y cómo carajo iban a entenderlo si se jactan de ser siempre los mismos, idénticos de por vida al rorro que una vez,* in illo tempore, *trajeron sus padres al mundo!*

Mientras cogía el vaso, y antes de llevármelo a la boca, añadí un estrambote:

—Pero todo esto no viene a cuento.

—¿Es una decisión definitiva?

La pregunta, después de tanto derroche de filosófica vehemencia, me sorprendió.

—¿En qué sentido?

—En el sentido de buscar una solución. ¿No la hay?

Me encogí de hombros y de párpados.

—¿Quién puede asegurar eso? Preguntitas al buen Dios. En cualquier caso, mientras éste —Dios— se decide a responder, más vale evitar la manía persecutoria de querer resolverlo todo. Soluciones, soluciones... A veces no conviene *resolver* las cosas, sino dejarlas en el aire o, incluso, romperlas, liquidarlas, destrozarlas. Terminar con ellas.

Me sentía rabiosamente iconoclasta. Aplasté la colilla contra el plato de aceitunas y después, ya en el suelo, la pisé con saña, como si fuese un problema, algo importante que no convenía *resolver,* sino *destrozar.*

—Pero nada de maniqueísmos, que conste.

Puse las manos por delante en el sentido literal de la expresión.

—El matrimonio es asunto de dos y las desavenencias conyugales, también. Siempre. Nada de buenos y malos, de víctimas y verdugos. Dos se casan, dos se pelean y dos se descasan. Y a otra cosa. La culpa es un bien ganancial: hay que repartirlo al separarse. Yo reconozco que no soy precisamente un superdotado para la convivencia. Y ella, Rosa, qué te voy a decir... No es de mi sangre. Se mueve en un plano distinto. Va a misa, cree en el bien y en el mal, se confiesa, vive en un mundo donde cada cosa está en su sitio: el amor, la verdad, la ley, la justicia... En un mundo donde abundan los valores, los principios, los mandamientos... Ya sabes: todas esas palabras que se escriben con mayúscula. Y yo —qué le vamos a hacer— siempre he preferido las minúsculas.

Laura seguía mirándome sin hablar, quieta, modosa, con las manos en los bolsillos. Era ya noche cerrada y miles de estrellas andaluzas parpadeaban sobre nosotros.

Apuré la copa.

—¿Nos vamos?

Asintió, pero no hizo ademán de levantarse. Sin moverse, seria aún y mirándome de poder a poder, siempre con las manos en los bolsillos, inquirió:

—¿Y ella?

Era una pregunta lógica, la que todo el mundo me hacía, la que yo mismo me había formulado en infinidad de ocasiones —sin encontrar respuesta— antes del definitivo portazo. Una pregunta que me sabía a polvo de siglos, a vendaje de faraones, a nuez de Adán.

Rosa, tú sí que eres —o eras— una víctima. Tus gentiles y delicadas monjas del Sagrado Corazón tienen la culpa. No sólo ellas, claro. También la tienen los españolitos —tus padres— que hace cosa de veinte años se olieron la estafa y la dejaron pasar. Toda una guerra civil perdida. ¡A quién se le ocurre! Y el fracaso de la historia es en cierto modo tu fracaso, nuestro fracaso, Rosa. ¿Habrás perdido, por fin, la fe? No la fe en Dios, sino la fe en las cosas, en determinadas cosas y cositas de tu pequeño mundo... Seguro que sí. Te conozco bien. He tenido tiempo de aprenderte, como una asignatura difícil, en las discusiones y en los gritos.

Dirás que no hay justicia en este valle de lágrimas de cocodrilo. Te arrodillarás en los bancos con olor a incienso de las iglesias y preguntarás entre sollozos: ¿qué he hecho yo, Señor, para merecer este trato? Sí, te consideras una víctima y, a lo peor, lo eres. Pero también culpable. La pasividad es siempre cómplice y compañera de viaje de la culpa. De esa culpa individual y colectiva que nos atañe a todos: a los treinta millones de eunucos de este rabo occidental de Europa.

Mi silencio duró unas décimas de segundo. En el centro del emparrado, detrás de Laura, se encendió una bombilla sucia mientras dos o tres mariposas jugaban a volar en torno a ella.

Pasó un grupo de chicos y chicas en dirección a Fuengirola. Me incorporé y me apoyé, muy erguido, casi con *rigor mortis,* en el respaldo de la silla.

Dije:

—¿Ella? Lo normal.

Tiré un hueso de aceituna hacia uno de los postes que sostenían el emparrado. No le di.

—Ojalá no haya sido innecesariamente cruel. Es difícil mantener el don del equilibrio cuando te estás jugando la vida. No lo sé. Supongo que desde su punto de vista soy un hijo de puta. Pues muy bien. Si lo soy, paciencia y barajar. Ya iré eliminando toxinas. Esa enfermedad no es mortal ni congénita ni incurable. Y no había otra salida. Nunca la hay. Me doy cuenta de que ella carga, hoy por hoy, con la peor parte, pero ya se verá quién ríe el último. Por ahora, y por si acaso, yo no me río. Me limito a sonreír. La verdad es que no entiendo de estas cosas. Es la primera vez que me pasa algo así. Dentro de mil o dos mil años, si te parece, seguimos con la conversación. Lo único que sé a ciencia cierta, Laura, es que aquí y en Madagascar una vida vale tanto como otra. Y no puedo mentir sobre eso. Tal vez sea un egoísta. No sé, no sé...

Levanté la mano para llamar al camarero.

—¿Cuánto es?

—Dieciséis pesetas.

Le di cuatro duros y, rumbosamente, añadí:

—Está bien.

Salimos a la carretera y empezamos a caminar hacia el pueblo. Íbamos muy cerca el uno del otro, pero sin rozarnos. Encendí un cigarrillo. A veces, como sombras chinescas, los movimientos de mis brazos oscurecían el marfil de su blusa. Luciérnagas y jazmines. El cielo invitaba a algo. Las estrellas (o los demonios) me herían y me colmaban de vastedad. *Como entonces, como en los prados de Bembibre o en la Dehesa de Soria, cuando me tumbaba y miraba hacia arriba. Ingravidez, infinitud, interrogación. Juan Carter transportado al planeta rojo. Creemos que el círculo nunca se acaba. Y no es así, sino precisamente lo contrario: se acaba millones de veces, una en cada uno de sus puntos. Lo mismo le pasa al universo.*

En el atajo de la colina, muy cerca de la plaza, me detuve.

—¿Subimos?

—Bueno. Nunca he estado allá arriba.

—Yo tampoco.

Nuestros brazos, involuntariamente, se tocaron. Percibí un calor quieto, una tela suave y bien lavada, el pulso de la vida, la intuición o la promesa de un momento de descanso.

Hice un juego de palabras:

—¿Qué va a ser esto? ¿Una ascensión o una asunción?

Se paró a pensarlo.

—¿Qué preferirías?

Si todos los acertijos fueran así de fáciles. Dije:

—En tu caso, lo segundo.

—¿Por qué en mi caso?

—Por muchas cosas, pero sobre todo por la sencilla razón de que las asunciones son exclusivamente femeninas. ¿Conoces a algún hombre que se llame Asunción?

—¿Y tú a alguno que se llame Ascensión?

Nos reímos.

—De todas formas —dije— prefiero llevarte a que me lleves.

—Pues llévame.

—¿De verdad?

—De verdad.

Pensé: *no sabes dónde te metes, Laura.* Pero, aunque no lo dije, le agradecí la frase.

Jadeábamos.

—¿Te gustan las estrellas?

La tentación de infinitud seguía allá en lo alto. Se paró otra vez y me cogió del brazo antes de contestar:

—A todo el mundo le gustan, ¿no? ¿Sabes sus nombres?

—Algunos, muy pocos... ¿Por qué iba a saberlos? Ni siquiera sé cómo se llama la mujer que amo.

—¿Amas a una mujer?

—¿Cómo voy a amarla sin saber su nombre? Si lo supiera, la amaría. Puedes estar segura.

—¿Y si yo te lo digo?

—Chsss...

Me llevé el índice a los labios.

—Mañana. Dímelo mañana.

Me miró, calló y por fin dijo:

—De acuerdo.

Estábamos en un recodo del camino, entre chumberas y con los ojos agarrados al cielo.

—La Osa Mayor —dije de repente—. ¿Ves como sé algún nombre?

—Entonces la amas.

—¿A la Osa?

Me eché a reír.

—Seguramente. Hay un libro que se llama así. ¿No lo has leído?

—*El enamorado de la Osa Mayor...*

—Sí, *El enamorado de la Osa Mayor.* ¿Te gustó?

—Mucho.

—¿Sabes que Hemingway, en uno de los mandamientos de su *decálogo*, dice que todo buen escritor, para serlo o para no dejar de serlo, tiene que estar permanentemente enamorado?

—No, no lo sabía. Pero Hemingway tiene razón.

—Siempre la tiene.

Volví a las estrellas.

—Pero lo que no sabes es que si prolongas la vara un determinado número de veces...

—¿La vara de Hemingway?

—La vara del carro de la Osa Mayor, tontaina.

—Bueno... ¿La prolongas y qué pasa?

—Que encuentras la Osa Menor.

—¿Y la estrella polar?

—Eso es otro asunto. No me gusta el frío. Estoy especializado en la Cruz del Sur, pero desde aquí no se ve.

—¿Desde dónde podríamos verla?

—Tú y yo, desde ningún sitio... Hay que ir a Sudáfrica, a Argentina, a Indonesia...

—¿Y tú has ido?

—No.

—¿Por qué te gusta, entonces, una estrella que no has visto?

Porque soy como Arturo Gordon Pym. Los misterios vienen del Polo Sur. Ahí van a parar, desde que Dios era Dios, todos los jinetes, fantasmas y alucinaciones del Apocalipsis. Y, por si fuera poco, también las almas de las momias egipcias. El Polo Norte, en cambio, es como las matemáticas: un absoluto coñazo. Allí sólo hay petróleo y pesadísimos esquimales empeñados en que frotes la nariz con la nariz de su cónyuge.

—Vete tú a saber. También me gusta Ava Gardner y tampoco la he visto.

—¡Qué tontería! La has visto mil veces en el cine.

Pasó un individuo a nuestro lado. Llevaba prisa.

—Buenas noches.

—Buenas sean.

El monte estaba lleno de pedregales y de surcos que desaparecían a pocos metros de nosotros, hundiéndose en la oscuridad, arropándose en su negrura, acomodándose a su más remota esencia.

El misterio —algún misterio sin nombre propio— nos envolvía a punto, quizá, de arrebatarnos. *Juan Carter,* imploré mentalmente, *llévanos contigo.*

Pero la perspectiva no terminaba de agradarme e inmediatamente rectifiqué. *Llévanos contigo* —repetí— *y luego, a escape, déjanos solos.*

Señalé otro punto del firmamento.

—¿Ves allí, junto a la última estrella del rabo de la Osa, una luz muy pequeña?

—Sí.

—Pues alégrate. Es señal de buena vista.

—¿La ves tú?

—No.

Mi brazo estaba ya sobre sus hombros y sentía un hueco enorme, una insoportable sensación de vacío en el punto del pecho donde termina el esternón. Tuve que soltarla. Me reí y dije:

—Vamos.

Fuimos. Las sandalias se me torcían sobre las piedras. Ante nosotros, repentinamente iluminado por una rodaja de luna, se incorporó la sombra maciza y magnética del monte planetario. Parecía el gigante de *Lilí* o, como de día, un perro de ancha cabeza. Un mastín. Un terranova.

Nuestros cuerpos, libres y desintencionados, se encontraban a menudo en un ir y venir de roces, adherencias, auras, cercanías y topetazos casuales que inmediatamente se transformaban en caricias. Me acordé de Saint-Exupery, príncipe de las alturas, y de Peter Pan, alquimista de la eterna juventud. Cogí entonces, nuevamente, a Laura por el hombro y la acerqué a mí.

—Ven, Wendy —dije.

—¿Por qué Wendy?

—Porque me siento Peter Pan.

Era una confesión y, hasta cierto punto, una declaración.

Se dejó llevar y apretó su hombro contra mi pecho casi hasta hacerme daño.

—Estás muy guapa.
—Me lo dices siempre.
—Siempre lo estás.
Sonrió, indecisa, a mitad de camino entre la gratitud, la vanidad, la incredulidad y la ternura. Rozó mi cara con sus dedos y se demoró un instante en los labios.
Propuse:
—¿Firmamos un acuerdo de cooperación diabólica?
—No.
—¿Y angelical?
—Tampoco.
—¿Y de fraternidad? ¿Nos hacemos hermanitos de sangre?
—Eso ya me parece mejor.
Reflexioné y rectifiqué.
—No, de sangre no. Es una trivialidad y una costumbre de gaznápiros. Está al alcance de cualquier imbécil. De los peliculeros, de las criadas y de los horteras. Mejor otra cosa. Mejor hacernos hermanitos de adrenalina.
—¿Y eso con qué se come?
—Mezclando las sangres en un momento de pánico...
—...o de pasión.
—¿Estás asustada?
—Impresionada.
—No es suficiente. Esperaremos.
—¿A qué?
—A que te asustes.
—¿Y tú? También tendrás que asustarte, ¿no? Con mi adrenalina no basta.
—¡Pero si yo no me asusto nunca!
—Pues entonces tendrás que emocionarte, que apasionarte, que...
Cerré impulsivamente la lista:
—...que enamorarme.
—¡Si ni siquiera sabes el nombre de la mujer que amas!
—Pero hemos quedado en que tú me lo dirías.
—Es verdad. Y te lo diré. Mañana.
—¿Estás segura?
—No. Pero si eres Peter Pan en su isla, en una isla como ésta, tendrás que enamorarte de Wendy.
—Primero: *estoy* enamorado de Wendy. Siempre lo estuve. Y de las hijas de Wendy. Y de las nietas de Wendy... Segundo: esto —y señalé el microcosmos que nos rodeaba, las estrellas, los pedregales, el pueblo, el monte planetario, el invisible mar allí en lo hondo— no es una isla, sino un cruce de caminos y la capital

de la Amazonia. O sea: exactamente lo contrario de una isla... Y tercero: no hay mañana. Esta noche termina el mundo.

Pero no el submundo, pensé con alivio. *Ahí la garantía de mi inmortalidad. O, por lo menos, de mi eterna juventud. El retrato de Dorian Gray. Nosotros, los cainitas, los cómplices de Demián, no envejecemos. La decrepitud huele a tigre y es dudoso privilegio de la chusma. ¡Guárdate tu cielo azul, que es tan aburrido! A mí me basta y me sobra, lo sabes, con un ruiseñor de hierro que resista el martillo de los siglos.*

Estábamos a bastante altura sobre el nivel del mar. La ascensión —o la Asunción— había sido rápida. Jadeábamos. Bufábamos. Las estrellas sujetaban y tensaban, como remaches de bisutería y oropel, el zócalo del horizonte y la escayola del firmamento. Me acordé —*lecciones de cosas* en lejanísimas aulas infantiles— de que los luceros carecen de luz propia y por eso, a diferencia de otros astros, brillan sin parpadear. ¿O al revés? *No, no, tiene que ser así. Venus. Un amor que no parpadea.*

—Voy a hacerte una pregunta muy vulgar, Laura. Casi ramplona. Discúlpala. Pero es una pregunta inevitable. Sé que debo formularla.

Ya, ya. Disimula. Estás tú bueno. El clásico globo sonda para sacar plan o poner la primera piedra de un noviazgo.

Hablé deprisa, con vergüenza, como un cazador furtivo.

Los noviazgos, ja, ja. O la liturgia mimética no del amor, sino de su máscara. Los noviazgos de las chicas monas y de los niños buenos. Las bruñidas y centelleantes melenas de las universitarias, que es posible acariciar el primer día, y sus pechos incólumes, que exigen como mínimo una semana leninista —dos pasos adelante y uno atrás— para buscar acomodo y placer en el hueco de tus manos, jovencito sabihondo, calavera y empollón que todas las mañanas coges desgalichadamente el autobús de la Moncloa con zapatos de suela gruesa, pantalones de estambre gris y americana más o menos deportiva. Y ellas, claro, pimpantes y cimbreantes doncellitas de facultad y tontódromo que te alelan con sus jerseys de orlón, sus tacones de punta fina y sus airosas faldas escocesas. Los noviazgos, explosión inevitable de una sociedad castrada. Besitos mañaneros en la trastienda del Paraninfo y sonetos nocturnales en los bancos de la Castellana. Otra vez las superestructuras, otra vez los idealistas metidos a redentores.

—¿Qué piensas del amor?

Moví exageradamente los brazos y, sin esperar respuesta, me agarré a la cola de las palabras. El último recodo del camino, cercano ya a la cumbre, rodaba como un alud hacia nosotros.

—El amor —repetí—, ¡qué tontería! Otra vanidad de vanidades, o algo peor aún, inventada por el hombre. Si el primer poeta de la historia no hubiera existido, y a punto estuvimos de que fuese así, nadie hablaría hoy del amor. Conste que la frase no es mía. Lo dijo Ortega, me parece, pero no estoy seguro. En todo caso, dicha por Agamenón o por su porquero, es verdad. Un proceso análogo al del origen de Dios, ese correveidile de las mitologías fabricado tras la contemplación —y no precisamente al microscopio— de los grandes misterios de la naturaleza cuando el hombre aún no poseía instrumentos ni métodos de observación científica. Y, lógicamente, se quedaba de un aire —a mí también me hubiera pasado— y se aferraba a la única explicación posible: la de los magos, la de los sumos sacerdotes. ¿Cómo iban a entender —a aceptar— las nubes y los relámpagos, las enfermedades y las mareas, el día y la noche, sin la ayuda de un ser omnipotente, ubicuo, desconocido y fabricado con hojalata de robot para que olímpicamente, de un manotazo, desbaratase nuestra ignorancia? Ése fue el primer dios adorado por el hombre y lo demás se cae por su peso. Aquella divinidad era masculina y tuvo hijos, nació el curso de la historia, roturamos la geografía, los comentaristas se negaron a perder sus privilegios, y así seguimos. Como en el amor. Viviendo de memoria, apoyándonos en patrañas que sólo existen y tienen vigencia en la medida en que las recordamos. Lo único que la humanidad necesita para recobrar la cordura es un buen ataque de amnesia. Pon una bomba en el sepulcro de los Montescos y se acabaron las ternezas, las rimas de Bécquer, los ojos apasionados y las manitas furtivamente acariciadas en la penumbra del atardecer.

¿Por qué no te bajas del púlpito? Como sigas así van a darte matrícula de honor cum laude, beso, befa y mofa en el departamento de ciencias exactas de la Universidad Lomonosov.

Pero era imposible. Necesitaba un exorcista. Me sentía poseído y desencuadernado. No hablaba mi boca: hablaban, por ella, los demonios. Los demonios en general, no *mis* demonios. Eso era lo grave.

Volver al octavo día, recuperar la persecución y la recíproca captura de Adán y Eva sobre los helechos. Ahí el punto de partida. Sólo hay un amor que valga, que pulse, que cuente: el de las manos trémulas sobre la piel estremecida, el de los labios contra los labios, el de los pechos compartidos y las espaldas vueltas, el de los ojos como carbunclos y las uñas como zarpazos de pantera en la neutralidad y el sosiego del amanecer.

—¿Hablas en serio? —dijo Laura.

—No.

Lo conseguí. Cerré la espita y me tiré del púlpito. Toqué

tierra. No sé si volví a la realidad, pero en cualquier caso pisé terreno firme y palpé el magnetismo del monte planetario.

—Menos mal. Eres un poco fantasma, Jaime. Me habías asustado.

—No seas boba. Y además nunca hablo en serio. Todo era un truco para que, al asustarte, descargaras la adrenalina. Ahora ya podemos sellar el pacto.

—Pero falta *tu* adrenalina. Con la mía no basta. Y, la verdad, no parece que tú también estés asustado.

—Puedo estar otras cosas...

—¿Emocionado?

—Por ejemplo.

O enamorado, siempre enamorado, como Hemingway.

De repente, cerrándonos la fuga, se empinó una valla. Allí, al parecer, terminaba el cruce de todos los caminos de la tierra. Allí terminaba el pueblo y empezaba el mundo. Allí... ¿O se trataba de una engañifa, de una astuta maniobra para sacarnos literalmente de quicio?

—No es una valla —dijo Laura, adelantándose a las imágenes kinetoscópicas de mi locura—. Es un cordón umbilical.

—¿Lo saltamos?

Me puse de pie sobre un trozo desmoronado de la tapia y la ayudé a subir. Tenía las manos secas. El canto de los grillos, fragoroso y unánime, llenaba el mundo.

Cerca de nosotros, a unos treinta metros de distancia, vimos una lámina de roca pardusca y lisa, en declive, cortada a pico sobre el valle.

—Eso es casi una invitación, un mueble de lujo.

Fuimos hacia él. Laura, huyendo de la oscuridad y de los cardos, se apoyaba en mí, seguramente sin percatarse de la aguda y extremosa intimidad que iba naciendo.

Me senté delante de ella, más abajo, rozando con el codo una de sus rodillas. Veía las sandalias, los dedos de los pies y el punto de arranque de las piernas. Casi nada más. Pero la sentía por entero, sabía que estaba allí y que no podía desaparecer. De momento. Y *carpe diem.*

—¿Eres siempre tan callada?

—Eso dicen.

Saqué un pitillo del paquete rectangular y plano, herido —como la roca— por una línea azul en diagonal. Lo encendí y llegué a algunas conclusiones provisionales. Laura parecía muy diferente a todas sus figuras de cera anteriores. Diferente a la que meses atrás había conocido en Madrid, tan cargada de etiquetas como el baúl de un millonario excéntrico y trotamundos de entreguerras. Diferente a la que por decisión divina había encontrado allí, en aquel pueblo, entre autobuses y tan distante de mí como lo estaban las luces de los barcos que en ese momento, sordos a mi emoción, faenaban arrebujados como plañideras en la negrura inapelable del mar. Y diferente, sobre todo, a la de unas horas antes en el chiringuito encantado de la playa, cuando el vivir y el atardecer se nos volvían entre las manos insinuación, y juventud, y disponibilidad, y perro de ancha cabeza, y broma inteligente, y argucia, y rojizo colmeneo de sangría.

Incliné un poco la cabeza para sacarle una calada al pitillo y hablé quedamente para mis adentros, con un hilo de voz, ensimismado, como si llevara al papel, al ruido y a la furia de las palabras un soliloquio de criatura autista.

—Quizá, después de todo, haya algún tipo de amor que no se reduzca a sexo. Una especie de explosión o de milagro. Un cortocircuito universal capaz de fundir todos los plomos. Incluso los de las estrellas.

Y miré a lo alto, pero ningún cuerpo celeste se apagó.

Se te ocurren hoy cosas bastante difíciles de tragar, madrileñito. Si admites eso —la explosión o el milagro— no puedes negarte a admitir también todo lo demás. Dios, el alma, los molinos de don Quijote, el horóscopo de las verbenas y la sopa de pescado de la metafísica. ¿Y si fuera cierto? ¿Y si existiese, dormido en cualquier cumbre o bosque del mundo, un amor maravilloso y terrible, un amor incurable, un amor con esencias de muerte y del que a viva fuerza tuviéramos que huir por mondo y lirondo instinto de conservación?

—¿Conoces la historia de Tristán e Iseo? Bebieron juntos, por casualidad, un filtro mágico —se sobreentiende que de amor— y enloquecieron. Enloquecieron hasta ese punto de no retorno que únicamente admite la solución de echarse al monte. Y se echaron al monte, se marcharon, lo abandonaron todo, infringieron las leyes, rompieron los últimos límites y se amaron como salvajes, como enredaderas silvestres, sobre las pinochas, bajo el vuelo rasante de los vencejos y entre los nidos de las águilas. Es una leyenda verdaderamente subversiva, subversiva y muy extraña. La única leyenda de amor intachable que ha llegado hasta nosotros. La única leyenda de amor en la que nada entorpece o consigue entorpecer el curso de ese amor. Un amor sin titubeos, lo que equivale a decir un amor sin mentiras, sin trucos y sin enemigos.

Aunque después murieran, pero eso es ley de vida, no vicio de homúnculo sapiens educado en la escuela de los lógicos y los indiferentes. El amor es una planta carnívora que antes o después, a dentelladas y a succiones, se desencadena contra sí misma. Quien con amor mata, de amor muere. Que se lo pregunten a Romeo y Julieta, a don Juan, a Mariana Alcoforado, a Pablo y Virginia. Que se lo pregunten a Francis Macomber y a la parejita cinegética de **Las nieves del Kilimanjaro**. *Que me lo pregunten a mí.*

Jugué con los musgos y líquenes agostizos que asomaban por la hendidura de la roca. Sólo el aire, como tercero en discordia de la comedia, había conseguido burlar mi vigilancia y colarse en el recinto de nuestra ancha soledad.

—¿Y el desenlace del cuento? Porque siempre hay un desenlace, ¿no? Un punto final. Una situación límite.

—Y en las leyendas de amor jamás cambia. Te lo puedes imaginar: acabaron muriendo. Su pasión los cegó, los perdió y los mató, porque un amor así —real o imaginario— es siempre una catástrofe, una hecatombe, un maremoto. La bomba de Hiroshima y Nagasaki. Y debería de ser también, aunque la leyenda no lo dice, un amor estéril, sin posibilidad de descendencia, sumido en un eterno presente, mordiéndose los puños y la cola hasta el canibalismo, la autofagia, la eucaristía.

—*¿La destrucción o el amor?*

—Exactamente. Destrucción física, psicológica y espiritual. Un estilo de vida, un estilo de amor, un estilo de muerte. Tristán e Iseo vendieron sus creencias, traicionaron a sus amigos, renunciaron a sus responsabilidades, rompieron contra el borde de su tálamo las Tablas de la Ley. Su amor tenía que ser inmoral, rotunda y absolutamente inmoral, porque era un amor sin principios y *—como tú, sí, como tú—* sin adjetivos. Un amor hecho de sustantividad, es decir, de muerte.

Rompí la boca del cigarrillo con la uña.

—Pero no me hagas caso. Olvídalo, por favor. Son pamplinas literarias que sólo me interesan a mí. La gente suele vivir y pensar de otra forma.

—A mí también me interesan.

—Será porque vives de otra forma. De todos modos, y no me digas que no, hablo más de la cuenta. Es una costumbre universitaria. Mira: nada sé de milagros, pero sé que hay dos tipos fundamentales de relación humana. La que se busca y la que se encuentra. Y sé además que nadie encuentra lo que busca, así que más vale renunciar a la búsqueda y esperar el encuentro, si es que llega, con la pipa en la boca y los brazos cruzados. Lo demás son mandangas y escaramuzas inútiles. Resulta bastante fácil encontrar de entrada, momentáneamente, lo que nos empeñamos en buscar. Cualquier parejita almacena en sus armarios la suficiente soledad de sentimientos y esperanza de príncipes —o princesas— azules como para disfrazar de amor, durante poco tiempo, unas determinadas circunstancias. Miraditas, una canción lenta, un rincón oscuro, el sol que se pone, las mejillas que se tocan, las manos que se entrelazan, una dosis generosa de alcohol, y está hecho. Pero no dura, es como curar un dolor de muelas con aspirinas, es un amor de tente mientras cobro, un amor de a ver si cuela y hay suertecilla. En cuanto se desvanece el efecto del crepúsculo y de la ginebra, adiós príncipes azules. Un aguijonazo en los ijares de la mula parda, el aristócrata convertido en carretero, las esperanzas metidas en el cajón de la cómoda entre calcetines usados y Peter Pan cogiendo el portante y el primer bergantín que salga hacia su puñetera isla del capitán Garfio y del doctor Moreau.

Tomé aliento. El cigarrillo se consumía poco a poco, culebreando entre mis dedos, sin llegar nunca a mi boca. Ésta prefería en aquel momento, largamente, las palabras al humo. Hablar de tú a tú, y sin esperar respuesta, con la tácita sombra sin perfiles que sentía respirar a mis espaldas.

—Hay un amor previo a la mujer, o al hombre, y un amor nacido de la mujer, o del hombre... Y sólo la segunda forma de amor puede convertirse en milagro capaz de soldar indisolublemente a dos personas de tal modo que contra ellas no prevalezcan el paso del tiempo ni el tiempo del pánico. Los cobardes no aman. Los que envejecen, tampoco. Por encima del miedo y de la decadencia se levanta, una sola vez en la vida, o nunca, el amor-complicidad, el amor-encuentro, el amor-milagro, el amor-esencia.

—O la fraternidad de la adrenalina.

—Por ejemplo.

Y me reí, pero no ahuyenté las musarañas. *Otra vez los noviazgos. Ahí tienes una búsqueda. ¡Qué fácil parece y qué difícil es! ¿Difícil? No. Imposible. Las acacias del Retiro y los versos de Neruda. La boina gris y el corazón en calma. Hacer contigo lo que hace la primavera con los cerezos. Y cuando los cerezos se desnudan, al empezar el siguiente otoño, ya no hay ni corazón en calma ni boina gris ni voluntad alguna de escribir los versos más tristes —o más cachondos— esa noche. ¡Pun, paf, catacrock! El topetazo cósmico, la hostia apocalíptica y de hocicos contra las galaxias. Normal. Creen los curas, los padres, los novios y las tías abuelas que el ser humano, suponiendo que haya seres humanos, permanece idéntico a sí mismo e impermeable a las circunstancias, cualesquiera que éstas sean. Algo así como una especie de lingote de metal inoxidable e infusible. Creen que la linda muchacha y el apuesto doncel se conservan como ratones de peluche metidos en un frasco de formol, creen que el uno y la otra mantienen sus señas de identidad física y psíquica estén donde estén y como estén, en la jungla de Indochina o en la plaza de Manuel Becerra, en esmoquin o en pijama de popelín, lavándose los dientes con perborato o leyendo con fruición las obras inéditas de Kant. Y entonces, de puta madre, van y se casan. Y, claro, aquello es Troya, San Quintín, los hititas y el frente de Stalingrado. Al principio, sólo al principio, porque después viene con sus susurros y sus escalofríos la sandunguera paz de los cementerios. La resignación, el apretar de dientes y rechinar de cojones, la tierra entendida y aceptada como valle de zozobras, zurriagazos y suspiros. ¡Idiotas! O, mejor dicho, ilotas, odaliscas, eunucos, perros esclavizados por los lacedemonios. ¿No os enderezaréis nunca? ¿Hasta cuándo agotaréis nuestra paciencia con la insensata necesidad de forjaros dioses, vírgenes y becerros de oro? Y que nadie se queje. La culpa es vuestra, la culpa es de quienes no supieron o no quisieron amar humanamente, tangiblemente, genitalmente, con vísceras y despojos y tendones, con sudor y con cartílagos, con luminosa, húmeda, ofuscada y compadrera sexualidad. Pero allá vosotros. Más ración para los mutantes. Más espacio para los diferentes. Más tierra para los insurrectos. Más combustible para el amor. Siempre llegaréis tarde, esposas y registradores de la propiedad, a lo que vuestros compinches llaman empingorotada y ceremoniosamente citas con el destino. El destino, a mí, me dura lo que una bolsa de castañas calentitas a la puerta de la Morgue.*

Un millón de grillos lanzaba su canto del mundo. Las vibraciones magnéticas del monte nos mantenían en vilo. Levitábamos. El cielo se alejaba a impulsos de la luna que, trepando e hincándose cada vez más arriba, le asignaba al vacío azul y eléctrico de las alturas un mojón de amarre y áncora en la infinitud.

Había hablado en voz baja y pensado en voz alta durante mucho tiempo. La ceniza del cigarrillo y sus pavesas rozaban ya mis dedos. Seguía con el brazo sobre las rodillas de Laura. Me volví hacia ella, le acaricié el pelo con timidez, la cogí de la mano y repetí lo de siempre.

—Guapa —dije.

Sonrió como si estuviera a punto de llorar. El aire corría limpio y en alas de misterios. Me sentía más imantado que nunca y con ganas de volar. Juan Carter me llamaba desde su planeta rojo. La silueta del monte me envolvía, me agarraba, me ofuscaba, me oprimía.

Y entonces, ella, de repente, con tres palabras y un gesto inesperado, le dio sentido al mundo. A mi mundo, a nosotros, a los presagios, a la comezón, a la mole rocosa, a la sangría de la playa, a las luces de los barcos, al pueblo, a mi viaje, a las estrellas, al clamor de los grillos.

Fue así, lentamente, *como muere la vida de una rosa, como acaba a lo lejos un camino.* Y se me adelantó, supuse. Antes de que pudiera dejar de mirarla y empezar a defenderme, llevó las manos —sus manos secas y un poco frías— hasta mi pelo, lo acarició fugazmente, apenas un roce o un soplo, me miró y, como desdoblándose, dijo:

—Me inspiras ternura.

La besé. La besé con coraje y con fuerza, clavando los talones en la roca, y perdí pie, perdí visión, perdí conciencia, rodé como un alud, me hundí como un ahogado, mientras todo —el monte, el pueblo, Aldebarán y Sirio— se oscurecían alrededor de mí y sólo ella —su beso— brillaba y alumbraba en el punto de ignición de aquel desmoronamiento general, de aquella hecatombe geológica, de aquel sumidero de negruras.

Me até al timón, puse proa al infinito y aguanté la tarascada. Apreté los puños. Recé. Mantuve el tipo y el beso. Conté hasta ocho, me recobré, me levanté y envolví con los brazos su cuerpo frágil y tibio, su cintura de adolescente, la rectitud de su espalda, la curva de sus caderas, el descenso de sus muslos. Pero existir, lo que se dice existir, sólo existía el beso; tocar, lo que se dice tocar, sólo tocaba el beso; sentir... *Sentir,* esa era la palabra, eso era todo. Y la besé muriendo, naciendo, renaciendo, desplomándome desde la altura de su boca hasta el fondo de mi cuerpo. Fue algo interminable, sí, pero también fue único: *un* beso, un solo beso, un fogonazo, una colisión de meteoritos, una bofetada de Dios en plena boca.

Luego, simultáneamente, nos soltamos, nos separamos y nos miramos. Ningún gesto, ninguna palabra, ninguna necesidad. Todo quedaba admitido y explicado. *Las cosas son como son y porque sí; suceden porque suceden. Sustantivas. Sin adjetivos.*

Y ni ella ni yo los buscamos. Asunto de bisutería. Lo nuestro, en cambio, era el *ankus* del Rey y el silbido de Mowgli. *Tú y yo, Bagheera, llevamos la misma sangre.*

Los mosquitos nos acribillaban, pero no queríamos reconocerlo.

—Habrá que marcharse.

—Sí.

Volvimos a besarnos, esta vez con suavidad y mesura, desde lejos, sin abrir los labios, sin cerrar los ojos, sin que los cuerpos se rozaran.

—Te están picando los mosquitos.

—No es verdad.

—Sí lo es. Te están picando en las muñecas y en los tobillos. Siempre pican ahí.

—No importa. Mañana, con el sol y con el mar, nos curaremos.

—¿Iremos juntos a la playa?

—¿Convenido?

—Convenido.

Esquilas por el valle, luces en la distancia.

—¿Qué te apetece hacer?

—Estar contigo.

—¿Dónde?

—Tengo un poco de hambre. ¿Tú no?

Con ella aprendí el encanto, inexplicable e intransferible, y seguramente algo pueril, de terminar las frases con una pregunta. Y los dos supimos compartir ese encanto, ese arrobo, esa forma ingenua y disculpablemente cursi de demostrarnos amor, solicitud, solidaridad.

—Sí, yo también comería un bocado. E incluso dos. Los besos me dan hambre.

—¿Los besos?

—*Tus* besos.

—Pues bésame. Estás muy delgado.

—Y tú.

Era cierto. Volvimos a besarnos. Volvimos a perder el punto de apoyo. *No me lo restituyáis,* pensé con vehemencia, *y moveré el mundo.* Palabra de Dios y de sabio griego.

Laura jugó una vez más con su poema de amor favorito. Sus labios deslizaron la frase directamente, nota a nota, entre mis labios.

—Se besaban, sabedlo.

—Se querían... Entérate.

¡Oh, día adolescente, ojos claros y músculos serenos!

—*Y al monte su tristeza planetaria* —concluí de viva voz.

Me apetecía descoyuntarme en una zapateta *y asustar a las monjas con un lirio cortado.* Los besos no sólo nos daban hambre. También nos ponían pálidos.

Y así, pálidos y hambrientos, pero con la juventud en tensión y en erección, nos pusimos de pie. Laura se apoyó en mi brazo.

—Sacúdeme, ¿quieres?

Le quité algunas briznas de yerba de la falda.

—¿Se me nota algo?

Me reí.

—Se te nota *mucho*. Cuando llegues al pueblo te rodeará la muchedumbre y te lapidará por adúltera.

—El adúltero, más bien, eres tú.

Me rasqué la cabeza.

—Pues sí.

—Ahora en serio... ¿Estoy manchada?

—Horriblemente. Y prepárate para lo peor. Ahora llegan los cardos.

Y la valla, y el recodo, y el pedregal, y los surcos... *Adivina adivinanza: ¿se hace camino al andar o al desandar lo andado? ¿Al ir o al volver?*

Telepatía. Laura me preguntó:

—No estaremos *regresando,* ¿verdad?

Y recalcó el gerundio.

—No, no... Todo lo contrario. Estamos *yendo*. ¿Por qué?

—Por nada. Era una preocupación tonta. No me apetece volver.

—No te preocupes. No vas a volver. Eso es imposible.

—¿Imposible?

—Lo que se va no vuelve nunca.

—¿Lo dices tú o lo dijo alguien?

—Lo dijo alguien. O el *Eclesiastés* o un sabio chino. Pero es pura lógica dentro de lo ilógico.

—Sí, tienes razón. Lo malo es que no estoy segura de haberme *ido.*

—Yo tampoco lo estoy. Eso es lo malo.

—¿Y si fingiéramos que nos hemos ido?

—Muy bien. Finjámoslo. Pero con una condición: sólo hasta que averigüemos si nos hemos ido de verdad o, en el peor de los casos, hasta que nos vayamos de verdad.

—Aceptada la condición.

Y me besó de puntillas, como poniéndose a la altura de su juramento. Estábamos ya en el último recodo del camino y escuchábamos las primeras músicas lejanas, vencidas aún por la plenitud y el fragor del silencio. Los grillos habían dejado de cantar. El aguijón de las chumberas dormitaba.

—¿Dónde iremos?

—¿Cuándo?

—Después de matar el hambre.

—No lo sé. Me da lo mismo. Si quieres, podemos pasarnos por casa de Joaquín. Habrá gente, bebida y música.

—Nunca he oído hablar de Joaquín.

—Así lo conoces. Es un amigo de Madrid que vive en el otro extremo del pueblo. Supongo, además, que Julio caerá también por allí. Más vale aparecer contigo.

—¿Me llevas de excusa?

—No. Te llevo para presumir de chica guapa.

—¿Van mujeres a esa reunión?

—Claro.

—¿Mujeres *tuyas*?

—¿Qué quieres decir?

—Mujeres con las que hayas estado alguna vez.

—No. Ninguna —mentí—. Ni siquiera tú. Porque contigo tampoco he estado nunca.

—Es verdad.

Íbamos abrazados. Al llegar a las primeras luces del pueblo, Laura dijo:

—Entramos en zona civilizada, yo soy una chica decente y menor de edad, y se supone que tú estás casado.

—Sí. Y además, según pretenden los turistas y otros intrusos, esto es España.

Hice un gesto de resignado escepticismo y la solté.

La puerta estaba entornada. La empujé, chirriaron sus goznes y se nos vino encima, como si alguien hubiese abierto a la vez todas las esclusas del canal de Panamá, el océano en clave y versión sonora. Se entremezclaban en él aullidos de trompeta, lamentos de piano, voces de negra estridente y caleidoscópico barullo de batería en celo. *Jazz*, en una palabra.

Encajé el roción, terminé de abrir la puerta, me aparté para que entrase Laura y dije:

—Sube. Lo normal es que estén en la terraza y que de un momento a otro se presente la guardia civil para llevársenos esposados por alterar el orden público y la paz franquista. Sucede, más o menos, cada tres días. No te preocupes. Es divertido.

Antes habíamos pasado por su apartamento para coger un jersey y prepararnos unos bocadillos. Tenía un dormitorio con dos camas individuales, un cuarto de estar minúsculo y los servicios de rigor. De la cocina arrancaba una escalera de azulejos rumbo a la inevitable terraza con muros de cal, tumbonas, tiestos, colchonetas y vistas al Mediterráneo. Me fijé cuidadosamente en todos los detalles, por si alguno me suministraba una pista, pero no hubo suerte. Pulcritud, inexpresivos cachivaches de género epiceno y la ropa escrupulosamente guardada en los cajones.

—Menudo follón.

—Sí. Parece que están en forma.

Bordeamos la mesa de nogal y nos aventuramos cautelosamente por la empinada escalera, que no tenía barandilla.

—Pasaste un año en Norteamérica, ¿no? Creo que me lo dijo tu hermano.

—Sí. Con el *American Field Service*.

—Entonces te gusta el *jazz*...

—A ver qué remedio.

La terraza de Joaquín, de rebote y antes de que pudiera evitarlo, me devolvió a la suya —a la de Laura—, y no porque se parecieran, sino más bien por lo contrario.

Habíamos subido juntos, pero se marchó enseguida —a resolver sus misteriosos tejemanejes y lavoteos femeninos, supuse—, mientras yo me instalaba en una silla coja, encendía un cigarrillo, miraba el cielo y pensaba en las nebulosas. Abajo, en la cocina, las manos gordezuelas de Marisa manejaban cuchillos, cortaban pan, pelaban tomates, destapaban frascos y preparaban la cena. *Su* cena. Nosotros —Laura y yo— teníamos otros planes o, por lo menos, una esperanza distinta.

Tardó bastante en volver y lo hizo, al fin, con un enorme vaso de leche. La bebí sin respirar y, por lo visto, se me quedó una cenefa de encaje blanco sobre los pelos del bigote y en las comisuras de los labios. Laura se rió, se inclinó y me limpió con un beso.

—Lo que faltaba —dije.

Me levanté, dejé los bártulos en el suelo, fui hacia una de las colchonetas, me senté en su borde y, convincentemente, llamé a Laura.

—Ven.

—No —dijo—. Vámonos. Acuérdate de Julio. Puede creer que te has ahogado. Desapareciste por el mar hace casi doce horas.

—Me han visto en la pensión, en la freiduría y en todas partes.

—Es igual. Le prometiste a Joaquín que irías.

—Al diablo Joaquín.

—Sé bueno. Mejor que Marisa no sepa nada.

—Haberlo dicho antes. Dame la mano.

Me levanté de un tirón y la cogí por la cintura.

—La noche hace ruido. ¡Qué extraño! ¿Nos vamos por aquí?

Señalé otra escalera que llevaba directamente a la calle.

—Bueno.

—¿Y Marisa? ¿No viene?

—No. Ya se lo he propuesto. Está cansada.

—¿Cansada o frustrada?

—No seas vanidoso.

Se había puesto una rebeca azul. Me pareció muy guapa y se lo dije. Estábamos ya en la calle. Se acercó, la abracé por detrás y oprimí sus senos ácidos. No protestó, no abrió la boca, no cerró el cuerpo.

Compramos en La Esquinita una botella de *fockink*. Estaban a punto de cerrar. Nos la tendió, después de empaquetarla primorosamente, un camarero culibajo y astroso. Bostezaba como un cachalote.

—¿Tiene *campari*?

—No.

Naturalmente.

Y de esta forma llegamos a casa de Joaquín.

En el último peldaño, cogidos por el hombro y besándose con verdadera avidez, estaban Carlos y Evelyn.

—Nos habéis pillado —dijeron.

—Seguid, seguid...

Pasé a duras penas por encima de ellos y le tendí la mano a Laura, que la cogió y me imitó. Salimos a la terraza.

Lo primero fue Julio. Julio metamorfoseado en bisonte, en avalancha, en autobús de dos pisos, en erupción del Vesubio.

Llevaba, además, *mi* camisa azul y *mi* pantalón vaquero. Se lo hice notar sarcásticamente, con la esperanza de distraerlo y de comerle un poco la moral, pero —como me temía— la maniobra no dio ningún resultado.

—¿*Tu* camisa, *tu* pantalón vaquero? —saltó—. ¡Lástima no tener también *tu* caradura! ¿Se puede saber qué has estado haciendo, so cabrón, desde que esta mañana te fuiste a descubrir América nadando y sin la ayuda de los Pinzones? Como mínimo, digo yo, vendrás cargado de oro, de piedras preciosas, de loritos brasileños y de hermosísimas aborígenes de Borinquén en cueros, porque de otro modo a ver quién es el guapo que te entiende... Supongo que la hijoputez también puede explicarse, ¿no? Así que explícate, hermosura. Venga —y movía la mano hacia dentro—. Venga, chato, no te duermas en los laureles. Soy todo oídos.

Hasta entonces no se había percatado de la presencia de Laura. Bruscamente, al disparar contra mí el último zambombazo de su artillería, la vio y se quedó de muestra.

—¡Atiza! —comentó con la voz estrangulada.

—Pero ¡qué cabrón! ¡Huy, madre mía, qué pedazo de cabrón! Conque era eso, ¿eh? ¿Te pasaste a la otra playa y yo, encima, acosado por la preocupación y por los remordimientos...

Cambió de tono:

—Perdona, Laura. Ni siquiera te he saludado. Es que este tío me encocora, el cabrón. Te la endiña por el culo en cuanto te das la vuelta. No se te ocurra viajar con él. Sales, un día con otro, a una media de cinco hijoputadas cada veinticuatro horas. Excesivo,

¿no? El médico me ha aconsejado que no pase de tres. Me sube el colesterol.

Me harté.

—Ya vale, Julio. Tocado, compungido y penitente. Perdón, *mea culpa, kirieleison, virgo potens* y cambia de tocata, que ya está bien. ¿O tú no habrías hecho lo mismo? —añadí en tono conciliador y burlón.

El disparo dio en la diana.

—Sí, supongo que sí —reconoció.

—No lo supones. Lo sabes. ¿Has ido por el giro?

—Y ahora con exigencias. Sí, reverendísimo compañero de aventuras y desventuras. Cogí un autobús, pagué el billete, me apeé en Correos, pedí cortésmente la pasta...

—...y-no-ha-bía-lle-ga-do —dijimos los dos a coro cogiéndonos por el brazo e improvisando un cancán.

Laura se tronchaba. Recuperé por los pelos la respiración, me encogí de hombros, esbocé una sonrisita de filósofo cínico atrincherado en su barril y dije:

—Ya tiene hasta gracia. Es como esperar a Godot. Pero tú, tranquilo... Ya sabes: como un *junker* pidiendo pista. Laura se ha empeñado en prestarme los cien duros, así que otra vez somos ricos. Y por cierto: ¿de dónde leches has sacado el dinero para el autobús?

—Recursos que tiene el menda. Se lo pedí al del Central.

—Pues en cuanto salgas de aquí, se lo devuelves. Toma.

Y le pasé un billete de cien.

—Para tus vicios, putón. Y pasando a otra cosa: ¿cómo va esto?

Señalé la terraza.

—Como de costumbre, más o menos. Bastante animado. Está Simone. También ha venido una amiga de Susi, nueva en esta plaza, y... Bueno, ahí la tienes. Un bombón, ¿no?

Miré.

—Sí, pero un bombón venenoso, porque parece que se lleva de maravilla con el cargante de Miguel...

—¿De maravilla? Hace dos horas que se están pegando el lote. Y luego el muy cabrón presume de comunista y le da a todo bicho viviente la tabarra con eso de que hay que repartir los medios de producción...

—*Colectivizar,* no repartir.

—Bueno, pues colectivizar. En cualquier caso, si eso —e indicó a la amiga de Susi con un gesto explícito e inconfundible— no es un medio de producción, pues que baje el santo Cristo de Limpias y lo vea.

Miramos alrededor. El suelo estaba bastante sucio, con charcos de vino por todas partes. Dejé la ginebra en un rincón y me lancé a la afanosa búsqueda de un par de vasos limpios. No los había. Vi bailar a Antonio con una rubia de pechos en punta a la que tampoco conocía. Joaquín y Simone, sentados en los dos únicos cojines de la casa, discutían animadamente. Quizá, también, animosamente. La francesita era de armas tomar.

Limpié dos vasos con una servilleta y, mientras los llenaba, Joaquín vino hacia nosotros.

—Ya era hora.

—Sí. Se nos fue el santo al cielo y...

Las explicaciones sobraban. Joaquín era de los de toda la vida. O casi. Le presenté a Laura.

—Encantado —dijo.

—Yo también lo estoy —tercié festivamente—. ¿Y Susi?

—Abajo. Ha ido a echarse un poco. No se encontraba bien.

—Es tu mujer, ¿no?

La pregunta venía de Laura.

—Sí. Espera un hijo.

Malvada Susi, cambiante Susi. ¿De verdad quieres tener un hijo? No me hago a la idea, no consigo imaginarte con fajas, refajos y perendengues de mamá. Ea, ea, que se casa la Matea / con el rey de Portugal. ¿Y tu teoría de los cien mil novios? ¿No decíamos, oh sílfide de ventana gótica, que el genio consistía en durar, simplemente en durar? Subráyese el verbo, cancélese con piedra pómez y dése el concepto por perdido. Peor fue lo de Cuba y la batalla del Ebro. ¿Será posible que nosotros, los de entonces, empecemos tan pronto a no ser los mismos? Pues para ese viaje...

—¿Conocéis a Simone?

—Yo, sí —dije—. La otra noche estuve charlando con ella en el Central. Cosa fina.

Pasó Julio, enganchado a la chavala nueva, y nos guiñó un ojo. Se la había birlado a Miguel mientras éste cambiaba el disco. Ahora se oía un cha-cha-cha y Julio, con ese ritmo, se consideraba irresistible y era, en cualquier caso, imparable. Miguel, que se las daba de buen perdedor y de gran fajador, sólo tenía una salida: retirarse a los campamentos de invierno. Es decir: a Simone, que no bailaba. Y así lo hizo. Laura y yo, aturullados por el vaivén de las presentaciones, caímos en la emboscada dialéctica como dos pardillos. Joaquín bajó a ver cómo seguía Susi e involuntariamente, a bocajarro, nos dejó sin alfanje ni yatagán alguno en las garras del inefable Miguel.

Pero éste podía dar en hueso. A Laura y a mí empezaba a

soliviantarnos el alcohol. Ya habíamos bebido bastante en su apartamento, para acompañar los bocadillos, y aquel pelotazo inicial de ginebra en la terraza de Joaquín nos calentó el estómago, nos empujó la sangre y nos pinchó el instinto. Pero no queríamos emborracharnos. No, por lo menos, a esas alturas de la noche. Queríamos estar juntos, y abrirnos, y charlar un rato, y dejar que la esponja nariguda y áspera del *jazz* nos diese unas friegas a flor de piel para reactivar el pulso de las sensaciones y estimular la circulación del espíritu.

Queríamos, en definitiva, darnos un poco, muy poco, al mundo para volver a encerrarnos luego, enseguida, dentro del hermético *carpe diem* cuyas siete cerraduras habíamos abierto con tan pasmosa facilidad en el monte planetario. Y, desde ese punto de vista, todo y todos nos daban igual. Que nuestro interlocutor fuese Miguel o Joaquín. Que el palique tratase de toros o de fútbol. Que el alcohol supiera a *fockink* o a *campari*. Que el *jazz* nos llegara por vía de Benny Goodman o de Lionel Hampton.

Julio, inexplicablemente, había cambiado de pareja y ahora bailaba con la rubia de las tetitas en punta, que al parecer —según dijo alguien— se llamaba Matilde. Antonio, desplazado, se acercó al grupo. Venía secándose el sudor con un pañuelo.

—Hola, Jaime.

—Salud.

Laura, en voz baja, me preguntó:

—¿Le conoces? Es un idiota.

Asentí a la pregunta y a la respuesta. Laura siguió:

—Ha venido un par de veces a mi cubil. Es bastante amigo de Marisol, la chica que estaba con nosotros anoche... ¿Te acuerdas? No lo puedo soportar. Presume de tener éxito con las mujeres. Va diciendo por ahí, tan campante, que hasta ahora no se le ha resistido ninguna.

—Y alguna conozco yo que, en efecto, no se le ha resistido. Es verdad que tiene éxito con un determinado tipo de mujeres. No con todas, claro.

—Sí, lo admito. Con la propia Marisol, sin ir más lejos...

Simone estaba a mi lado, vuelta hacia nosotros, con las piernas cruzadas a la altura de los tobillos, mientras Miguel, en cuclillas y de frente, nos llenaba de saliva y de verborrea que no escuchábamos. Iba hecho un ecce homo. Llevaba una chaqueta rosicler de pedo libre, muy abrochada sobre el vientre saltón, y por debajo de los pantalones azulencos le asomaban unos flagrantes y sangrantes calcetines amarillos. Miré de reojo a Laura y los dos levantamos las cejas al mismo tiempo.

Nos desacreditas, camarada. Por lo que eres, por lo que llevas, por lo que dices. ¿De dónde has salido, a quién quieres convencer en este pueblo? ¿No te das cuenta de que vives en el último baluarte de Sodoma? La lumbre que tan mal predicas tendrá que encenderse en otras partes. En los suburbios o en las sementeras, no lo sé. Pero no aquí. A este pueblo vendrán los irrecuperables, los últimos seres humanos provistos de la sensualidad necesaria para escurrir el bulto de la geografía y salirse por la tangente de la historia. Lástima que nuestra lucha común te necesite, necesite tus dogmas, tus perfidias y tu sentido del deshonor. Lástima que ellos, los capitanes, os necesiten a vosotros, los sacerdotes. ¿Te has acostado alguna vez con alguien, varón o hembra? ¿Cómo quieres, si no, parir revoluciones? Pídele antes prestado el corazón a un amigo. Suponiendo que lo tengas. Pero ¡qué importa! Cuando llegue el día y suene la hora serás inexorablemente eliminado. Es posible que la revolución devore a sus héroes y a los hijos de sus héroes, pero puedes estar seguro de que antes, mucho antes, devora a sus adefesios y a sus mequetrefes.

Apuré de un trago la ginebra. *Rosa se inclina sobre mí y dice: estás alegre. Después me llama borracho y grita: ¡no te duermas, no te duermas!*

—¿Sabes lo que es un demonio personal, Laura?

No dijo nada. Sonreí con un toque de amargura y añadí:

—Te quiero mucho.

¡Qué salida de tono! Pero rectificaré. No, no te quiero mucho. Ni poco. No es una cuestión de cantidad.

Apreté los labios.

—Te quiero.

Antonio andaba por allí sirviéndose ginebra. Lo veía entre nubes. Grité:

—Tráela, haz el favor.

Laura arrimó la boca a mi oído y secreteó:

—No bebas mucho. No estropees las cosas.

Después, visiblemente avergonzada, miró a otra parte.

—Descuida —dije—. Nunca pierdo la cabeza ni los pies, aunque haga adrede todo lo posible por perderlos. Es una extraña virtud. O lo contrario. No estoy seguro de que me guste ser así.

La frase se prestaba a malentendidos. Lo capté al vuelo y me corregí sobre la marcha:

—Pero no me interpretes mal. Lo que quiero decir es que nunca desbarro por el alcohol. Por otras cosas, evidentemente, sí.

Y apoyé el adverbio de modo en una sonrisa cómplice. A Laura debió de parecerle, además, presuntuosa. Tenía razón. Lo era.

Dijo:

—¿Te crees irresistible?

Sonreí. Esta vez, de verdad.

—¿Como el idiota de Antonio? No, claro que no.

—¿Y de otra forma?

Lo pensé.

—Tampoco.

Su cuerpo se derramaba junto al mío. Era como un cauce, como un tobogán, como un regato. Yo me encontraba —y no ciertamente por el alcohol— en plena fase de desdoblamiento. Las cosas me parecían órganos y miembros descoyuntados de un gigante sin nombre. Esquizofrenia estrictamente personal, que me venía de muy lejos, de los años de la infancia, de mi primera memoria, de toda la vida o, quizá, de antes. Del útero. De siempre. Percibía a Laura con el tacto, a flor de piel, y ocasionalmente —al buscar a tientas el vaso— mis dedos percibían también, con un instintivo sobresalto de malicia, el roce abrupto de la falda de Simone. Veía simultáneamente lo más alto —las estrellas— y lo más bajo: las baldosas tiznadas por churretes y sangre de vino, sobre cuya superficie formaban un charco más las pupilas vidriosas de Miguel, con su pelo al cepillo y sus modales de catequista miope. Y oía —superpuestos y enredados— sus palabras, los latidos del pulso de Simone, una sinfonía de Mozart, algún motor lejano y el silencio afirmativo de Laura.

Pero ¿de verdad existen individuos orgullosos de ser hombres? Sólo cinco cauces para percibir el mundo y los cinco sujetos a norma. Si tu lengua escandaliza, arráncatela. Si la tentación se te cuela por los ojos, ciégalos. Si tus manos o las manos de alguien te acarician, córtalas. ¡Cuántas cadenas de mugre mental arrastra ese gusano con historia que es el hombre! Los comentaristas, cuya efigie se venera en las plazas y en los altares, comprendieron —los muy zorros— que el mundo es, era y será, por malo que nos lo pinten y nos lo pongan, una irresistible incitación a la libertad, y comprendieron también que el hombre sólo poseía un sistema de enchufes y conexiones capaz de recibir ese estímulo y de transformarlo en impulso hacia la felicidad: los sentidos. Por eso, para reducir al mínimo la tentación de la felicidad y de la libertad, decidieron que las vías de comunicación entre esos espacios infinitos y los hombres pudieran contarse con los dedos de una mano y, contra toda evidencia, las redujeron oficialmente a cinco. Claro que luego vendría la realidad con la rebaja, y así andamos. El mundo y la vida siguen de par en par, como los valles del Tibet, para quien con audacia se atreve a forzarlos —a transgredir sus límites— sal-

tándose a la torera todos, absolutamente todos los principios, las normas y las leyes.

Con Laura al lado, un poco vencido por la ginebra y sin prestar atención a lo que Miguel predicaba desde su nebulosa. Tomé otro sorbo, me estremecí y dije:

—¿Cómo son tus rodillas?

—¿No las has visto en la playa?

—Así no vale. Tienen que asomar por debajo del vestido. Después me las enseñas.

Fetichismos. *Destruyámonos.* Me serví tres dedos más de ginebra y cerré los ojos. Alguien subía cansinamente por la escalera, arrastrando mucho los pies. *¿Seguirán besándose Carlos y Evelyn?* La música de Mozart sonaba a contraluz. Era seguramente un truco de alguien, una emboscada erótica para cazar gacelas con ínfulas y muslos intelectuales.

No quería hablar, sino destruirme, darme al mundo hecho pedazos para que Laura los recogiese al salir. *La Moncloa está llena de tabancos y barracas. Dinero en el bolsillo y primer escozor de adolescencia. La luz corre como un buscapiés, salta vertiginosamente del ocho al veintiuno, al cuatro, al quince, al dieciséis, al treinta y nueve. Detrás del buhonero gira la aguja de una enorme ruleta vertical. El premio mayor es una elefantiásica pepona de trapo metida en una caja de cartón. Gritos y chispas. Un soldado roza disimuladamente con los dedos el culo de mi niñera. Lola, satánica, se revuelve como un reptil y hace un gesto de asco con la boca. Miro hacia otra parte, lo más lejos posible, y respiro hondo. La infancia ha terminado.*

Abrí las meninges y los ojos. Chispas y gritos. Joaquín y Susi se estaban acercando al grupo. La saludé.

—Por fin resucitas... ¿Cómo va eso?

Sus piernas, frágiles y nerviosas, asomaban bajo el dobladillo pespunteado de la falda. Se sentó modosamente, como una ursulina, en la hamaca, y las escondió. *Vivir para ver. O, mejor dicho, para no ver.* La trompa aumentaba. El aturdimiento, lógicamente, también. Oí la voz del catequista.

—¿Sigues trabajando de sol a sol?

—Oui. Je n'ai guère de temps. Je dois recueillir les notes nécessaires avant septembre.

Era Simone quien hablaba. Seguro que lo hacía con la melena a lo Veronica Lake tapándole los ojos.

—¿Por qué?

—En septembre je verrai le fond de ma bourse.

Anda, acuéstate con ella, precioso. Haz algo en la vida. ¿Que no querrá? Seguro que sí, hombre... Es francesa. ¿Te atreves?

Laura preguntó:

—¿Qué haces?

Abrí otra vez los ojos y parpadeé, deslumbrado. La pregunta no era para mí. Simone contestó:

—*Ma thèse.*

—¿Sobre?

—*Ça va t'amuser. Sur une possible traduction en français de tous les termes ayant rapport avec la Tauromachie.*

¡Valiente chorrada! Propuse:

—¿Por qué no apagáis la luz?

—Buena idea.

Alguien se levantó y aflojó la única bombilla de la terraza. Un nudo de zozobra se deshizo instantáneamente en sabe Dios qué remoto rincón de mi cuerpo. Apreté la mano de Laura y reinventé el sistema morse. Acusó el mensaje en silencio y sin mover un músculo. O eso me pareció. En todo caso lo di por recibido. La fe no necesita pruebas.

Laura, mujer al fin, aprovechó la circunstancia para arrebatarme el vaso. No opuse resistencia.

Ahora era Antonio quien hablaba con Simone. El *jazz* había sustituido a Mozart.

—¿Qué has estudiado? ¿Filosofía?

—*Oui.*

De niño solía quedarme a jugar al frontón en el colegio. Despues, ya tarde, a eso de las siete, me iba corriendo a casa y merendaba pan tostado con aceite en la camilla del cuarto de estar. A veces no había nadie y eso me gustaba. Siempre me ha gustado la soledad. Y en aquellas ocasiones la entretenía colocando verticalmente las rodajas de pan sobre el tazón de café para que las gotas de aceite escurrieran y flotaran como nenúfares aceitunados sobre la superficie del líquido. Entonces echaba un poco de leche con la cucharilla en el centro de cada gota y allí se quedaba, navegando como un atolón del Pacífico por entre las procelosas aguas de mi merienda.

—Y ahora háblanos de Joyce.

Simone era una autoridad en la materia, pero Antonio la sacó a bailar antes de que se le escapara por ese boquete imprevisto. *Ahora la apretará contra su pecho velloso y, como una anaconda, la triturará entre sus anillos.* Yo seguía sin estar borracho, pero notaba el oleaje del alcohol contra las paredes de las venas.

Alguien rompió un vaso.

—¿Quién ha sido?

—No importa.

—¿Sabéis el chiste del cojo y el elefante?

—Ahora estoy muy bien.

—¿Cómo lo vais a llamar?

—¿Nos marchamos?

—Haz el favor de explicármelo otra vez. Soy un poquito duro de meollo.

Tuve que abrir los ojos. Ya no conseguía colocar las frases en sus correspondientes bocas. Se mezclaban, se atropellaban, no encajaban las unas con las otras. Aunque sucesivas en el tiempo y contiguas en el espacio, carecían de trabazón y, por ello, de significación. Eran como los ojos del Guadiana: miembros descoyuntados de un gigante sin nombre. A la esquizofrenia de la percepción se unía la esquizofrenia de la semántica. Y yo danzando en el ojo del tifón y sobre el filo de la navaja como una deidad hindú.

Por el cielo, a intervalos periódicos, pasaba un rayo de luz barriendo la de las estrellas. *Es el camión de la basura del ayuntamiento del Empíreo. No, es simplemente el faro de Málaga.*

—Enseguida...

—Pues esto era un cojo que iba por el bosque y vio venir...

—¿Un elefante?

—En esa película no me gustó.

—*Certainement.*

—No, a un negro.

—Le conocí el año pasado. Vivía como un marqués y alardeaba de todo. Me pareció insoportable.

—¿De cuántos meses estás?

—No me fío un pelo...

—Lo único que cabía hacer: salir taconeando por el foro.

—De cinco.

—El papel de *Veracruz* le iba muy bien.

—*Non, en France tout ceci compte très peu maintenant. Nous avons d'autres soucis. Mais...*

Habían vuelto Antonio y Simone. Joaquín le preguntó a Susi: —¿Te apetece bailar?

Ahora quién sabe. Pero entonces... Cuando Adolfo y yo nos perdíamos por las callejas y cuchitriles de los bastidores de la Gran Vía. Las putas más baratas eran las del Chile. Vejestorios oxigenados con tantas mollas como el anuncio de Michelin. Útiles sólo para tomar una copa palpando un trasero. Y para desahogo de la soldadesca, que tenía zotal gratis. Adolfo llevaba bigote de gendarme francés. Bueno, todos los gendarmes son franceses. Y entonces, ay de mí, precisamente entonces tuve que toparme con

Luisa, tan apasionada, tan interesada, tan depravada. Fue el más juvenil de mis arrebatos en la menos arrebatada de mis juventudes. Y ella que me creía rico... Para desternillarse, vamos.

—*Entre Picasso et Joyce il existe un échange de lettres inédites...*

—Eso es mentira.

—*Bien sûre, mais c'est intéressant, une hypothèse très interessante. ¿Pourquoi pas?*

¿Qué hora será? Todas las voces parecían iguales, carecían de dueño, eran puro y desamparado clamor del mundo en la geografía sin sombras ni accidentes de la noche. Y yo las escuchaba como un diosecillo apoltronado en mi torre de vigía de los cielos. Recité:

—*La luz se va apagando. / ¿Y el aceite divino? / Las olas agonizan. / ¿Has querido / jugar como si fuéramos / soldaditos? / Dime, Señor, / ¡Dios mío!, / ¿no llega el dolor nuestro / a tus oídos? / ¿No han hecho las blasfemias / babeles sin ladrillos / para herirte, o te gustan / los gritos? / ¿Estás sordo, estás ciego / o eres bizco / de espíritu / y ves el alma humana / con tonos invertidos?*

—¿De quién es?

Lo dijo Julio, que acababa de incorporarse al círculo del charloteo en compañía de Matilde.

—Es de Lorca, incultos de mierda.

Cada cual iba a lo suyo. Yo, adormilado, sonreía. Para dentro y para fuera.

Simone seguía devanando el hilo de sus obsesiones:

—*Joyce voulut donner une explication des choses. Et il ecrivit alors toute une serie de contes où il s'oublia de lui-même et les laissa parler. Après, il changea. Il ne put oublier les choses, mais il se souvint des hommes et de lui-même. Il ecrivit alors sur le rapport des choses avec les hommes. C'est très clair: au début il explique les choses à elles mêmes, comme le fit vôtre grosse Pardo-Bazán. Plus tard il comprend que l'homme fait partie de ces choses, qu'il ne se sent pas à l'aise parmi elles et aussi que tous les lecteurs sont des hommes. Il vit, en un mot, que le rôle de l'artiste consiste à temoigner la diversité devant ses semblables pour les aider à être libres. Pour qu'ils ne la craignent pas. Pour qu'ils aprennent à se mouvoir dans le labyrinthe qu'est la vie. Pour qu'ils oublient le côté négatif de l'histoire et se couchent sur le dos, ouverts à la réalité tout simplement.*

Julio aplaudió. Yo escupí hacia dentro, con desdén de artista cachorro, y rememoré —siempre para mi coleto— el final de *La montaña mágica*: de todo esto, amigo Castorp, ¿se levantará el amor algún día?

Joaquín, tan ingenuo como bondadoso o tan bondadoso como ingenuo, dijo:

—Eres una especie de sibila, Simone. Me calientas los motores. Me estimulas. Los artistas de nuestro siglo, empezando por Joyce, han comprendido perfectamente que la belleza sólo existe dentro de la historia, pero casi todos se olvidan —o se olvidaban— de la madre del cordero, del pitecántropo, del eslabón perdido... O sea: del hombre *ante* y *entre* las cosas, y no de las cosas por sí mismas.

—¡Joder, qué pelmas! ¿Siempre las cogéis así? Pues yo, la verdad, las prefiero lloronas.

—Si quieres te cantamos *Asturias patria querida* en la reja de tu ventana, mariconazo.

—Tu padre.

Encima de la puerta del colegio pone: **la verdad os hará libres.** *Manolo y yo llegamos tarde, jadeando, con la cartera a la remanguillé. Nos hemos entretenido con Lucita en el cruce de Goya y Castelló. Está como el talgo, y eso que aún no ha cumplido los trece y que el uniforme de ursulina le tapa casi todo. Llevo a cuestas la literatura de Díaz-Plaja, la aritmética de Rey-Pastor, un bocadillo de tortilla y tres novelas de Zane Grey.*

Susi rechazó la invitación de Julio:

—No, estoy un poco cansada. Baila con Matilde. Seguro que le sacas más jugo.

Nos habíamos olvidado de la música. El disco de *jazz* llevaba dos o tres minutos girando en el vacío sobre la plataforma de terciopelo del *pick-up*. Julio puso *Tom Dooley* y se encaminó hacia las protuberancias de Matilde. Ésta, sorprendentemente, se negó a bailar y puso cara de malas pulgas.

Qué le habrás hecho, zascandil, pensé.

Pero Julio no era hombre proclive al desaliento. Rectificó la trayectoria y se vino como un cohete hacia nosotros. O mejor dicho: hacia Laura.

—¿Bailamos?

E hizo un gesto de tirabuzón con el dedo.

—Si te empeñas...

Abrí por enésima vez los ojos y recuperé el quicio de mis movimientos. Me levanté, incliné la muñeca y miré la hora. Susi tenía las manos cruzadas sobre el vientre. Parecía un Vermeer. Le guiñé un ojo. Julio, crucificado en el centro de la terraza, hacía todo lo humanamente posible para conservar el equilibrio. Era Laura, por supuesto quien pagaba el pato, la trompa y los vidrios rotos. La barbilla de Julio, más bien hirsuta, se clavaba sañudamente en su hombro. Me sentí irritado. Laura me envió un gesto de consternación por encima de la cabeza de su derrumbado compañero de baile.

Miguel había desaparecido. Antonio y Simone se besaban con las nucas retorcidas. La mano derecha del chulo de piscina hurgaba oscuramente en el sumidero de la entrepierna de la francesita. ¿Pensaba en Joyce? El espectáculo me encorajinó.

Encendí un cigarrillo y me colgué con los ojos del rayo de luz que intermitentemente barría el cielo.

La música se despeñó por un guirigay de estridencias y Julio, vacilante, aprovechó la ocasión para desclavar la barbilla del hombro de Laura y buscar por los alrededores un punto de amarre más seguro. Lo encontró en el pretil de la terraza.

Yo también aproveché la ocasión y el hueco. Me lancé en tromba, cogí a Laura del brazo y dije:

—Vámonos.

No era una orden, sino el desenlace natural de una situación previamente establecida.

Laura no rechistó. Hicimos un gesto colectivo de despedida y nos encaminamos hacia la escalera. Al pasar junto a Joaquín, y a propósito de Julio, le dije:

—No lo pierdas de vista. Ya sabes: hombre emborrachado, hombre acarreado. El código de honor de los viejos tiempos.

—Se repondrá.

—Probablemente.

Desaparecimos por el hueco de la escalera. *Solos,* pensé. *Solos, solos, solos. Terminó el ciclo de la paciencia.*

El deseo me azotaba y me colmaba la sangre. Nos besamos furiosamente sobre el penúltimo escalón. Fue como toda una tarde de toros comprimida en el cabal acoplamiento de un solo pase. Desde la boca a la rodilla, sin desperdiciar un centímetro de apasionada superficie, nuestros cuerpos se amaron, pararon, templaron y mandaron. En nosotros y en el mundo. Las manos de Laura, como siempre, estaban secas y frías. Su cintura de sacerdotisa cretense se amoldaba al soplo y al capricho de mis vientos. Su lengua era dura y afilada. Lo demás, no.

¿Vientos o ventolera? Seguí de bruces en el beso. Las tropas de Mohamed II me sitiaban. Estábamos en el 1453. Cambio de tercio. Constantinopla se desmoronaba. Estambul, la destrucción y el amor. Perdiste, Galileo. La Edad Moderna iba a empezar. *Incipit vita nova?*

—¿Te encuentras bien?

—Como nunca.

Salimos a la calle, titubeamos durante unos segundos y doblamos a la izquierda. Frente a nosotros se alzaba la mole de un granero abandonado. Íbamos muy juntos. Nos apretujábamos, nos enredábamos, buscábamos nido. A lo lejos, vista y no vista en un regate de callejuelas, se distinguió la plaza. No había ningún otro punto de referencia. Lo utilizamos. Desde una torre alzó el vuelo un tañido de campanas.

—¿Qué hora es?

—Las dos y media.

—Te amo.

Fui yo quien lo dije. Por primera vez.

Y no hubo respuesta.

Parecía una adolescente cansada. Ojeras y palidez. Teníamos prisa, pero caminábamos despacio por culpa de los besos. Eran como ligaduras, nos trababan los pies. Y lo demás. El pueblo nos pertenecía. No se veía a nadie. El tañido de las campanas nos envolvió, nos empujó y nos acompañó casi hasta el borde de la plaza. El Central, también vacío, pero aún abierto e iluminado, parecía las Termópilas después de la batalla. Del Tablado Flamenco salían músicas y exclamaciones agitanadas.

—¿Dónde vamos?

—¿A tu apartamento?

—Imposible. Ya sabes que está Marisa.

—Y que vivimos en España.

—Pues llévame al extranjero.

—No me dan el pasaporte. Por malo.

Me paré en medio de la plaza y le di vueltas al asunto. Un coche tocó bruscamente la bocina. Nos apartamos.

Tanteaba el terreno. No hubo, en principio, reacciones adversas. Lo difícil con las españolas no era el pecado, sino el lugar del pecado.

—Ven.

La llevé hasta el Central. Fuimos hacia el mostrador sorteando mesas, sillas, bayetones y cubos de agua sucia. Golpeé la madera con una copa vacía y manchada de carmín. Alguien dijo *ya voy* y, efectivamente, no tardó en surgir de la cocina, secándose las manos, una pintoresca andaluza cargada de arrobas y de desidia.

—¿Tienen champán?

Sentía el deseo infantil de descorchar algo, de celebrar el fin del mundo y el definitivo desguace de la máquina del tiempo.

—¿Champán? Creo que no. La gente no pide esas tonterías. Esperen un momento.

Laura me apretó el brazo, se arreboló y —forzándose— preguntó:

—¿Qué sucedería si nos enamorásemos? O si yo me enamorase de ti, porque tú, antes, dijiste que me amabas... ¿Lo dijiste, verdad?

Me reí.

—Lo dije, lo dije.

—Y era una broma.

—No. Era, como mínimo y en el peor de los casos, una impresión. Todavía no puedo saber si falsa o verdadera.

—Verdadera.

—Hecho.

—No me has contestado. No has dicho lo que sucedería, lo que haríamos.

—Déjame pensarlo.

Estaba frente a mí, quieta, expectante, afilada, con brillo en los ojos. Tenía los labios entreabiertos, con la piel que los cubría ligeramente cuarteada por el sol y la sal.

—Te llevaría a Italia para ver contigo los cuadros de Botticelli.

Me acodé en el mostrador y añadí:

—Y para beber juntos una botella de Chianti frente al mar.

Volvió el cachalote.

—No —dijo—. De eso no tenemos. No se vende.

—¿Y Chianti? —preguntó Laura.

Salimos. El camarero, recostado contra el quicio de aquella antimancebía, nos saludó levantando los ojos.

—¿Lo sientes? —dije.

—¿Lo del champán? Bueno, un poco... Pero no es importante.

—Espera.

Fuimos hacia El Mañana. Laura se paró en la puerta.

—Esto es muy elegante. No puedo entrar así de astrosa.

—¿Astrosa tú? Venga, venga...

La empujé suave y persuasivamente por el trasero. Cruzamos el vestíbulo con cautela de animal que se aventura extramuros de su territorio. Las paredes estaban cubiertas de enormes fotografías con mujeronas a lo Rita Hayworth enfundadas en trajes negros y muy escotados. Por los altavoces se oía *Arrivederci, Roma*. El local estaba prácticamente vacío. Un individuo más bien barrigón, aunque bastante joven, volcaba en la rejilla del micrófono espuertas de gorgoritos y se contoneaba por el escenario a riesgo de reventar con un dorremí las costuras de su inefable chaqueta azul celeste.

Estábamos en medio de la pista, buscando puntos de orientación. Laura iba delante. No pude contenerme y la invité a bailar.

—Nunca lo hemos hecho —aduje como justificación.

Me miró asombrada.

—*¿Nunca?* Y anoche en El Dorado, ¿qué?

—Era un subterfugio. Por si colaba... Anoche, de todos modos, no había pasado lo que ha pasado hoy.

—¡Pero si bailas muy mal!

—Según. Esto, así de lentito, no... Me gustan las canciones pasadas de moda.

—Y a mí. ¿Por qué será?

—Porque las mezclamos con recuerdos, porque tienen historia y porque esa historia es, en gran medida, nuestra historia. Individual, no universal.

—¿Se puede saber qué clase de recuerdos mezclas con *esta* música? ¿Para quién es el *arrivederci*? ¿Para Roma o para las romanas?

—Para nadie. Nunca he estado en Roma. Ya te he dicho que no tengo pasaporte.

—¿Son, entonces, recuerdos de españolas?

—Son recuerdos *españoles,* con e de soledad y de esperanza. ¿Está bien así?

—No te piques. Era una broma.

—No me pico. Sé que era una broma. Pero voy a decirte algo muy en serio: olvídate de que tengo un pasado, si es que lo tengo...

Me interrumpió:

—Lo tienes.

—Pero *no existen recuerdos ni huellas que no borres tú.* Lo dice, tal cual, otra canción pasada de moda. ¿De acuerdo?

—De acuerdo. Y que canten inmediatamente esa canción.

—¿Que la cante ese tiparraco? Ni hablar. Nos la estropearía para siempre. Te la canto yo... Así.

La besé.

—¿Borrados los recuerdos?

—Y las huellas. Hasta la última.

Se acercó un camarero.

—¿Qué desean?

—Champán.

—¿Alguna marca?

—Cualquiera de las de siempre. Español, claro —me apresuré a añadir.

Laura se inclinó y me dijo en un susurro:

—Nos vamos a arruinar. Como vigilante soy de pena. Te lo estás gastando todo por mi culpa.

—Sin ti también me lo habría gastado. No te preocupes. Ya verás como mañana llega el giro. Si desafías continuamente a los dioses, los dioses empiezan a tomarte en serio, te cogen cariño y bajan la guardia.

La ceremoniosidad del camarero, la piel luminosa de Laura, sus ojos encendidos, el estrambótico precio del champán: todo parecía importante en aquella obertura del amor.

—Aquí tiene. Freixenet.

—Pues Freixenet. ¿Cuánto vale la criatura?

—Doscientas pesetas.

Las aflojé sin rechistar, trinqué el caneco y nos marchamos.

Laura me preguntó:

—¿Nos queda bastante para pagar la habitación? Tendría gracia que por culpa del champán...

—Mira: cien pesetas. Y unas monedillas que andan por aquí. Todo bajo control.

Cruzamos la plaza, cogimos la calle de San Miguel y, ya en ella, a los pocos metros, me detuve ante un portal antiguo, muy grande y, como me temía, inexorablemente cerrado. Laura se escondió detrás de mí.

—Tápame. Nos va a ver todo el mundo.

—No estás acostumbrada a estas cosas, ¿verdad?

—No, no lo estoy. Te pareceré una marciana, pero...

—No me pareces una marciana. Me pareces, simplemente, una española menor de edad. Y guapísima, por cierto.

La cogí por la cintura, clavé la mirada en su mirada y le dije:

—Te confesaré una cosa: tampoco yo estoy acostumbrado a situaciones así. ¿Me crees?

—Sí. ¿Por qué no voy a creerte? Eres español.

—Mayor de edad.

—Y guapísimo.

—Lo nuestro va a ser casi incestuoso. Parecemos hermanos.

—Amantes.

—Eso aún no.

—Pues que sea pronto.

—¿Ya no te da vergüenza subir?

—Contigo, no. Y, además, alguna vez tiene que ser la primera. No vamos a esperar a que caiga el Régimen.

—El Régimen no caerá nunca. Y si cae...

Me encogí de hombros.

—...será lo mismo. Lo que tiene que caer es el país. Todos los españoles estamos casados por la iglesia con el ejército. Somos novios de la muerte.

—Con o sin Régimen, el portal está chapado a base de bien. Parece inexpugnable, ¿no? ¿Cómo vamos a entrar?

—Así.

Golpeé la puerta con el puño, varias veces, hasta que se oyeron pasos en el primer piso.

—¿Crees que tendrán habitación?

—Sí. Siempre me toca en las rifas.

—Presuntuoso.

—Impaciente.

Metieron una llave por la cerradura, chirrió el mecanismo, giraron los goznes y doña Antonia apareció en el umbral con su bata vieja, su chal de Extremadura, su exuberante escote, sus chinelas de pompón y sus gafas de concha.

Los dedos de Laura me apretaron el codo.

—Buenas noches.

—Las que Dios nos da. Pase. Supongo que vienen a lo que vienen.

—¿Le queda algo?

—*¿Algo?* Me queda para dar y tomar. Y regalar. No sé qué le pasa este año a la gente. ¿Sabe usted si por casualidad se están acabando los hombres?

—A lo mejor. Y las mujeres.

—A mí me es igual. Como si se la machacan.

Subimos los desgastados escalones de madera.

—Pueden elegir la habitación que más les guste. Amplio surtido. Tenemos de todas las tallas.

Y barrió el aire con la mano.

Laura tomó carrerilla, se puso colorada y preguntó:

—No estaría usted dormida, ¿verdad?

—¿Dormida yo? ¿Me tomas por un niño de teta? No, hija. Yo no me acuesto nunca antes de las cinco. Hasta esa hora puede venir gente.

En la habitación, ocupada por un formidable armario de luna y por una pantagruélica cama de matrimonio, no sobraba el espacio ni brillaba el buen gusto. Tampoco la comodidad. El suelo estaba ligeramente inclinado hacia la derecha y entre los dos balcones se tambaleaba un lavabo sobre un piojoso mueblecillo rinconero.

Laura y yo, entre resignados y asqueados, pero sin perder el sentido del humor ni el impulso del amor, hicimos un gesto de buen conformar. Por los cristales se filtraba el resplandor anaranjado, aframbuesado y amoratado de los escaparates. Uno de los balcones daba a la plaza; otro, más pequeño, a la calle de San Miguel. A veces pasaba un coche hacia Fuengirola o hacia Málaga. Ningún otro ruido, ningún otro movimiento.

—Con Dios... Y a pasarlo bien.

—¿Es lo de siempre?

—¡A ver qué remedio! Si lo subo, me quedo sin clientela. Barato y todo, y ya ve usted...

Le tendí el último billete con sonrisa de pirata.

—Guárdese la vuelta.

Ligeros de equipaje. Sin un duro, sin una peseta, sin un céntimo. Fantástico. Ignoro en qué parará todo esto, pero evidentemente no cabe mejor principio. ¿Follaría Hernán Cortés la noche del día en que quemo las naves?

Laura se había descalzado. Sus pies, un poco sucios por el continuo ir y venir entre monte y playa, parecían estar fuera de sitio sobre las baldosas desconchadas, gélidas y desiguales.

—Te vas a enfriar.

—Pues no he venido precisamente para eso.

Nos entró la risa floja y tuvimos que sentarnos en la cama.

—¿Hay tabaco?

—Sí. Ten.

—Vamos a fumar del mismo.

Encendí un *vencedor* y se lo puse en la boca. Dio una calada, aspiró el humo, me lo envió a los ojos y dijo:

—Ahora tú.

Fumé, mientras se acercaba a uno de los balcones, apartaba los visillos y miraba la calle.

—¿Has estado aquí con otras?

—Sí. Dos veces.

—Aquí, digo... En esta misma habitación.

Dudé. Y opté por la verdad.

—Sí.

Me acerqué a ella, la cogí por los hombros y apoyé la frente en el cristal.

—¿Te molesta?

No contestó. Formulé la pregunta de otra manera:

—¿Estás triste?

La obligué a volver la cabeza y a mirarme. Sus ojos estaban muy serios, pero enseguida se le rió la cara.

—No —dijo.

—¿Me quieres?

Calló.

—¿Vamos a enamorarnos? ¿Nos hemos enamorado? ¿Estamos enamorándonos?

Hubo una pausa lenta y honda. Después, sin risas ni sonrisas, me besó.

Cogí la botella de champán y quité los alambres retorcidos que sujetaban el tapón.

—¿Estás desatando demonios? —dijo.

Me reí.

—No. Eso sólo con el *campari*. Y hoy, además, me siento angelical. No necesito demonios.

—Pues que se vayan.

—Que se vayan.

—¿Hay otras mujeres?

—¿Ahora? No. Y nunca las hubo.

Saltó el corcho y, tras él, la espuma.

—¡Pero si no tenemos vasos!

Bebimos directamente de la botella, riéndonos, manchándonos y jugando por la habitación.

Le quité la rebeca y la puse a los pies de la cama.

—Mira a ver si hay algo en la mesilla.

Abrí primero el cajón y después la parte de abajo.

—Está absolutamente vacía. Por no haber, no hay ni orinal. Y eso sí que es raro en un sitio como éste.

Todo sucedía sin propósito y sin esfuerzo. Laura se había sentado otra vez en el borde del colchón. Fui hacia ella y la besé, empujándola con el cuerpo. Tampoco hubo resistencia. Estábamos en una galaxia de algodón. Pasaron unos minutos y dijo:

—Apaga la luz.

Tiré las sandalias, caminé sobre el relente de las baldosas hasta el interruptor y lo llevé hacia arriba.

Cuando volví a su lado, ya entre sombras, estaba desnuda. Tibia, frágil, ancha, clara, honda, fragantemente desnuda. Perdí de vista lo demás.

—Quita la colcha.

—¡Al diablo la colcha!

No había, efectivamente, colcha ni aguamanil ni armario ni mesilla de noche. La habitación entera desapareció mientras, sincrónicamente, se desvanecía el resplandor difuso de los balcones. Pero no se hizo la oscuridad ni nos abrumó el vacío. Los cuerpos se llenaron y se iluminaron el uno al otro. Adán inmovilizó a Eva sobre los helechos. La manzana tembló en el árbol. La serpiente se relamió. El minutero de la historia se detuvo.

Estábamos sentados en la playa de levante, lejos de la Roca. Todavía parpadeaban faroles en el mar. Hacía frío. Laura se acercó, me cogió por la cintura y buscó el arrimo de mi brazo.

—Está a punto de salir el sol —dijo.

—Pues que salga pronto, porque la humedad nos va a corroer.

—Sí. La verdad es que pega. Una vez intenté dormir en la playa y no hubo forma. Se me metía el agua en los huesos.

—Y el caso es que apetece.

Por la orilla, a unos veinte metros de distancia, pasaron dos guardias civiles. Sus cigarrillos pespunteaban la oscuridad. Miraron descaradamente hacia nosotros y se dijeron algo, pero no vinieron a pedirnos la documentación. Hubiera sido lo que se dice un fin de fiesta.

—¿Qué hacen a estas horas en la playa?

—Vigilan el contrabando. Con los veraneantes no suelen armar bronca. Les habrán dado órdenes. Cuestión de divisas.

Añadí:

—Parece un cuadro del Bosco.

—¿Por lo siniestro?

—No, chata. Por la simpatía que desprenden. ¿No ves qué salero?

—¿Y qué se contrabandea por aquí?

—No sé. Tabaco, antibióticos, medias...

—¿Y drogas?

—Por supuesto. Drogas, armas, metales nobles, agentes de la KGB... De todo.

—Te burlas.

—Quien te burlas eres tú. No me seas novelera.

—¿Por qué no nos han detenido? ¿Y la lucha contra las malas costumbres?

—Empieza en Despeñaperros.

Hasta nosotros llegó un lejano fragor de muchedumbres enfervorizadas. Miramos instantáneamente hacia atrás y vimos el clásico grupo de alborotadores bailando a todo gas la conga de Jalisco.

—¿Quiénes serán?

—Los últimos borrachos de la jornada.

—¿Y si nos conocen?

Nos conocían. Eran Julio, Carlos, Matilde y Evelyn. Los llamé a gritos y con la mano. Iban a lo suyo: sexo y jumera. No nos habían visto.

—¡Pero mirad quiénes están ahí!

La exclamación salió, naturalmente, de labios de Julio y desgarró la magia del momento. El globo de la noche se desinfló.

Hice un débil gesto de saludo con la mano.

—Gracias por el rescate. Creí que no íbais a llegar nunca. Estábamos sin agua y sin provisiones.

Julio, que llevaba barba de tres días, cambió la conga por el cancán, se puso a tijeretear con los pies a la altura de nuestras coronillas y desató sobre ellas una tempestad de sílice.

—Ya está bien —corté—. No nos suministres más arena, gracias. Hemos perdido bruscamente el apetito.

Se paró en seco y me miró como si él fuese John Wayne y yo un piojoso siouxito de la pradera.

—Calla, miserable —dijo—. Seguro que te crees muy gracioso.

—Y tú seguro que te crees el mismísimo simún. Pues olvídate, que todavía no hemos cruzado el Estrecho.

Eché una ojeada a la *troupe*. El traje de Evelyn, muy liviano, se movía lascivamente al compás del viento. Matilde, tan pechugona en la terraza de Joaquín, me recordaba a Dany Robin en *Puerta de las lilas*. Carlos estaba muy serio y parecía el menos bebido de los cuatro.

—¿Ya terminó lo de arriba?

Contestó Matilde.

—Sí, claro.

—¿Y los demás?

—Joaquín y Susi tuvieron que quedarse. Es el inconveniente de organizar juergas en tu casa. Nunca coges el final.

Es cierto. Una fiesta celebrada entre paredes pide siempre un poco de gamberrismo al aire libre. Chocolate con churros y cazalla en San Ginés. Aquellas reuniones, cuando Rosa.

Matilde siguió leyendo el parte.

—Simone dijo que se iba a levantar temprano y Antonio la acompañó a casa.

Se rió entre dientes y añadió:

—¡Menudo pinta!

Laura permanecía a mi lado, en silencio. Su relación verbal con el mundo era de tú a tú, no de uno a varios. Casi nunca hablaba con los demás, con el prójimo, ancho y ajeno, e inoportuno, a excepción de cuando se ponía a coquetear.

Carlos recuperó su lugar en el grupo.

—Bueno, chavales... ¿A lo dicho?

Y se frotaba las manos con regodeo, con resignación, con marcialidad y con frío.

—Estará helada —comentó alguien.

—Eso es mieditis.

—¿Y si nos pilla la guardia civil?

Intervine:

—Acaban de pasar. Esa disculpa no cuela. Tienen que ir hasta la otra punta de la playa. Tardarán por lo menos una hora en volver. ¿Vais a bañaros?

—*Íbamos* a bañarnos.

—Aceptada la moción.

Me volví hacia Laura.

—¿Qué te parece? ¿Nos unimos?

—Yo no. Hace demasiado frío. Pero báñate tú.

Me desabroché la camisa y la dejé caer a su lado. Julio estaba ya desnudo y corría como un cangrejo hacia el agua.

—¿No traéis bañador?

—¡Qué tontería!

—A mí...

El viento me dibujaba, me recomponía, me devolvía el derecho de propiedad sobre mis atributos corporales, algo adormecidos y evanescentes después de la ubicua y soberana paliza del amor.

Desde lejos me llegó la voz afilada de Simone:

—¡No miréis!

Se había apartado unos metros para desnudarse de modo mucho más provocativo, visible y estudiado que decoroso. *Una forma de llamar la atención. La impudicia es natural en la mujer. Lo demuestra la invención de los vestidos y el museo universal de la lencería. Más fetiches. Empecé a masturbarme, muy de niño, con el anuncio de las medias Vilma en las páginas de huecograbado del ABC. Un trozo de tela transforma instantáneamente los cuerpos femeninos en literatura o caligrafía pornográfica, en Venus ante el espejo, en Danae, en sicalipsis químicamente impura.* Solté la trabilla del pantalón y todo el hemisferio sur se me fue al carajo. Corrí un poco para aliviar el primer golpe de frío. Julio estaba ya dentro del agua, armando el alboroto de costumbre, y Carlos —siempre cachazudo— empezó a caminar hacia ella. Parecía un fantasma. O la túnica de un fantasma.

Mejor será que no nos dispersemos. El mar, de noche, es un árabe traidor.

Laura, con el cuerpo apoyado en el poste del toldo, me miraba y remiraba con más ternura que humor. Estaba seria, muy seria. Pero si algo había aprendido en las últimas veinticuatro horas era a entender su seriedad.

Matilde y Evelyn se acercaron. Hundí los ojos, sin poderlo evitar, en la mancha oscura de la ingle de la española y allí los mantuve, como un animal perdido y agazapado en la maleza. *El amor sobre los helechos,* pensé. E inmediatamente se me vino a la memoria una máxima de Wilson el Botarate. *El error de Jehová —decía— consistió en prohibirle a Eva la manzana. Si le hubiera prohibido la serpiente, se habría comido la serpiente.*

—¿Vamos, pensador?

—¡Deprisa, que os agarro! Y entonces ya veréis...

Salieron de estampida, gritando y atropellándose. Corrí tras ellas un buen rato, pero me acordé de Laura y volví al toldo.

—¿Estás bien?

—Claro que sí.

—¿No te encuentras triste ni sola ni nada por el estilo?

—Más bien lo contrario.

—¿Alegre y acompañada?

—Acompañada y alegre.

Y se rió, quizá para demostrarlo. Pero sobraban las demostraciones. *Es de día, y es de día; es de noche, y es de noche. No filosofes, no analices. Mátalo ya, muchachito. Imposible saber lo que se aprende, imposible aprender lo que se sabe. Y, más aún, lo que no se sabe. Déjate de estudios. Os amáis: eso es todo.*

—¿Nos amamos?

No esperé la respuesta, que seguramente nunca habría llegado. Acaricié a Laura en la mejilla, de forma casi imperceptible, con el dorso de los dedos, y añadí:

—Acuérdate de nosotros.

Mujer, blasfemia, eje del mundo, desafío insomne, peón pasado, virtud cardinal, ídolo de la laguna. El Inca te desea.

Me esperaban en la rompiente de las olas. Corrí destruyendo dunas de arena y surcos de cangrejo. *Cuánto tarda en amanecer.* Y, de improviso, el mar. Entré en sus quijadas espumajeantes sin pensarlo. Era como templar el acero, como sumergir una espada incandescente —*¿Excalibur?*— en la carne prieta y fantasmagórica de un iceberg. *Sigfrido en la sangre del Dragón, Aquiles en las aguas de la eterna juventud, Gilgamesch en ultratumba, los naufragios de Alvar Núñez, Jasón, las fuentes del Nilo.* Nadaba. Y al hacerlo, al moverme, al bracear y patalear casi a flor de tierra, mis miembros fosforescían en el agua como si un lobo estepario pintase en ella (o en las alturas) los trucos e ilusiones ópticas de su Teatro Mágico. ¿Simple fenómeno químico, *fata morgana* o advenimiento de la metafísica? Ni lo uno ni lo otro, ni ciencia ni arte, ni milagro ni industria, sino cosmogonía de luceros y de estrellas quebrándose sobre la superficie del agua según el zigzag y el capricho del breve maremoto provocado por el ir y venir de mis extremidades. Todo el firmamento —luz y energía— derramándose sobre mí, sobre las olas, sobre la espuma, sobre el horizonte, sobre el viento, e iniciándome fastuosamente en sus ritos, incorporándome a su recámara, abriéndome las puertas de su tabernáculo, vistiéndome de lujo, de esplendor, de polen, de mariposas, de lentejuelas. Y de este modo, como Kaa —la amiga de Mowgli— al sonar la hora litúrgica de los sagrados correteos primaverales, las estrellas ponían en mi piel, y en la piel del agua, otra piel de reverberos, de espejismos, de tornalunas, de trasluces.

Pero pasó el misterio y descubrí que ya no nadaba hacia el mundo, sino hacia alguien. Hacia una figura de mujer cuyo rostro, borrado por la bruma y la distancia, no pude identificar hasta que él mismo me ayudó, acudió a mi encuentro, sonrió y cobró perfiles. Su disponibilidad la anunciaba, sus pechos la delataban. Era, naturalmente, Matilde. Una mirada, una sola mirada, y ya los dos estábamos de pie, tirantes, bruñidos, con el agua por la cintura. Esperé. *Date prisa, muchachito. Corre, Ulises. Busca la soga más fuerte y amárrate al timón. No escuches el canto de las sirenas, no aceptes el cáliz de Circe. Una cosa es la amada y otra el escondido dios fluvial de la sangre. No descuides nunca lo esencial para atender a lo accidental.*

Pero lo accidental —sus pechos— me atraía. Matilde siguió la trayectoria inequívoca de mi mirada y los abarcó —estaban duros, oblicuos, erizados— con la punta escarlata de sus dedos.

—¿Te gusto?

Me reí y la salpiqué.

—Me gustan —dije—. Lo que quizá no es lo mismo.

—O a lo mejor sí.

—Ya veremos. El agua no está muy fría, ¿verdad?

—No, no mucho.

Y tiritaba al decirlo.

—¿Has visto cómo fosforecemos?

—Sí. ¿Por qué será?

El aire húmedo levantaba los poros de su piel. A veces, al retirarse el agua tras el vórtice de las olas, distinguía la cuña negra de su sexo.

Contesté:

—Porque nos vamos a morir, porque se nos ve el esqueleto, porque el demonio quiere que nos ahoguemos, porque éstas son las manos de Satán.

Y levanté las mías exageradamente, como para abalanzarme sobre ella.

Un segundo después estábamos besándonos. Bajé mi boca hasta sus senos y los mordí. O quizá los bebí. Con suavidad. Con perversidad. Sucesivamente. Tenían hielo y alcohol. Me refresqué, me embriagué.

Y enseguida me aparté.

—Perdona —dije.

Parecía desconcertada y no era para menos. Tuvo la suficiente presencia de ánimo como para desviar la conversación.

—¿Dónde están los demás?

Miré alrededor y vi a Julio, que venía nadando, y a una pareja abrazada por la cintura e inmóvil a pocos metros de la orilla. *Perdona, sí. No quería besarte ni insultarte. Por mi propio interés. Ahora, cuando salga, tendré que contárselo a ella. Lo de siempre: matar lo que se ama, sustituir el esplendor por la polilla, la felicidad por el descangalle. La eterna copla. Principio de contradicción y destrucción voluntaria. Abajo la identidad. En los templos griegos no se han encontrado dos medidas iguales. Y mejor así. La incertidumbre del A no es A granjea a menudo no pocas contrariedades, pero —con todo— mejor así. En un mundo prusianamente ordenado, sin tropezones y borracheras de la física, no se habría producido ni un quilate de evolución. Y la evolución es la única apuesta triunfante de la libertad contra el determinismo.*

Me alegré de no seguir siendo trilobites y le hice una carantoña en el pelo a Matilde.

—¿Amigos? —pregunté.

—Amigos —dijo con una sonrisa.

—¿Nada más que eso?

—Nada más. ¿Te parece poco?

—Sí, me parece poco, pero las circunstancias no dejan otra alternativa. De momento, claro. La evolución acaba de empezar. ¿Sabías que tú y yo hemos sido alguna vez trilobites?

—¿Cuándo?

—Tú, no sé. Yo, hasta anoche.

Julio se acercó. Parecía completamente despejado.

—¡Qué gozada! ¿Salimos ya?

—Yo creo que sí, que ya podemos contarlo a los amigos en el café sin necesidad de mentir.

—¿Una adivinanza?

—Venga.

—¿En qué se parece el mar a la Real Academia Española?

Le encantaban los acertijos, las competiciones y los juegos de salón.

—¿El mar de esta noche?

—Sí.

—Tirado. En que limpia, fija y da esplendor. Apúntame uno.

Me encaminé hacia la orilla o, más exactamente, hacia Laura. *¿Estará aún? Las mujeres son tan caprichosas como las colum-*

nas del Partenón. Pura geometría antieuclidiana. En la Academia platónica no habrían podido entrar.

Carlos y Evelyn salían del agua como dos ángeles. Sus cuerpos se recortaban limpiamente contra el telón de fondo de la aldea —cal, volúmenes, perfiles— que emergía en aquel preciso momento de la oscuridad como un submarino saliendo a flote. La espadaña de la iglesia era el periscopio. Y yo, naturalmente, el capitán.

Eché a correr con furia, casi con saña, levantando mucho las piernas para que el agua no me trabase. Los dejé atrás. *Vivir, vivir a cualquier precio y de cualquier forma, así sea tripa arriba.*

Ya en la playa encontré a Carlos.

—¿Te unes a la carrera?

—Se impone.

Lo hicimos muy deprisa, con desproporcionada vehemencia y toda la juventud del mundo embutida a modo de detonante en los talones. Carlos me precedía y yo, a veces, de un tirón traicionero y repentino, lo sobrepasaba. La realidad —los seres y las cosas— fluía veloz y en estado casi gaseoso a nuestra derecha, como vista y no vista a través de las ranuras de un cinetoscopio. Atrás, brumosas y casi ultramarinas, dejamos la figura de Evelyn, inclinada al desgaire sobre un montón de ropa, y la de Laura, de pie, muy erguida, con el colodrillo apoyado en un poste, las piernas en ademán de garabato y los ojos absorbidos por el primer claror del cielo. Una zancada en el mar y otra en la arena, como si saltáramos a la comba sobre el ir y venir del agua. Cada movimiento de los músculos descorría ante nosotros el telón de un escenario consistente en una playa desierta con formas y curvas de mujer. *Paolina Borghese, Matisse, Fujita: todo estaba allí.* Pero no sólo las mujeres, sino también los pensamientos turbios y las acciones sombrías se rezagaban filtrándose por los intersticios de la carrera y decantándose, purificados, en el poso y el fondo de la velocidad. *Citius, fortius, altius: el lema de la Olimpiada de Helsinki. 1952 y tú en Albarracín, hermanito, veraneando y leyendo el Marca. Y aplicándote el cuento con arrojo y altivez de joven tigre: más veloz, más fuerte, más alto. Quizá no llegues nunca a ser un hombre, pero no te quedarás en hombrecillo. Se lo juraste a Nietzsche, único profeta y máximo poeta de una colosal religión sin dioses.* Percibíamos nebulosa y confusamente el amanecer, esférico y enciclopédico, globalizador, total, pero no conseguíamos verlo ni palparlo. Flotaba, en torno a nuestra loca fuga, el velo invisible de la invisible Isis. Acezábamos ya en los últimos límites de la resistencia, casi estrangulados por las garras del corazón y los pulmones, pero no cedíamos. Al contrario. Siempre a punto de detenernos, siempre un esfuerzo más. La verga chocaba contra los muslos.

Las nalgas parecían medusas de luz flotando sobre el vértigo de la carrera. Un dios desconocido, quizá el de Nietzsche, nos pisaba los talones y ciegamente extendíamos las manos para encontrar en el aire su facsímil. Como si la vida nos fuese en ello. Citius, fortius, altius. Ante nosotros, ante la arremetida en puntas de nuestros músculos, disgregadores de la oscuridad, portadores del alba, vencedores de las estrellas, se extendía y se encendía la infinitud de aquella playa con hechuras de mujer y de desierto. Tambores lejanos. Frondosidad de la manigua. ¿Dejar huella en el mundo? Sí, a condición de que el mar la borre. Arenas movedizas. Resaca. Río de Heráclito. Océano de Parménides. *Apeiron* de todos y de nadie. O la luna se había trasladado a otras galaxias o nosotros corríamos más que ella. Parecía, a cada instante, como si el inminente destino de nuestros cuerpos consistiera en estrellarse contra el muro de tinieblas que los precedía, pero el muro (y la tiniebla) se alejaba, se alejaba siempre, cíclico y seguro, bambalina fantasma en una mano sin nombre. ¡Ay, tormentos rabiosos! ¿Por qué si me miráis, miráis airados? En mi memoria y sobre la lápida de mi sepulcro resonarán siempre los pasos trémulos de aquella marcha, los gritos de las gaviotas, la arena picante y húmeda, la blancura de los cuerpos. ¡Oh, sí, Laura, Julio, carne mía, espíritu de vid, coraje de Teseo, adolescentes de corazón antiguo, los que coméis el mi pan! Os lo juro: ni cobardías ni olvidos en las colmenas del tiempo. Os lo juro. Os juro fidelidad. Heridme. Poseedme. Levantadme. Dos cuerpos disparándose a compás por una playa infinita con vientre de mujer. Clamor del sexo, alba dura, horizonte disponible, almenas y arcabuces del viaje al centro de la noche, pasión de vida. Nuestra juventud belicosa e invulnerable abriendo de golpe y para siempre las puertas de la tierra y del mar.

(Ya todo sucedía con rapidez. Desde el beso frente al monte planetario hasta las profundidades del submundo con parada y fonda en el cruce universal de los caminos, en el centro de la aldea y de la tierra, entre bares de lujo y mujeres felinas y colmilludas, dispuestas a estrujarme y a despedazarme sobre mi lecho de *camparis* y ginebras. La juventud, divina impostura, desafiando, apostando y saliendo vencedora. Por encima de todo. De los senos en punta, del declive de las caderas, de los niquis de raso, de las sábanas de hilo. Juventud inocente e incorruptible en Sodoma, sin un poro de la piel tapado, sin un pliegue en la superficie del alma. Generosidad de los cuerpos juntos frente al espacio abierto del mar. Agua sin fronteras y monte planetario. El centro de la tierra, del mundo, de las galaxias, de las *fundaciones* de Asimov. Ojo de mosca. Un fotograma de Eisenstein. Luces, bares y copas de ginebra trituradas y mezcladas en la punta de alfiler de la pupila. El Central, plataforma de lanzamiento. Las playas de levante y de poniente. La Roca, mole autoritaria, agente de la circulación ordenando y concertando el hervidero de biquinis, de pícaros, de comadres, de quisquillas pintadas con ácido bórico, de vientres rosados, de viudos ingleses, de patines, de contoneos, de vikingas como atlantes. Málaga, Fuengirola y el mar por medio. Los grandes hoteles, los cafés minúsculos, las modosas casas de citas. Y, por todas partes, las mujeres, cálidas y temibles, asequibles y desdeñosas, escandalosamente envueltas en las muchas capas, lazos y pelitriques de la maligna ropa interior: sostenes erectos, corsés barrocos, justillos emballenados, tenues combinaciones, rotundas ligas, furor intenso de las medias. Fetichismos. Perfidia de mujer versificada por Nat King Cole. Obsesión. Cansancio sostenido por la fiebre. Reposo solar. La calle de San Miguel y la prensa de Madrid. Efebos y sementales con camisas de última moda. Pieles quemadas. Cinturas frágiles. Ancianos en las plazuelas. La lucha de los sexos y la gracia irreprimible de ser hombre. La apuesta de Hemingway, cazador y pescador en rebeldía frente a la muerte. Y el tiempo, el espacio, el yo, el nosotros, el ayer, lo que será, el grito prometeico de sentirnos unitarios y estar rotos. Julio: la amistad. Carlos y Evelyn: un ejemplo. Voluminoso abdomen de Miguel, catequista y predicador de verdades evidentes. Joaquín, oscura Susi, pezones enérgicos y eléctricos de la infernal Matilde.

Y tú, la aparecida, la encontrada, la que no responde a búsquedas, la que no admite adjetivos. Tú o *la nascita di Venere,* mi sueño botticelliano. Tú, Laura, dura fe sustantiva, resurrección, palingenesia, calvario, excalibur, laguna Estigia.

Y la muerte que espera con sus fúnebres ramos. Miro la Cruz del Sur duplicada en tus pupilas: una oda elemental. Todo entra en juego. Acérquense, señores, para apostar la vida contra el albur de un naipe. Y si la suerte, que es grela... Ayer, mañana, hoy, nosotros. La historia, el arte, la filosofía y el amor. La justicia, los grandes principios puestos en solfa, la juventud sin mácula, los sortilegios, los sacrilegios. El Central, el Dorado, el Oasis, el Remo, el Pez Espada, el Cabo Cañaveral, la subida del monte, el camino hacia la costa. Jueguen, amigos, juéguense el resto en la casilla de la totalidad. El triunfo es seguro, las pérdidas están garantizadas. Sobran los verbos, porque no existen acciones. Ni ayer ni mañana. El día que ya pasó, el día que no ha llegado. *¿Con qué se come eso? Carpe diem, hermanito, una vez más.* Nada nos espera, nada nos ha precedido. Recuerdos degollados y una venda en los ojos para mirar adelante. Rosa, Juana, Inés, María. El mundo está bien hecho. Todo, todos. Síntesis concreta de una realidad inabarcable. ¿Cómo establecer una vía de comunicación o darle un sentido al cero? ¿Por quién doblan las campanas? ¿Existe un lugar tranquilo y bien iluminado?

Ya todo sucedía con rapidez y no se necesitaba el vehículo del tiempo para vivirlo. Dejarse ir. Entender y practicar la existencia con filosofía de mecedora, ¿verdad, Meursault? La dramática carrera con la juventud al hombro. El reencuentro con Laura. Su seriedad, su laconismo, su tibieza, su cuerpo de adolescente, su virtud botticelliana. Y la confesión, la confusión, la confutación. Nada tan clamoroso como reconciliarse: lo supo la niña Chole. Vestirnos con la piel húmeda. Sacudir la arena de los pies. Subir de nuevo por el camino serpenteante. Y, ya, de repente, su casa, las dos habitaciones con derecho a cocina, la puerta de pino tachonada, la grava de la calle, el chirriar de la cancela. Y luego —solitario y silencioso— los perros vagabundos, las aceras abandonadas, la fuente, el chalet, la bruja y, por fin, el sueño. Hundirse en él y derramarse por regiones ignoradas, taciturno, misántropo, melancólico, casi muerto. La aldea vacía. Las ventanas sin luz. Los fogones apagados. Los grillos mudos. El primer destello del alba, la primera desesperación, el primer signo de un cambio.

El primer adiós.)

El jueves 28 de julio amaneció como era habitual en aquel pueblo: con el aire inundado de luz. Me levanté pasadas las doce y no tuve compasión. Sacudí desaforadamente a Julio y conseguí sacarlo de su sueño casi secular.

—Espabila —dije—. Hoy es un día que pasará a la historia.

Me miró, incorporándose a medias en la cama y —mientras se restregaba los ojos— farfulló:

—Estás borracho.

—Que Dios te conserve la caradura por los siglos de los siglos. El que *estaba* borracho eras tú. Y más bien como una cuba. ¿Tienes resaca?

—No.

—Espera a cantar victoria. Estás aún medio dormido.

Yo, en cambio, tenía prisa. Me puse los pantalones y añadí:

—Hace un día estupendo. Se ve que empezamos a cogerle el intríngulis a estos andurriales.

—Se lo estarás cogiendo tú. ¿Para cuándo dejas lo del submundo? Ese es el intríngulis.

—¿Submundo?

Esbocé un gesto de asombro.

—¿Y eso por dónde cae?

Julio escondió la cabeza bajo la almohada. Luego, con la voz sofocada por la borra, dijo:

—Vete a tomar por culo. ¿Cuánto dinero nos queda?

Estaba esperando la pregunta. Respondí con un deje de fruición sadomasoquista:

—Ni cinco céntimos.

Julio no se alteró. Fui hacia la butaca y saqué una cajetilla del bolsillo del pantalón.

—Dame uno.

—Toma. Es el último.

—¿Y ahora qué vamos a hacer?

—Intentaremos que nos fíe Antonio. En especie, claro.

—¿Antonio? ¿El chuleta?

—No, qué disparate... El dueño del chiringuito donde comí ayer. No se me ocurre otra salida.

—¿Y Laura?

—Laura no puede prestarnos ni un duro más. Y yo tampoco se lo pediría.

Malas costumbres de niño mimado. Las deudas deshonran. Estoy, como siempre, en el cuarto del mirador. Son las seis de la tarde. Entra Isabel, con cofia y delantal blanco, y me pregunta:

—¿Qué quieres merendar?

—Un bocadillo de guindilla.

—Estás loco. Las guindillas no son para eso. Y además dan úlcera.

—Anda, Isabel, déjame estudiar.

Se marcha refunfuñando con su cuerpo de borona, su culo temblón y su confianza de sirviente antigua. Yo sonrío a sus espaldas con afecto, me rasco distraídamente la nuca e inclino la cabeza sobre el libro de derecho natural. Su autor tiene nombre de comedia de capa y espada: Luño Peña. Estoy convaleciendo de una larga enfermedad. Atardece con colores de Velázquez. Miro el Guadarrama y pienso: ¿dará úlcera el sol?

Terminé de ponerme las sandalias y fui hacia la puerta. La pregunta de Julio —cantada, inevitable— me alcanzó ya con la mano en el picaporte.

—Por cierto... ¿Qué tal?

Le guiñé un ojo y salí.

Al volver del cuarto de baño me sentía casi como un extraterrestre. Estaba limpio de pies a cabeza y cuidadosamente afeitado. A pesar de ello me puse la misma camisa de la víspera. *Trae buena suerte. Ayer fuimos felices.*

—¿Sabes que Gary Cooper y Ortega se escribieron varias cartas?

Julio, milagrosamente, se había levantado y estaba casi vestido.

—¿Ortega y Gasset?

—¡Hombre, no iba a ser Ortega y Frías! Despéjate, muchacho. Llevas un carrerón de premio Nobel.

—¿Y qué carajo se decían?

—Ortega escribió en alguna parte que el hombre feliz no existía y Gary Cooper —ya ves tú lo que son las cosas— lo leyó y le envió su camisa. Por lo de la leyenda, claro.

—¿Y a qué viene el cuento?

—A nada... ¿Qué recojostios le decimos hoy a la bruja? Te toca dar la cara, ¿sabes?

Asintió.

—¿Vamos?

—Espera. También yo quiero afeitarme.

—No con mi maquinilla.

—Pues no hay otra, así que te jodes.

Laura me esperaba. Se hacía tarde.

—Está bien: me jodo, pero me marcho. Tengo una cita. Pasaré otra vez por el trago de la bruja.

Salí de la habitación y regresé a ella precipitadamente.

—Estaremos en la playa de la Roca —anuncié.

Llevaba el bañador en la mano izquierda. *Menos mal que se acabó el dinero. Hoy me libro de la compra. Comeremos carne, como los señores.*

En el último peldaño añadí: *suponiendo que Antonio nos fíe.*

La bruja salió de la cocina secándose las manos. Todos los días igual. Empuñé el escudo, petrifiqué en la boca una sonrisa de hielo y heroicamente me enfrenté al destino.

Mañana llena de sol para hombres jóvenes. Y, alrededor, los niños del sur, desnudos desde la barriga hasta el dedo gordo del pie.

Había conseguido evitar el choque de frente. Dije *buenos días,* sonreí de oreja a oreja, ponderé las virtudes climatológicas de la jornada y, por último, con desparpajo, miel y simpatía enredé cariñosamente los dedos en la pringosa pelambrera de uno de sus retoños.

—Nos han dicho en Telégrafos que el giro ya está y que pasemos hoy a cobrarlo. Así que...

Levanté las manos en un gesto de complicidad y, si la trola colaba, de felicidad compartida.

Coló. Me despedí y pensé: *a la noche será ella.* Pero ¿qué podía importar la noche, aún tan lejana, a quien había convertido el *carpe diem* en profesión y vocación vitalicias?

Al pasar por delante de la plaza de Abastos la miré despectiva y altaneramente. Mal hecho. Me libraba de la pejiguera de la compra, pero —por lo mismo— me quedaba sin leer el periódico. A tanto llegaba nuestra pobreza. Y, para Julio y para mí, un día sin periódicos era como un sábado sin sol. Quedaba, además, el recurso de pedir la prensa en el café o en la peluquería. Y el de robársela a cualquier bañista despistado.

Seguí, pues, cuesta abajo alegremente. No saltó sobre mí, desde el repecho de una ventana, ningún felino en celo. Las puertas de El Dorado estaban herméticamente cerradas. *Como un juerguista que ronca mientras su madre friega cacharros en el fondo de la casa o como una ramera que aguardentosamente se despereza junto a su efímero amante, ya en su cenit la mañana y consumado el amor.*

Pasó una muchacha adolescente y, sin duda, virgen. La seguí, como de costumbre, con los ojos de la concupiscencia, pero no percibí la manzana demasiado madura del corazón. *Hunde tu cetro en él, Señor.* Literatura, siempre literatura al despertar. Una forma como otra cualquiera de persignarse.

El rompeolas se adentra como una escuadra de trirremes en el mar. Calabobos y frescor. Pirracas pone una piedra en el extremo de su honda y hace girar el artefacto. Estoy detrás, muy cerca de su espalda, y pienso con admiración: algún día seré como él. La cuerda de esparto rasga el aire, que silba, cruje y suena como las enaguas de mi prima Menchu en la tarde de su boda. De repente, cabrón, un golpe sordo y duro me estalla en la frente. El proyectil puntiagudo de la honda se clava a dos centímetros de mi sien derecha e inmediatamente corre, brota, vuela la sangre. Me voy a casa, sin llorar, y allí aguardo el regreso de mis padres comiéndome una manzana.

Al pasar junto al quiosco, con envidia, un titular me enganchó la atención: *Tras dos siglos de paz belga el Congo vuelve a la barbarie.*

Frené en seco, indignado, y leí: *Crónica especial de la Agencia Efe. Leopoldville, 26. Urgente. Los últimos sucesos del Congo deben servirnos de advertencia. En sólo unas semanas toda la fructífera labor civilizadora de los belgas se ha venido abajo. Ya no hay ni li-*

bertad ni justicia. Las tribus caníbales, al ritmo de sus tantanes, ensangrientan el país. Los centros de enseñanza y los hospitales, levantados a costa de gravosos sacrificios de Occidente, se llenan de moribundos —y ya la imaginación y la ira se me disparaban por los cerros de Úbeda y de Livingstone— *europeos, mujeres violadas, desesperación, Fidel Castro, la Cruz, no hay esperanza, sentimientos cristianos, neutralismo, Suez, razas, grandes principios del Movimiento Nacional, Hungría, el fantasma de Stalin, balubas, orden público, imperialismo soviético, desbandada amarilla, paz, Picasso, libertad, igualdad, fraternidad, mierda.*

En la parte inferior de la página se veía al futuro presidente de los Estados Unidos junto a su encantadora esposa sepultada bajo una especie de florero de plástico. Ambos, al parecer muy contentos, saludaban muy sonrientes a la multitud bajo una lluvia de confeti. *Se anuncia una abundante cosecha vitivinícola.* Aparté los ojos y seguí mi rumbo. *Barrenando,* como dicen los del bronce.

En mis años infantiles de lector pasmoso y pasmado me tragué de punta a punta **El Criterio.** *Con dos cojones. Me gustó bastante, lo que no era extraño, porque casi todo lo que veía en negro sobre blanco me gustaba. Recuerdo que el primer capítulo trataba de la verdad. Como si tal cosa. Me aprendí el comienzo de carrerilla. Decía:* **el pensar bien consiste en conocer la verdad o en dirigir el entendimiento por el camino que conduce a ella. La verdad es la realidad de las cosas. Cuando las conocemos como son en sí, alcanzamos la verdad; de otra suerte caemos en el error. Conociendo que hay dios conocemos una verdad, porque** ***realmente*** **Dios existe; conociendo que la variedad de las estaciones depende del sol conocemos una verdad, porque en efecto es así; conociendo que el respeto a los padres, la obediencia a las leyes, la buena fe en los contratos, la fidelidad con los amigos, son virtudes, conocemos la verdad.** *Me gané un diez por transcribir la parrafada en un examen de ontología. Asombroso. Al final, en un definitivo esfuerzo de lucidez, Balmes añadía:* **si deseamos pensar bien hemos de procurar conocer la verdad, es decir, la realidad de las cosas.**

Entré en la tienda de Antonio.

—Hola. ¿Cómo va eso?

—Buenos días, Jaime.

—Trabajando duro, ¿eh?

Se rió. Tenía una ayudante joven y prieta, muy guapa, con los ojos llenos de urgentes mensajes eróticos. Pero no era yo el destinatario.

—Pues sí... Con filosofía.

—¿Me regalas un cacharro?

—Cuando te marches.

—¿Bajarás luego a la playa?

—Sí. A la hora de siempre.

Tiré por la calle de San Miguel, repleta a esas horas de mujeres recién salidas de la cama y aún sin arreglar. Casi todas llevaban bolsas o capachos y se dirigían a las tiendas de ultramarinos y a los minúsculos supermercados.

El que quiera entender, que entienda, rezongué para mi coleto. *Y que arree.*

Es lo que hice. El reloj empezaba a acuciarme.

Delante de la iglesia titubeé. *¿Quién diablos oirá misa en este pueblo?* El balcón panorámico quedaba a la izquierda y pude ver, por encima de la balaustrada, el mar tenso y azul, inundado de calina y de horizonte.

No llamé a su apartamento. Estaría, seguramente, la chafardera de Marisa. Seguí hacia abajo, con una mano en el bolsillo y el bañador en la otra. Enseguida, aun antes de salvar la rampa de asfalto, entreví (o quizá conjeturé) la curva dócil de la playa y la doble hilera de toldos. Sobre la pared posterior de las casetas, en caracteres enormes, campeaba un anuncio de *Ambre Solaire.*

La arena, para variar, echaba lumbre. Corrí hacia el menos lejano de los tenderetes y le pregunté a la gordinflona que hacía punto en la puerta:

—¿Puedo desnudarme aquí?

—Cambiarte, hijo, sólo cambiarte.

Era de Tetuán y muy simpática. Su marido, militar en la guarnición de no sé dónde, le escribía una carta de letra picuda todos los meses. Tenía allí, con ella, una pila de hijos. Pasaba el verano en la chabola de la playa —alcancé a ver camastros, aún deshechos, por los rincones— y en los primeros días de septiembre se trasladaban a Málaga.

Me preguntó:

—¿Estudiante?

—Más o menos.

—Después, antes de subir al pueblo, puede ducharse. Todo por un duro.

—Muy bien. Dentro de un rato le enviaré a un amigo. Deje sus cosas junto a las mías.

Busqué a Laura por los alrededores de la Roca. Infructuosamente. ¿Qué iba a hacer? No encontré a nadie conocido, no tenía el *Pueblo,* no me llamaban la atención los vientres sonrosados de las vikingas, no podía tomar una copa, no me quedaba ni una brizna de tabaco.

Hice, pues, lo único posible. Me detuve en el punto donde calculé que ella, al bajar, se detendría. Amor trigonométrico. Cerca del agua, pero a salvo de las olas. Me senté y contemplé el mar. Tres o cuatro gaviotas volaban desganadamente a lo lejos. Me tumbé boca arriba, apoyé la cabeza sobre un cubo de juguete abandonado y cerré los ojos. Inmediatamente, como un cíclope hambriento que saliera a merodear y olisquear desde el fondo de su cubil, la sanguinolenta glotonería del sol empezó a mordisquearme, a socavarme, a devorarme.

Llegó después de la una. Se oscureció el mundo más allá de mis párpados, decreció la roja barbarie del sol y sentí la frescura de sus labios en el ardor de los míos. Abrí los ojos y volví a cerrarlos enseguida. Estaba diabólicamente cerca de mí: lo suficiente como para que su piel jugase con mi piel.

—Pareces una llave fría —dije—. Esa llave con la que a veces te frotas el ojo cuando te sale un orzuelo.

—Nunca he tenido orzuelos.

—Ni yo. Es una horterada.

—¿Te habías dormido?

—¿Quién? ¿Yo? Eres un milagro, una manzana y una adolescente.

—Di.

—Casi. Embrutecido al máximo.

—No has venido a buscarme.

—Creí que te habrías marchado. Me desperté muy tarde, me entretuve un rato con Julio y...

No había forma de seguir hablando. Me interrumpía. Una palabra y un beso, un beso y una palabra.

—¿Has bajado con Marisa?

—No. He bajado para ti. Y para ti siempre estoy sola.

—¿Nunca la vas a echar de tu apartamento?

—Sí. Cuando vuelva...

Cuando vuelva el maromo, pensé con amargura. *Dilo, anda, dilo. Atrévete.*

Pero de dientes afuera desvié su patinazo con una propuesta conciliadora:

—¿No podríamos ir a tu apartamento?

—No. Y además...

Se interrumpió otra vez. Llovía sobre mojado y no pude evitar la estúpida tentación del sarcasmo.

—Ya. Sería una falta de delicadeza y, en cierto modo, casi una violación. Seamos elegantes.

Me mordí la lengua y añadí:

—¡Maldita sea mi estampa!

Ella, muy en su papel femenino, puso paños calientes:

—¿Nos movemos?

—¿En qué dirección?

—Hacia el otro extremo de la playa.

Miré hacia él, hacia el punto final de la curva arenosa con vocación de cuerpo de mujer, y sólo vi el oleaje lamiendo mansamente el casco de una barca escorada y abandonada.

—Bueno. Me apetece mucho.

—¿Dejamos aquí las cosas?

—Naturalmente. No vamos a cargar con ellas. Es un paseo de varios kilómetros.

Cogió la toalla de colores y el gorro marinero.

—¿Has traído tabaco?

—La duda ofende. ¿Lo llevo?

—Eso: la duda ofende.

Se inclinó y lo sacó de la bolsa. Tenía filtro, pero era mejor que nada.

Fuimos en perpendicular hacia la orilla, cabizbajos y un poco tristes, pero no vencidos. Se supo enseguida. Ya con los pies dentro del agua, antes de doblar a la izquierda para acometer la caminata rumbo al nacimiento del sol, la abracé con fuerza. Estaba hecho. Nos besamos delante de todo el mundo.

—Santiago no existe —dijo.

—Las mujeres no existen —concluí.

Tiré unas cuantas piedras para que rebotasen sobre el agua, sin conseguirlo.

—No das una.

Volví a su lado.

—Hay un banco de arena allá dentro —dije—. Da gusto nadar sobre el vacío y encontrar de pronto, cuando menos lo esperas, tierra firme.

—Ya te he visto.

Aquella punta extrema de la playa nos pertenecía por completo. Había en ella una especie de *bunker* en ruinas y mucho más allá, a la izquierda, empezaban los primeros rompeolas de Málaga.

—¿Estoy muy despeinada?

—¿No sabes que el amor despeina?
Jugué con la arena.
—¿He hablado alguna vez de amor? —dijo, cortando en seco mi pregunta con la suya.
—Alguna vez...
Y, de nuevo, no me resistí al sarcasmo.
—Pero no te preocupes. El sexo también despeina.
El mar se estaba alborotando y, sobre él, crecían también el número y los chillidos de las gaviotas. El agua cambiaba lentamente del azul al gris.
Escribí en la arena: *Laura es tonta.* Se rió, lo subrayó, lo rodeó con un círculo y por fin lo borró con el pie.
—¿Qué te parece Málaga?
—Psch... Un lugar de paso, no un sitio para vivir.
—Ponme un ejemplo de lo segundo.
—Mira, si algún día tengo pasta y si, con ella, me decido a instalarme en un lugar concreto, será en el trópico, donde todo el mundo va vestido de blanco y duerme la siesta en chinchorros rodeados de tucanes y cotorras.
—¿Me llevarías?
—Sólo si me amases.
—Te amaré.
—El verbo *amar* no se conjuga en futuro.
—Imaginemos que te amo.
—Imaginémoslo. Pues sí, entonces te llevaría.
—¿A qué parte del trópico?
—A Ceilán, por ejemplo.
Lo pensé un poco y cambié de opinión.
—No, a Ceilán, no. A una isla de los mares del Sur. Sin playa no se puede vivir.
—En Ceilán hay playas. Miles de playas.
—Pero no hay atolones. Y yo quiero un atolón.
Con la laguna Estigia en su centro.
—Está bien. ¿Qué isla?
—Elígela tú.
—Voy a pensarlo.
Se tumbó boca arriba. Me incliné sobre ella y la besé.
—¿Quieres hacer el amor?
—Sí. ¿Tú?
—Siempre.
—Presuntuoso.
—Bueno... Casi siempre. Y por ahora, claro. Algún día serás viejecita, viejecita, y yo me iré con otras.

—Tú sí que serás viejecito. De momento me llevas cuatro años.
—No importa. Soy Peter Pan, ya lo sabes.
—Y yo Wendy.
—Pero Wendy envejece.
—Estás alardeando.
—No. Estoy bromeando. ¿Me crees?
—Te creo.
Cerró otra vez los ojos y la besé en ellos. Repetí la operación. Después propuse:
—¿Nos vamos a los toros?
—¿Esta tarde?
—Sí.
—Sería estupendo. ¿Quién torea?
—Da lo mismo. Me parece que Luis Miguel, Camino y Ostos. O cualquier calzonazos de esos que se arriman a la sombra de Luis Miguel.
—Te olvidas de un detalle.
—¿Cuál?
—¿Con qué dinero?
—Con el tuyo. ¿Cuánto te queda?
—Muy poco. Cuatrocientas, más o menos.
—Sobra. Seguro que mañana llega el giro.
—¿Y si no?
—Vivimos de fiado. No seas pesimista. Hasta los muertos flotan. Flotaremos. Sobreviviremos. O, en el peor de los casos, nos moriremos. Pero eso no es motivo para perdernos una buena corrida. Piénsalo: los toros, el sol, las viseras, los chupitos de coñac... Y tú.
La besé durante muchos siglos, volcando mi cuerpo y mi fe sobre ella. Las cosas dejaron de existir.
—Estás muy guapa, muy morena, muy roja, muy desnuda, muy despeinada.
—¿Nos bañamos?
—No, ahora no. Nunca después de besarnos.
—¿Por qué?
—Los besos no deben lavarse. Se escapan los demonios.

A veces se soltaba de mi mano y corría con júbilo infantil sobre las olas muertas, salpicándome. No teníamos prisa. Habíamos cambiado la seda por el percal y estábamos de nuevo en la zona habitada o más bien superpoblada, rodeados por todas partes menos por una de gente, de niños dándole a la pelota, de parejitas tumbadas a la buena de Dios, de jovenzuelos en busca de plan.

—¿Tienes hora?

—Las tres.

—Hay que darse prisa.

La Roca se echaba sobre nosotros. La Roca y, por delante de ella, Julio, Carlos, Evelyn, los amigos, el merendero de Antonio. O sea: la manducatoria.

—Ayer se nos olvidó ir a la cita con Juan y Benito.

—¿Se nos olvidó?

—Es un eufemismo. ¿Lo sientes?

—Me alegro.

—Ya estás exagerando.

—La culpa es tuya. Me miras y eso me hace sentirme importante.

—¿Cuándo te marcharás?

—¿De dónde? ¿De este pueblo?

—Sí.

—Ni idea.

—¿Me escribirás?

—Te escribiré cartas larguísimas, kilométricas, interminables. Te escribiré muchas veces al día y algunas veces de noche. Te escribiré cuando me sienta triste, cuando esté contento, cuando me acuerde de ti, cuando cruce otra mujer por delante, cuando...

—Más exageraciones. ¿Me vas a querer siempre?

—Ahora eres tú quien exagera. Te quiero ahora. ¿Qué rayos es eso de *siempre*?

—Un millón de minutos sucesivos.

—Pues entonces te querré minuto a minuto. Un millón de minutos. Y todos en presente.

(Tenía que ser así. Sin pausa ni respiro, alocada y bruscamente, más allá de todo, incluso del deseo. Tenía que existir una razón, por lo menos una, para explicar el absurdo viaje lleno de luz y mi enconada querella con la historia. Por algo y para algo tenía que alabearse en forma de curvas de mujer aquella playa y en algo tenía que decantarse y depositarse el rígido secreto de la juventud. Miles de cosas y de casos, desde mucho tiempo atrás, exigían una explicación y ella me la daba. Tanto destruir y tanto aletear ciegamente en el vacío, ¿para qué? Tanto escapar y tanto regresar. Tanto olvidar para volver a recordar. No. Imposible. Demasiadas coincidencias, demasiadas casualidades. Que de la nada surgiese la materia, y de la materia el movimiento, y del movimiento la célula, y de la célula el trilobites, y del trilobites la complejidad, y de la complejidad el hombre: un ser bípedo, lógico e implume. Que de las concreciones nacieran las abstracciones. Que apareciesen en Grecia nada menos que siete sabios. Que los siglos fluyeran ordenadamente, por su cauce y a su debido tiempo, desde la primera página de la Biblia —cuando el Verbo se hizo Dios— hasta la última de mi *Historia Universal* en el colegio, la de Pérez Bustamante, con el relato de la segunda Gran Guerra (¡quién la pillara!) y sus benévolas presunciones sobre la reconstrucción del país. Que las mujeres en general y Rosa en particular, aquel día casi de autos...

Tenía, efectivamente, que ser así. Eran muchas casualidades, muchas coincidencias, y Laura, al unise a mí, las explicaba.)

Almorzamos en el merendero, que a esa hora estaba a rebosar. Julio apareció en el último momento y los dos nos alegramos de que lo hiciera. Amor en soledad, amor en compañía, amor que se abre al mundo, amor que se niega al prójimo. *Y, sobre todo, amor divinizado que se acerca, amor divinizado que se va. Nerudianamente.* Contradicción, generosidad y egoísmo, sus manos mínimas y las mías peludas. Vimos de lejos, en otra mesa, a Juan y a Benito. No parecían enfadados por el plantón. Estaban con Dolores y una jovencita delgada, andrógina, llena de pelo rubio —rubísimo— por todas partes. Días después supe que era de Estocolmo, para variar, y que aún no había cumplido quince años. Supe también que amaba con maravilloso desfallecimiento —casi una rendición de espíritu— y que sus hombros y sus caderas desembocaban directamente en el infierno. Se llamaba Ingeborg y pasaba por ser la crisálida más bonita de aquel pueblo.

Antonio nos fió cuanto quisimos, copas incluidas, y ni siquiera hubo que dejarle el maldito carnet de identidad. Hacía mucho calor y el mar chapalateaba con creciente cólera. Arriba, en las estribaciones de la Roca, confundidas y escondidas entre cardos y pinos, crepitaban los crótalos de las chicharras. Y su canto era para mí, en aquel o en cualquier otro sitio, incitación a la memoria de la infancia (o de la adolescencia) y fulgurante recuperación del tiempo perdido. *A ti, Guiomar, esta nostalgia mía, oh, tarde viva y quieta que opuso al panta rhei su nada corre.* Oír chicharras era oír el soplo de la brisa por entre los pinos, los jazmines y el *cuquet* de la vieja casona de Alicante, cómplice furtivo y territorio libre de los más intensos veranos de mi vida. Era escuchar y palpar lo que fui, lo que iba a ser, lo que jamás sería. Y era el descubrimiento de Balzac, el hallazgo del tenis, la revelación del *carpe diem,* el primer pecho de mujer para mi mano abierta. Se llamaba Manoli, servía en casa, admiraba a Sienkievicz, lloraba con frecuencia por culpa de un extraño e incurable mal de amores y lo que me concedió —aquel bulto rapaz en la tela de la blusa— no pasaba de ser un brote, un retoño, un capullo, una promesa. Todo sucedió dulce y lentamente, como si jugáramos. Y, en efecto, jugábamos.

Comimos muy bien. Una ración de gambas para empezar y, luego, paella, pollo al ajillo y ensalada de chanquetes. Julio, elevándose a alturas astronómicas, se empeñó en pedir langostinos y no era cosa de negárselos. Nos sentíamos munificientes. Para regar el festín cayeron, por su orden, tres hermosas jarras de sangría. Lo de ir a los toros era ya decisión en firme. Una decisión que contaba y alegraba, que contaminaba la atmósfera, que le añadía al almuerzo y a toda la jornada unos granos de pimienta y unas gotas de angostura. Laura y yo arrimábamos las rodillas por debajo de la mesa y, a veces, se las acariciaba. Estábamos ahítos de alcohol, pero sin que la inundación llegase a desarbolarnos. El borde superior del traje de baño se nos hundía obscena y profundamente en la piel escarlata del abdomen. Por la radio tocaban muchas de mis canciones favoritas. *Yo vendo unos ojos negros, Lily Marlen, Banana Boat, Perfidia, Solamente una vez, Cuando se quiere de veras, Bésame mucho*... Nat King Cole, Harry Belafonte, Sarita Montiel. Un programa ideado por arcángeles, demonios o alcahuetes.

Laura y yo, a partir de las gambas, empezamos a comer en un solo plato. La cogí suavemente por los hombros y dejé que se encargara de la furrielería. Buscaba los mejores trozos con el tenedor y me los ponía en la boca. Yo protestaba y le pagaba en besos. Nadie nos hacía caso, excepto Julio, que era un cotilla y un metementodo.

De postre pedimos café y ginebra Fockink. Fue el remate, la coronación de Carlomagno. Nos sentíamos los tres furiosos, erectos y excitados, como las carabelas que un 2 de agosto de 1492 se hicieron a la mar en Palos de Moguer. Cerca ya de las tres y media Laura subió a su apartamento. Acababa de decirnos que nos esperaría allí. *Potingues, maquillajes, abluciones y gargarismos de mujer.* Julio y yo nos fuimos a la chabola de la tetuaní y recuperamos nuestra pertenencias. Mientras nos vestíamos, renunciando olímpicamente a la ducha incluida en el precio, dije:

—Nos vemos a las cinco en el Central. Procura que alguien te preste dinero. Cuanto más, mejor.

—¿Y tú?

—Ya subiré con Laura. Tengo un compromiso pendiente.

Estaba bastante borracho, mucho más de lo que creía. Todo pasaba, tropezaba y se amontonaba vertiginosamente ante mis ojos:

los bañistas, el camino empinado, las chumberas, el canto rasante de las chicharras, los patios envueltos en vapor de agua, la solanera, las gaviotas, los bancos vacíos y viudos.

Llegué a la puerta tachonada del apartamento y entré sin llamar. Laura se asomó por la ventana interior del cuarto de baño y, al verme, a pesar del salvajismo de mi irrupción, no protestó. O quizá no pudo hacerlo porque la espuma del champú se lo impedía.

Pregunté:

—¿Y Marisa?

—Come abajo.

—Dios no ahoga.

La abracé, me manché de espuma y mordí ligeramente su cuello. No se resistía, pero dijo:

—Espera. Voy a quitarme el jabón.

Volvimos al beso y a la dentellada. La arrinconé entre el lavabo y la bañera. Arrimé el cuerpo, la ingle, los músculos, el alma. Enredé mis tobillos en sus tobillos. Su pelo, empapado, me refrescaba, me abanicaba, me calaba.

—Quieto, Jaime. No vamos a llegar.

—¿Y qué? Ir a los toros es una devoción, no una obligación.

Se reía. El agua parecía haberle disuelto el alcohol, pero no la felicidad. Terminé de quitarle la blusa, que ya no tenía ni un botón en su sitio. Clavé los dientes en uno de sus hombros y dejé en su superficie una huella estriada y elíptica. Imposible actuar de otro modo. Era la ceremonia, la liturgia, el sacrificio y la embriaguez de la sobremesa. La hora de la sensualidad barojianamente pervertida y millerianamente compartida. La hora de la siesta en el trópico. La hora de los negros y el tantán. La hora de las enaguas crujientes sobre un cuerpo de criolla. La hora del amor.

—Vas a dejarme señal.

—Pues sí. Señal de que te amo.

Alcé la cabeza. Sentía puñaladas en las sienes.

—Mañana no podré bañarme.

—Sí podrás. Nos bañaremos solos, en una playa prohibida que descubriremos juntos.

—¿Cuándo?

—Ahora mismo.

La llevé hasta su cuarto, gobernándola caballerosamente por la cintura. Seguía riéndose, feliz, mientras se sentaba en el borde del colchón.

—No puedo tumbarme con la cabeza empapada. Voy a mojarlo todo.

—Sí puedes. Empapa el mundo. Después lo pones al sol. O le

cambias las sábanas a Marisa para que empiece a enterarse de que los niños no vienen de París.

La empujé por el pecho. Le desabroché el sostén mientras se incorporaba un poco para facilitar la operación.

—Te quiero —dije.

¿Por convicción o por obligación? Ay, muchachito, que no te aclaras.

Hicimos el amor con la letra de los domingos. Un abejorro azul se estrelló ruidosamente contra el cristal de la ventana y allí se enconó y empecinó, zumbando y haciendo vibrar el aire y la vida, casi hasta que todo terminó.

Nos amábamos sin erotismo o, mejor dicho, sin cultura, sin ideas adquiridas, sin técnicas aprendidas, con limpieza e ingenuidad, jadeantes, primitivos, cálidos y vigorosos. Dafnis y Cloe. No éramos un hombre y una mujer como tantos otros, sencillos puntos finales de una complicada evolución. Éramos la fuerza fundadora y sostenedora del universo, la chispa del fuego inicial, el diluvio de los orígenes, la deflagración de la voluntad divina. Éramos la tierra, el magma, los volcanes, los océanos. No necesitábamos de nada ni de nadie, ni de nuestra fe, ni de nuestro amor, ni de nuestro deseo, ni de nuestra carne siquiera. Todo parecía —y todo se hacía— sencillo e inevitable. *Como el llanto,* pensé (y citaba a alguien), *de un recién nacido.*

Al terminar, al salir de sus catacumbas con la mirada transparente y luminosa de quien acaba de decir una verdad, estábamos inverosímilmente mojados de sudor. Me derrumbé junto a ella y permanecimos en silencio unos minutos, mientras los cuerpos se enfriaban y los espíritus se esponjaban. Pero seguíamos rozándonos y sintiéndonos.

Miró el reloj.

—Faltan tres cuartos de hora para la cita con Julio.

—¿Ves como sobraba tiempo? Y ahora, encima, podemos descansar un rato.

—O cansarnos otro rato, ¿no?

—Ni hablar de eso, criatura viciosa y pecaminosa. A los toros hay que llevar siempre un poquito de lujuria. No es un espectáculo apto para capones.

Me apetecía seguir así durante horas, postrado junto a la vestal en el ara de los sacrificios y charlando con ella de naderías. *Minutos importantes, mal que le pese a Verlaine, cuando el cuerpo se siente sabio, sobran los libros y la tristeza no existe.*

—Tu amor no deja vacío.

Se calló y me miró, quizá sorprendida por el comentario.

—Pensaba en otras mujeres. En una, sobre todo. Fue hace dos o tres años y en Madrid. Al terminar se estaba poniendo el sol. Me asomé, tiré una colilla, vi el cielo muy gris, excesivamente gris, y escuché de pronto el tañido de unas campanas. Aquello me dio mala espina. Me sentía insoportablemente solo.

—Pero si no existen otras mujeres. Tú mismo lo has reconocido.

—Es verdad. No existen.

Extendí el brazo por encima de ella y pesqué los fósforos y un par de cigarrillos.

—¿Me traes un vaso de agua?

Lo hice. Bebió un sorbo y derramó lo demás sobre mi cuerpo. Boté, pero se lo agradecí.

—¿Por qué no terminaste la carrera?

—A ése por qué se contesta con un para qué. No le veía mucho sentido. Quería ser libre. Y es imposible serlo si tienes o aceptas una profesión, un oficio...

Me cortó:

—...o un beneficio.

—Exacto.

—¿Y qué vas a hacer?

—¿Ahora o en la vida?

—Ahora.

—Estar contigo. No me hagas preguntas elementales.

—¿Y en la vida?

Dibujé un gesto de vago escepticismo.

—¿Quién puede responder a eso?

—Mucha gente.

—Sí, lo admito. Pero nosotros, no.

—¿Quiénes *sois* nosotros?

Subrayó el desatino gramatical.

—Mira, no quiero meterme en honduras. Otro día.

—Porque no lo sabes. Te he pillado.

—Lo sé perfectamente. Por ejemplo: Julio, tú y yo formamos parte de ese *nosotros*.

—¿Y quién más?

—Los jóvenes.

—¿Todos los jóvenes?

—No, claro. Hay mucha gente que nace vieja. Y lo contrario: viejos que mueren jóvenes. No es cuestión de edad.

—Tienes el mito de la juventud.

—¿Y eso es malo?

—No lo sé. Te escucho.

—¿A estas horas y con el calor que hace? Metafísica estáis, pero en fin...

Empalmé un cigarrillo con la colilla del anterior y me metí en harinas.

—El hombre no puede sobrevivir sin mitos, pero su deber consiste en arreglárselas para que esos mitos sean siempre personales y no universales. Los mitos universales aniquilan la libertad; los personales, la ensanchan.

—¿Es Dios, por ejemplo, un mito universal?

—Evidentemente, pero ojo, porque también existen dioses estrictamente personales.

—¿Y el fascismo?

—También. O aún peor. Todos los mitos universales, a la corta o a la larga, son fascistas. Y el fascismo, por supuesto, es también un mito universal.

—¿Y los galimatías?

—Mitos personales.

—Más ejemplos. Pero sin coñas.

—¿De mito personal?

—Claro. Los otros no me interesan.

—Ni a mí. Bueno, vamos a ver...

Me rasqué la cabeza.

—Tú eres un mito personal —dije—. Se sobreentiende que para mí. Amar es forjarse mitos.

—¿Sólo eso?

—No. Además se necesita un idioma cifrado. Y un demonio. Y un misterio. Y algunas menudencias.

—¿De este tipo?

Me besó. Noté la marea de la sangre y tiré el pitillo al suelo.

—Precisamente.

—Se va a quemar la alfombra.

Me levanté, recogí la colilla —que se había apagado— y la aplasté contra el cenicero de bakelita. Inmediatamente después hice lo mismo con su cigarrillo, quitándoselo de la boca. Lo sustituí con la mía y todo volvió a empezar. Había poco tiempo, pero lo aprovechamos bien y ningún moscardón *voyeur* e impertinente vino a incordiarnos.

—¡Uf! —dije al terminar—. Estoy para el arrastre.

La palabra, de repente, nos recordó los toros.

—Son casi las cinco.

—Pues venga. Escopeteados. Tenemos exactamente ocho minutos para desempecatarnos, ducharnos, vestirnos y subir al Central.

Recogí la ropa esparcida por el suelo. Laura me miraba sin moverse.

—Decídete.

—No.

—Hazlo por mí. O por Luis Miguel, si te gusta más.

—Pues llévate el abejorro.

—Ya se ha ido. ¿Te dan miedo los bichos?

—¿Y a ti?

—No.

—Porque eres muy fuerte.

Le aplasté festivamente la nariz con la palma de la mano y, riéndome como la segunda de *Las tres hermanas* de Chejov (y por idénticos motivos), salí en cueros de la habitación. El chorro crudo de la ducha me devolvió a mis cabales. Froté con minuciosidad y rigor todas las aristas, montículos y alveolos de mi cuerpo. Las sensaciones se desvanecían y las ideas recuperaban su nitidez. Pensamiento contra sentimiento. *Tiene gracia,* pensé. *Resulta que todo lo que el buen Juanito dice sobre el agua fría, es verdad. Los curas de mi colegio y monseñor Tihamer Toth estaban en lo cierto. ¿Por única vez? Ojalá. Porque, de no ser así, buena la hicimos.*

Y me puse a ahuyentar musarañas cantando el *Si Adelita se fuera con otro.* Seis toritos en puntas nos aguardaban.

·

Expectación e impaciencia. Los autobuses de Málaga salían cargados hasta el estribo. Algunos optimistas hacían autostop. Los taxis no daban abasto. En el Central, lleno como nunca, la clientela se daba codazos y pisotones persiguiendo huidizas copas de coñac y centrífugas tazas de café que a menudo terminaban en el suelo, prudentemente alfombrado de serrín. El aire picaba. Las conversaciones quemaban. Los ojos perforaban. Y Julio, emblema universal de la resignación aliñada con mansedumbre, seguía el espectáculo y aguardaba nuestra aparición sentado con inusual compostura en el borde de la acera.

Lo vimos ya antes de doblar la esquina, envuelto en cejijuntas nubes de humo de farias. Nos hizo un gesto de amistoso reproche y fuimos hacia él, abriéndonos paso entre un gentío de hembras enclaveladas y varones despechugados. Cosas del sur: se veían muchas más chaquetas que corbatas.

Nos miró sin levantarse, con los ojos achinados, y me tendió lacónicamente un *Hoyo de Monterrey* sin funda de celofán.

—Toma. De parte de Benito, que también va a la corrida.

—¿Solo? Pues podía habernos llevado en el coche.

—No. Ya lo pensé, pero no cabíamos. Con Dolores y Juan éramos seis.

—Lo siento. Me hubiera gustado ir a los toros con él. Ya sabes que en México llegó a ser bastante amigo de Bergamín.

Julio, con ojos voraces, se fijó en Laura, que —cediendo a mis imploraciones fetichistas— se había puesto la blusa de la primera noche y una falda azul, corta, estrecha, demoníaca y absolutamente irresistible.

—Quieto, león —dije—, que te veo venir. Es mía. La he comprado en el zoco por mil cequíes y una docena de camellos. ¿Quieres que me ensañe y te apabulle con el título de propiedad? Lleva la firma de un notario cojo, *abbasida* y damasceno.

—Fantasma —se limitó a responder Julio moviendo paternal y compasivamente la cabeza.

—¿Nos ponemos en la cola?

—¿Por qué no probamos con el dedo?

—Hoy tienes un día brillante. Mis más sinceras felicitaciones. ¿Dónde has visto tú que cojan a tres en una tacada? A no ser que nos toque un franciscano...

—Los franciscanos no van a los toros.

—¿Y los jesuitas sí?

Laura zanjó la cuestión.

—Podemos separarnos.

—Pipa —dije—. Lugar de reencuentro: Los Faroles, ese tabernón que está junto a la plaza. Lo conocéis, ¿no?

—Hecho.

Dejamos atrás el Mañana. La muchedumbre, cada vez más ruidosa y mosconeante, crecía. Llegó otro autobús y fue un sálvese quien pueda. Junto a La Campana, ya a la salida del pueblo, vimos una larga hilera de coches parados.

—Muchos prefieren llegar trompas.

—Sí, pero nunca lo he entendido. Hay que emborracharse después del último toro. Si las cosas han ido bien, para celebrarlo. Si mal, para olvidarlo.

—Ni contigo ni sin ti tienen mis penas remedio —canturreó Laura con sorna—. ¿No le echa todo el mundo demasiado cuento a las corridas de toros? Se ven, y basta.

—Perdona —dijo Julio—. Una puntualización.

Y alzó el índice.

—Quien le echa demasiado cuento a las corridas de toros no es todo el mundo. Son Hemingway y Jaime.

Laura me miró. Esperaba, evidentemente, una respuesta. Los zipizapes entre Julio y yo la divertían.

—Ya estás buscando camorra —dije—. Los toros son un ritual, majo. No hay otro cuento.

—También lo es la misa —arguyó Julio— y, hasta ahora, nunca te he visto en la iglesia. ¿O vas a escondidas?

—Sí, pero a las cinco de la mañana. Y como para ti la vida consiste en sobar, pues ni te enteras. De todas formas, rito o puñetas, no hay en el mundo un espectáculo comparable a los toros.

—¿Has visto alguna representación de *Edipo rey* en el Partenón? ¿Te has bañado con los peregrinos en el Ganges? ¿Has escuchado los coros del ejército ruso en la ribera del Volga? ¿Has subido al Aconcagua? Pues chitón y a correr mundo. Lo mismo te trasquilan por ahí el pelo de la dehesa.

—Apúntate cinco y quita los seises. ¿Tienes algo de dinero? Aunque sea un duro.

—Un duro, no. Mil. Me los ha traído el arcángel San Gabriel. Te estás luciendo, chato. Hay que ver las gilipolleces que preguntas. ¿De dónde carajo iba a sacar dinero? ¿De los pozos de petróleo de la Arabia Saudita?

Me volví hacia Laura:

—¿Tendremos bastante?

—Tú dirás. Yo creo que sí. Nos quedan cuatrocientas veintitantas cucas.

—Porque en taquilla seguro que no nos fían.

—Y a todo esto, ¿quién torea por fin?

Señalé a Julio.

—¿Lo sabes tú?

—Luis Miguel, Antoñete y Paco Camino.

—Tres generaciones. De puta madre.

—¡Hombre! Luis Miguel y Antoñete allá se andan, ¿no?

—Bueno, pues tres escuelas. ¡Qué importa!

Las últimas casas del pueblo quedaron atrás. Coches, por suerte, no faltaban. Nos sentamos junto a la cuneta, sobre unas rocas relativamente confortables, y Julio se hizo cargo del primer turno de dedo. Yo andaba por las nubes.

La voz de Laura me devolvió a la tierra:

—¿Se puede saber en qué estás pensando?

—En los toros.

Era verdad. Seguía dándole vueltas a lo de si rito o espectáculo.

—Dime algo sobre ellos.

—¿Algo nuevo?

—Si es posible...

—No, no lo es. Hemos nacido demasiado tarde, Laura. Se nos permite imitar o repetir, pero no inventar. Todo está dicho: la verdad y la mentira.

—Especialmente lo segundo.

—Sí. Que inventen ellos.

—¿Quiénes son ellos?

—Los venusinos.

—Dime algo, a pesar de todo.

—¿Alguna mentira?

Julio se volvió y me miró, riéndose de mi apuro. Busqué a la desesperada una frase brillante. Sólo para joderlo.

—Aprender a mirar: no hay otro truco. Dejarse de luces y colores, de retórica pagana, de bailes con la muerte... De retórica y literatura, en una palabra. Lo que importa es el público, su candor, su capacidad de entrega, su apasionamiento y, sin renunciar a él, su espíritu de justicia. Que los viejos parezcan jóvenes y los jóvenes resulten sabios. Y, sobre todo, que pique la sangre.

La sangre picaba, en efecto, o *nos* picaba, y picaba también el sol en los brazos y en la coronilla de nuestras cabezas destocadas.

Un seiscientos frenó bruscamente, derrapó sobre el guijo lateral de la carretera y se detuvo a unos metros de distancia. Lo de siempre: eran los coches populares quienes por fin se paraban, mientras los grandes automóviles de lujo saltaban como felinos por encima de nosotros. Y de nuestra esperanza. Julio y yo lo sabíamos por experiencia, lo habíamos sufrido en carne propia a lo largo de muchas jornadas fundidas con el pulgar en ristre por esos caminos de Dios.

Julio, que estaba ya junto a la ventanilla del coche negociando con el conductor, se volvió hacia nosotros y levantó dos dedos.

—Anda, ve tú —dije—. Las mujeres y los niños, delante. Me esperáis en Los Faroles.

—No. Me quedo contigo.

—No seas tonta. Son diez minutos.

—Eso con suerte.

Se dirigió, sin embargo, hacia el coche y se instaló en el asiento de atrás. Al subirse vislumbré o soñé la esférica sazón de sus rodillas. El intermitente izquierdo empezó a parpadear y Laura me envió un saludo y un beso a través de los cristales. Fue entonces cuando caí en la cuenta de que se llevaba todo el dinero. Pero ya era tarde: el cochecillo arrancaba. *¡Valiente manera de quemar las naves!*, pensé con cierto regusto de sarcasmo autopunitivo. *Y, por si fuera poco, haciendo autostop sin chica en un país como éste. A jorobarse tocan, aficionado.*

Pero no hubo problema. Casi inmediatamente se detuvo en mis barbas otro Seat, gris, narigudo y fondón, y a los pocos minutos entrábamos él, su ocupante y yo, en la fullera ciudad de Málaga.

En Los Faroles había mucha gente. Nada más entrar llegó hasta mí un surtido completo de pestilencias: coñac malo, aguachirle de café, sudor, aceitunas, tagarninas y cigarrillos aplastados contra el suelo.

Vi a Laura en la esquina del mostrador, junto a una columna octogonal revestida de azulejos. Julio gesticulaba como un chimpancé borracho y le daba palique al camarero. En el local, toreando sin capa a los turistas, había más rinconetes y cortadillos que en todo el Siglo de Oro. Procuré abrirme paso entre las prietas filas de nalgas, pechugas, panzones y adiposidades. Un cincuentón con sombrero cordobés estuvo a punto de noquearme limpiamente gracias a la acción combinada de un oportuno codazo en la boca del estómago y de un cachazudo pisotón de diplodocus, pero contuve la cólera, respiré hondo y me salvé in extremis.

—Perdone, amigo.

—No es nada.

Por fin recuperé a mis compañeros. Julio, desbordado por la excitación taurina y etílica, no supo evitar el comentario de rigor.

—¡Qué pronto has llegado! —dijo—. Seguro que enseñabas los muslos para que te cogieran, so puta.

Y sin solución de continuidad le hizo una seña al camarero.

—Que sean tres.

Y enseguida, mirándome:

—Porque te tomarás un cafelito, ¿no?

—Y un coñac, si es que el peculio da para eso. ¿Habéis sacado las entradas?

Fue Laura quien contestó:

—Lo más barato que había. Quince pelas por barba con derecho a retrete y a pararrayos. Así que somos ricos. Pide lo que quieras.

—Gracias, generosa. Me conformo contigo.

La besé y me volví hacia Julio.

—¿Empezamos ya con los vegueros?

—Cuando salga el primer toro.

—Entonces vamos a atizarnos la penúltima en el bar de la plaza.

Salimos. La gente se apretujaba en el portalón de los vomitorios. *Aquí, como en los conciertos, no te dejan pasar si la función ha empezado. Entonces tienes que armarte de paciencia, guiñar el ojo a las que pasan, liar un cigarrillo y esperar al primer descanso, al segundo toro, a la pausa que entre tiempo y tiempo de la sinfonía marca el director para limpiarse los dientes con la batuta.*

Algo debía de notárseme en la cara, porque Laura, de pronto y sin venir a cuento, me preguntó:

—¿Se puede saber qué te pasa?

Decidí quitarle hierro al bulto, pero no escurrirlo.

—Poca cosa. Un pinchazo de confusión en la cabeza y otro de angustia donde termina el pecho. Una especie de náusea.

—Estás cansado.

—No. Se me pasará enseguida. No es nada nuevo. ¿O es que tú siempre le ves sentido al mundo?

—Claro que no. A veces me gustaría morir.

—Buena señal. Señal de que te sientes viva.

Julio nos guiaba. Por entre la gente, muy cerca de nosotros, vimos un caballo viejo con gualdrapas zurcidas y rezurcidas, llevado de las riendas por un picador. Vanguardismo puro. Irreal como la vida misma.

—Podría ser un fotograma de Buñuel —dijo Julio, al fin y al cabo hombre de cine.

—O un cuadro de Dalí —añadió Laura, que venía de los Estados Unidos.

—O el caballo metafísico de Fellini en *La strada* —rematé yo en plena orgía de pesimismo y asco vital.

Mientras Julio le tendía los billetes al portero, Laura preguntó:

—¿Se te pasa?

—Sí. Pero te voy a pedir un favor. ¿Concedido?

—Según. Habla.

—Nunca seas solícita conmigo. No lo puedo soportar.

—De acuerdo. Y tú no seas rabotudo, ¿eh?

Me reí. Siempre acabábamos riéndonos. *Buena señal también.*

—No le des importancia. Ya sabes: el vacío cósmico, los remordimientos, la culpabilidad sin causa, Dios llamando a la puerta y otras tonterías por el estilo.

Nos adentramos por una empinada escalera de azulejos y ladrillo visto con olor a pis. Julio, que iba delante, se volvió y comentó:

—En este país, por no moverse, no se mueve ni la arquitectura. Siguen construyendo las plazas a lo mudéjar.

—¡Hombre, no todas! La de Colmenar, por ejemplo, es relativamente moderna.

—Y horrible.

Como su parador. Fui tres o cuatro veces con Bárbara. Alquilábamos siempre la misma habitación, en la parte de atrás, con vistas a la llanura, y comíamos antes que nadie, a la sombra del emparrado. La feria se celebraba en septiembre y había toros de rumbo. A veces, en lugar de quedarnos en el parador volvíamos en coche a Madrid, medio borrachos, y lo hacíamos en su apartamento de Conde de Peñalver, con los niños durmiendo —¿o no?— en la habitación contigua. Era como un escorpión. Tenía una cabellera verdaderamente sansónica y me exigía caricias absurdas hasta dejarme exhausto.

La plaza estaba de bote en bote. Los paniaguados de turno voceaban caramelos, altramuces, cervezas y cocacolas. Por los tendidos, como brochazos de luz, asomaban cohortes de extranjeras rubias con claveles en el pelo y las faldas a medio muslo.

Me sentía, simultáneamente, excitado a la altura de la ingle y rabioso en el entrecejo. Rabioso contra Julio, contra Laura, contra mí, contra el prójimo, contra el mundo. Rabioso y destructivo. *Esa rubiales está cachonda.* Busqué a Laura de reojo y la vi hablando con Julio. *Sálvame otra vez. ¿O eres, como de costumbre, una trampa? Necesito la vacuna de los demonios. Se han olvidado de mí.* Me dolía el esternón. Nada tenía sentido. Los espectadores eran soldaditos de papel. El ruedo parecía un teatro de guiñol. Laura dijo:

—No hemos tomado la copa.

—Pero aún estamos a tiempo.

Julio chistó a un moro que llevaba un delantal de cuero. El interpelado vino como pudo, con cara de viruela y de pascuas, y nos sirvió con pulso más bien vacilante tres chorros de matarratas en sendos vasitos de papel parafinado.

—Son quince pesetas.

—Ahí van.

El líquido pasó como un cohete por mi garganta y me despellejó el estómago. Hice una mueca de asco. Iba a vomitar, a insultar al prójimo, a marcharme y, en definitiva, a dar el espectáculo. Como si Laura me engañase con Julio o como si mi juventud, tan antigua ya, estuviera a punto de saltar al ruedo en forma de toro para que un fantasmón larguirucho la persiguiera con el estoque y se lo clavara en el pescuezo. Sentía ya salir mi sangre roja y negra, a borbotones, y aquella estúpida sensación me encolerizaba.

Pero conseguí dominarme.

—¿No os encontráis a gusto? —dije—. Aquí todo el mundo interviene. No venimos a ver, sino a torear. Los espectadores que se queden en casa.

Pude hablar porque ya conocía las frases, porque me las había aprendido de memoria, porque se las había dicho en infinidad de ocasiones a muchas otras mujeres en muchas otras corridas y porque, debido a ello, su formulación no exigía esfuerzo alguno a las cansadas y estridentes bielas del pensamiento.

Salió por fin el primer toro y la plaza se inundó de un silencio fabricado con clamores inminentes.

—¿De quién son?

—De Galache.

—Lástima.

La corrida más erótica del año es la del Corpus, en Toledo. Estuve una vez con Irene. Se puso muy guapa y muy chilena. Nunca había ido a los toros. Increíble, decía. E increíble, efectivamente, pensaba yo también. Me gustaban sus muslos y la dureza escultórica de sus pómulos. Hizo sol y nos amamos como miuras, después de la corrida, en un hotelucho del extrarradio. Siempre la misma historia: toros y mujeres, mujeres y toros. Y allí, en Toledo, calles con ropa tendida, con recodos, con ángulos, rincones y soportales en los que palpar, achuchar y besar.

Llegábamos al último tercio. Al definitivo. Al final de aquella vida de macho pujante y breve, que resoplaba y levantaba polvo de siglos con las pezuñas.

—¿Cómo va la cosa? —pregunté—. Estoy algo distraído y no acabo de entrar en el asunto.

—Regularcejo tirando a fatal —dijo Julio—. Parece ser que sí, que está acabado.

—¿Quién? ¿Antoñete?

Volví la cabeza. Detrás de mí había una cuarentona de carnes prietas, con dos pitones de mucho respeto reventando la blusa blanca. Vi también, masturbadoramente redondos y erizados, sus muslos. Opté por apartar los ojos.

Luego miré a Laura. Había cruzado las piernas y sentí de repente unos celos inexplicables. *Mejor no reprimirlos*. Me incliné y le dije candorosamente al oído:

—Tienes unas rodillas preciosas y no quiero que las enseñes.

Después le di un beso ligero, apenas un roce de los labios. Me miró sorprendida, pero inmediatamente sonrió y me serené un poco.

—Estaba a punto de hacer una tontería. Te amo.

Encendí un cigarrillo.

—Antes de conocerte vivía fuera del mundo —dije—. Absolutamente fuera del mundo, aunque me creyera joven, y me emborrachara, y persiguiese a las mujeres todo el santo día. Pero veía las cosas fuera de mí y también pensaba en ellas desde lejos, como si no rezasen conmigo. No sé si me entiendes. Ahora, en cambio, no. Ahora estoy *dentro*, dentro de algo... Y no me preguntes en qué consiste ese algo. No lo sé. Pero sé que no te persigo y que no te pongo etiquetas. Te amo, simplemente. Ya sabes cómo: sin adjetivos. Y quiero que me modifiques, que me ayudes a romper el hielo, a entablar diálogo con todo, contigo, con la gente, con las cosas. Si es que las cosas y la gente están dispuestas a aceptarme, claro.

Arrastraban el toro en medio de la indiferencia general. Era, aunque no me lo pareciese, un espectáculo triste. *Para esto hay que haber nacido,* pensé. *Para esto se necesitan muchos cojones.*

Los areneros. Llamamos al moro del coñac y le pedimos otra ronda.

—Estoy desperdiciando la corrida —dije.

Julio, desentendiéndose de mi agobio, sugirió:

—¿Por qué no enciendes el puro?

—Pues sí. Es una idea.

Lo saqué del bolsillo de la camisa y lo descabecé con los dientes.

Sonó el clarín del segundo toro. Julio alargó el brazo por detrás de Laura y me dio un golpe en el hombro. Dijo:

—¿Tú sabías que Benito es marqués?

—Sí, pero venido a menos.

—Los ricachones arruinados me hacen gracia. Siguen con su Mercedes, su chófer y sus queridas.

Laura intervino:

—Os pasáis la vida hablando de ellos. ¿Qué tienen de particular?

—Un montón de virtudes, que saltan a la vista, y —en lo que a nosotros respecta— tres factores de peso: afinidades electivas, coincidencia en el espacio, desfase en el tiempo. ¿Te parece poco? Es casi una lección de metafísica.

—Suena muy bien, pero si Su Excelencia no lo aclara, me quedo in albis. *Sorry.* Soy muy burra.

—Lo de las afinidades electivas que te lo explique Goethe. Lo del espacio y el tiempo...

Tuve que buscar las palabras. Pero las encontré.

—Coincidencia en el espacio: el chiringuito de Antonio, verbigracia. Y el pueblo. Y la corrida de hoy. Y...

—Para y vamos con lo del tiempo. A ser posible sin pedanterías.

—¿Lo dices por el *verbigracia*?

—Sí. Por ejemplo...

—Te he pillado. *Verbigracia* significa *por ejemplo.* Así que eres tan pedante como yo.

Julio metió baza sin apartar los ojos del ruedo:

—Hagan el favor de callarse o llamo al acomodador. Estamos

en los toros, no en las Cortes de la democracia orgánica. ¿Vais a seguir largando gilipolleces durante mucho tiempo o ya habéis agotado el cupo?

Laura me hizo un gesto de complicidad, se apoyó en mi hombro y dijo en voz baja:

—Cuéntamelo al oído. Y perdona por lo de pedante.

—No te preocupes. Estoy acostumbrado. Ya me lo llamaban en el colegio. Pero no confundas la pedantería con la ironía.

—Ni con el cachondeo.

—Ni con el cachondeo. ¿Dónde estábamos?

Otra vez Julio:

—En el segundo toro, cojones.

Y Laura, siempre al oído:

—En lo del tiempo. *Desfase en el tiempo*... ¿Te acuerdas?

—Ya. Quería decir que nosotros —Julio y yo— hacemos ahora lo que ellos —Juan y Benito— hacían antes y no pueden seguir haciendo por culpa de la edad. Convertimos en presente su pasado y su nostalgia en cosas vivas y tangibles. Eso casi siempre resulta agradable, tan agradable como verte retratado de primera comunión.

—O tan triste.

—La tristeza no siempre es desagradable.

—De acuerdo. Aunque en mi opinión depende de la edad. Un adolescente triste es hermoso. Un viejo triste es angustioso.

—¿Y un niño triste?

—Según...

Se me fue la conversación a la luna. *Lunilla te llamaban en el colegio, porque siempre estabas distraído. Decid, niño, ¿cómo os llamáis? Y zas, un capón a contrapelo ad majorem gloriam del padre Ripalda. Pero al filo de los quince años se produjo la definitiva insurrección. Desde el fondo de ti, y arrodillado, un niño triste como yo nos mira. Por esa vida que arderá en sus manos... Farewell, Neruda, la boina gris y las hijas de las madres que amé tanto.*

Laura dijo:

—¿Y ellos? ¿Qué os dan ellos a vosotros, aparte de invitaros a puros y copas?

—Nos ponen en guardia sobre un peligro seguro: el de caer en su misma trampa, el de llegar a ser dentro de cuarenta años lo que ellos son ahora.

—Resulta complicadillo, ¿no?

—Probablemente. Pero más vale complicar que simplificar. Y en todo caso, ¿por qué no vamos a ser amigos suyos? Lo necesitan. Necesitan la amistad de los españoles que no hicieron la guerra. Están absolutamente descentrados. El exilio machaca.

—Eso dicen.

Hablaba con arrepentimiento. Y con arrepentimiento, y con ternura, me cogió la mano. Las aguas volvían a su cauce, las cosas a su sitio y el amor a su cama sobre los helechos y a la sombra del Árbol de la Ciencia. Sentí que me limpiaba de angustias, incertidumbres y toxinas.

¿Qué pensarán los viejos del amor?

A pesar de todo, de los exabruptos y de las conversaciones, de los soliloquios, de la náusea, de sus manos y de los malentendidos, la plaza latía alrededor de nosotros. La sentíamos, no podíamos desentendernos de ella y de su circunstancia. Mi estado de ánimo, por ajeno a todo que resultase, era un ingrediente más en la ensalada cósmica del toreo. Decidí atender a éste.

Paco Camino citaba en aquel momento con la izquierda. Alguien —una garganta anónima perdida en la barahúnda de los tendidos— le salió injustamente respondón:

—¡Truquista, que eres un truquista!

Julio, que se las daba de entendido, asintió gravemente.

—Tiene razón. Es una figura de pan pringao, un torerillo de temporada y paso atrás. ¿No veis cómo mueve constantemente la zapatilla? El año que viene, *kaputt*.

Ya se iba Luis Miguel hacia su toro.

—¡Mal se te ponen las cosas!

La misma voz de antes.

—Aquí, además —dijo Julio—, le tienen ojeriza.

—No me extraña, porque está acabado.

—¿Acabado antes de empezar? ¡Pero si es, hoy poy hoy, el número uno!

—¿Y Ordóñez? ¿Ordóñez qué? ¿De campo?

—¡Pues no va distancia!

El vecino de Julio, visiblemente indignado, asomó la cabeza y dijo:

—Por favor, caballeros, no me comparen a un deportista con un artista. Luis Miguel será el número uno, pero en ese caso Ordóñez es el doble uno, como en el dominó. ¡Ele!

Y se volvió a su concha.

Nos reímos los tres. A Laura se le encendieron los ojos y las mejillas, se puso muy guapa y me preguntó:

—¿Tú entiendes mucho de esto?

—Va en opiniones. Según Julio, que es un castizo de Canillas, ni una palabra.

—¿Y según tú?

—Pues no lo sé. Probablemente llevo demasiada literatura encima. Empecé a ir a los toros por culpa de Hemingway y de Montherlant. Supongo que eso se paga. Y se nota.

—¿Por qué? ¿Sólo los españoles tienen derecho a opinar sobre el asunto?

—No, no...

Me interrumpí al comprobar que el puro se había apagado. Le apliqué la llama de una cerilla y expulsé una densa nube de humo. Olía y sabía a vino barato, a resaca de zapador, a borrachera de limpiabotas. Lo tiré.

—Algunos extranjeros, a pesar del turismo y de los *souvenirs,* entienden de toros tanto o más que los españoles.

—¿Hemingway, por ejemplo?

—Por ejemplo. Sólo Hemingway ha sabido comprender que la corrida de toros no guarda relación con la muerte ni con la presunta superioridad del hombre ante el bruto ni con la angustia más o menos existencialista de la condición humana.

El torero se perfilaba para matar.

—¿Con qué, entonces?

—Con el amor. Acuérdate de *Fiesta.*

—Un amor impotente.

—No por parte del torero.

—Ni de Lady Brett.

—La impotencia es cosa de hombres.

—¡Que te lo has creído! La impotencia no existe. La impotencia es corporal y el amor es espiritual.

—¿Siempre?

—Siempre.

—Entonces admites las relaciones platónicas.

—No.

—¿Por qué? Te estás contradiciendo.

—De ningún modo. El amor es una especie de alquimia que se las arregla para transformarlo todo en espíritu. También el cuerpo.

—¿Ésa es la diferencia entre el amor y la costumbre?

—Claro. Hacer el amor *corporalmente* es una costumbre. En cambio, hacerlo espiritualmente, pero *con* el cuerpo...

—...es amor, amor-amor, amor de verdad.

—Amor sustantivo.

Las mulillas se llevaban el cadáver del toro entre pitos y palmas. Julio se puso de pie y silbó ostensiblemente, buscando gresca.

La gente estaba en ascuas, como si olfatease acontecimientos. Se oía el mismo rumor de fondo del Bernabeu cuando Di Stéfano se apoderaba de la pelota cerca de la portería y empezaba a mascarse el gol.

Sentí las rodillas de la cuarentona hincándose en mi espalda. *¿Casualidad o provocación? Quizá las dos cosas: jugarretas del inconsciente. Se le estarán viendo las bragas.*

Se inclinó hacia mí.

—Perdón.

Nadie dijo nada. Laura, perpleja, la miró durante unos segundos y después volvió la vista hacia la plaza, hacia los tendidos de enfrente, hacia el reloj rematado por una veleta, hacia el cielo teñido de arreboles por los ángeles del crepúsculo.

Tal vez me limito a inventar otra mística del toreo: la del amor en constante rebeldía contra la muerte.

—Dame un pitillo, Julio.

Me pasó la cajetilla.

—¿Quieres uno?

Se lo preguntaba a Laura, que asintió.

Venga, Luis Miguel. No te hagas cómplice de la mediocridad. No permitas que salgamos vírgenes.

Tenía sed. Eran casi las siete. El sol, vencido, rodaba cuesta abajo.

—Échate la rebeca sobre los hombros. Vas a tener frío.

—No, de verdad que no. Por cierto: ahora el solícito eres tú. ¿No decías que...?

—¿Que te amo sin adjetivos?

El quiebro no consiguió desconcertarla.

—Eso también. Pero hace mucho, muchísimo. Lo dijiste la primera noche.

—Sí. Estamos buenos. Ya lo he dicho todo. Como me dejas hablar siempre... ¿Qué vamos a hacer ahora? Te aburrirás de mí.

—O te amaré.

—El amor tiene que ser divertido.

—Y nos estamos divirtiendo, ¿no? Para eso hemos venido a los toros.

—Yo he venido para amarte.

—Todo lo haces para eso. O dices que lo haces.

—¿Y lo consigo?

—Casi siempre.

—Hoy, por ejemplo, no me puedo divertir. Siento el vacío.

—Pero me puedes amar.

—Sí. Y te amo. ¿Lo notas?

—Lo noto. ¿Estás algo trompa? A lo mejor confundes la borrachera con el vacío.

—Es posible. Soy un idiota. Pero eso sí: de Dostoievski.

—¿Cómo son los idiotas de Dostoievski?

—Como yo. Rompen jarrones de porcelana china con el codo.

Luis Miguel en la yema del ruedo, pasito a pasito. Expectación en la plaza.

—Ya verás como no da ni uno a derechas.

Lo dijo Julio. Le miré inquisitivamente.

—Antes era otra cosa. Cuando tenía que ganarle terreno a Manolete. Pero se rajó Pepe Luis y ya no hubo competencia, que es la madre del toreo.

—En el doble sentido de la palabra.

—Sí. Y Manolete siguió imponiendo sus modales de niño malcriado.

Volvió a dispararse la brújula de la memoria. *Once años tenía yo cuando murió en Linares. Once años y la gripe. Entró a decírmelo Saturia, la criada. El país se incendió de punta a cabo. O, mejor dicho, se estremeció, se erizó, se aupó como si un terremoto polinesio lo desconstantinopolitanizara. Nunca vi cosa igual. Y eso que el asunto me pilló en la cama. Una mano de hielo agarró y agarrotó la conciencia de los españoles, mientras el ángel de Judá tiznaba las puertas con su sello. Mi trancazo empeoró. Saturia lloraba. Fue, en cierto sentido, la última muerte de la guerra civil.*

Cayó el toro y siguió el silencio. Luis Miguel regresó al útero del callejón y al calor humano de la cuadrilla.

Laura preguntó:

—¿Tan mal ha estado?

—Ni fu ni fa. Pero ya lo dije antes: los malagueños le tienen tirria.

—Razón de más para jugárselo todo.

—¿Para jugarse qué? A la plaza no se viene a jugar, sino a torear. Entérate de una vez, guapito.

—¿Te has vuelto loco?

—Me vuelves loco tú. Eres uno de esos gilipollas que sólo van a ver películas divertidas. ¡Como si las películas se hiciesen para divertir!

—Te equivocas. Sé perfectamente que las hacen para aburrir. Conque arriba los corazones. Tienes un carrerón por delante.

—Vete a la mierda.

—Bueno, pero en bote y contigo remando. ¿Hace?

El clarín del quinto toro. Laura, tímidamente, se atrevió a preguntar:

—Oye, y si no es para divertir, ¿para qué sirven las películas?

Julio bufó.

—¡Para explicar y expresar, carajo! Como cualquier otra forma de arte.

Intervine. Tenía por costumbre aprovechar siempre las ocasiones.

—Perdona entonces, Julio. No sabía que el cine es un arte. Retiro lo dicho.

Y me retiré yo también a los aposentos fantásticos de la memoria. *Salimos hacia Chinchón. Son las fiestas y han contratado a un par de maletillas para que entretengan a los paletos y a los intelectuales. Estacas para sujetar los graderíos y copas en las cuevas de Alí Babá. ¿No buscabais un arte castizo, pedazo de cabrones? Ahí, en la plaza, tenéis la traducción al castellano del realismo socialista. Sin prisas, mojad pan y mucho seltz. La literatura sin tetas no es literatura. El día se está nublando. Me gustaría ligar con una aldeana. La habitación cuesta algo más de tres duros. No los tengo.*

—¡Bien por Antoñete!

Solíamos tomarnos unos chatos en El Quinto Toro al salir de la Facultad. Muchas veces venía Rosa y...

Corté por instinto de conservación. Estaba harto de demonios. Busqué una salida y le dije a Laura:

—¿Te acuerdas del champán?

Dentro de un rato todo será lo mismo. Nos gastaremos las últimas pelas en copas y más copas por las tabernuchas de Málaga. Hablaremos de la corrida. Nos pelearemos y nos reconciliaremos. Las calles estarán llenas de faroles, de mariquitas, de reclutas borrachos y de niños persiguiendo a sus niñeras.

Arrimó su rodilla a la mía y yo la retuve con la mano. Opté de nuevo por el *carpe diem* frente a la tentación de la memoria.

—No lo puedo evitar, ¿sabes? Lo que está sucediendo entre tú y yo me importa mucho más que la corrida. No me entero de nada. Ha sido una tontería venir. Y más aún estando a dos velas. Ganas de tirar el dinero.

A veces, como si el fogonazo de un fotógrafo iluminara momentáneamente el ruedo, veía una verónica, el remate de una tanda de chicuelinas, el pliegue de un capote, la lividez del torero, el brillo de la espada. Y poco, muy poco más. Brazos y piernas desprendidos de un gigante sin nombre. El alfilerazo amarillo del clarín. Un insulto, un elogio. Las piernas de la cuarentona y el contagio de su rijosidad. Las arrugas pegujaleras de los viejos aficionados con abono de sol. Las golondrinas psicópatas del crepúsculo. Yo y Laura, Laura y yo. Un recinto de luz en las tinieblas para movernos, amarnos y respirar. Una cálida lumbre invisible. Un rumbo al sur que encocoraba la piel y ponía carne de gallina.

¿Sobrevivirán las corridas de toros en un mundo socialista? Mis amigos dicen que no y yo pregunto: ¿por qué? Discusiones interminables en la taberna del Supremo y en los tugurios de Jardines.

¿Por qué, insisto, si se trata en definitiva de un espectáculo transgresor y purificador? Y colectivo, por añadidura. Burgués, en cualquier caso, no. Burgués sólo por la historia reciente. El problema estriba en averiguar si quedarían toreros, no toros, en un régimen de dictadura del proletariado. ¿Son compatibles el valor, el gesto gratuito y la seguridad social? Lo dudo. Entonces, ¿qué prefieres, con qué te quedas? Según, según... El corazón tiene sinrazones que la razón no conoce y la razón tiene descorazonamientos que el Estado condena.

Como siempre, como siempre, como siempre: en el sur, en una plaza de toros, con una mujer atractiva en el asiento contiguo. ¿Nunca sucederán cosas distintas? Conversaciones, monólogos, clarines. Julio y Laura. La cuarentona. Amor y amistad, mugre, rebelión, nobleza.

Y el chispazo, la crisis.

—Ya estoy bien.

—¿Del todo?

—Del todo.

—¿Como en tus mejores tiempos?

—Sí.

—¿Como anoche?

—Y como esta tarde en tu apartamento.

—¿Se te llenó el vacío?

Me reí con ganas. Los clarines otra vez en el aire. *¡A los toros!*

—Se me llenó. Y además sin tu ayuda.

—¡Qué mayor! ¡Qué fuerte!

—¡Qué guapo!

La besé. Me devolvió el beso. Nos perdimos en él. Nos demoramos por sus recodos. *Se vende joven moreno a la ventura, honrado y con demonios por unos céntimos de vida. Aunque sea en pelota, con peluquín, sin dientes y de tripa.*

Me puse serio:

—Bromas aparte, nunca me ayudes. ¿Convenido?

—Convenido. Pero ¿por qué?

—No me ayudes ni siquiera en la remota eventualidad de que algún día te lo pida. No me trates nunca como si fuera un familiar o un amigo. Recuerda que entre nosotros lo único que existe, y lo único que puede existir, es una relación de amor. Yo no soy amigo de las mujeres. Las amo o las ignoro.

—¿Lo dices con orgullo?

—No. Ni con orgullo ni con pesar. Lo digo porque es cierto. Levanto acta y te aviso.

—No avises. Ya lo sabía.

—Y otra cosa importante: no nos necesitamos. Jura que no me necesitarás nunca. De mí estoy seguro. El amor es gratuito. La costumbre, no.

—¿Y si alguno de los dos se pone enfermo?

—Única excepción aceptable, aunque no probable. Entonces, sí. Entonces nos cuidaríamos. Yo a ti o tú a mí.

—¿Con alguna medicina especial?

—Jugando al ajedrez y bebiendo leche fría.

Otra vez la absorbente, luminosa, confiada puerilidad del amor adulto y compartido.

—A lo mejor me pongo enferma hoy.

—No tenemos ajedrez.

Lo dije en tono de punto final. Cerré la divagación y recuperé el hilo.

—Y tampoco te compadezcas de mí. Nunca.

—¿Por qué iba a compadecerte?

—No lo sé. El mundo gira y gira, como en el tango. Es posible que alguna vez te eche de menos y, a lo peor, hasta te lo digo. En ese caso no me escuches ni me consueles. Sólo quiero que estemos juntos si me amas y mientras me ames. Luego olvídame. Y, si es preciso, ódiame.

El toro arremetió contra la coraza del caballo. Sonó a golpe de ataúd en tierra. El picador mantuvo en ristre la pica como si con ella empujara o sostuviera el mundo. Los espectadores lo insultaron abúlica y rutinariamente. Ya no se veía el sol. Me acerqué a Laura, soldamos nuestras cinturas y, sin ver, volvimos la mirada hacia la arena. No hubo ni una palabra más. Nos amábamos.

Así desde el primero hasta el cuarto, así durante el quinto y el sexto, así a lo largo del retorno, así en la encrucijada de todos los caminos de la tierra.

Se querían, sabedlo.

Decidimos pasarnos por casa de Joaquín. El pueblo estaba en su apoteosis. *Mane, Thecel, Fares.* El último orgasmo de Babilonia y, al alcance de la vista y del oído, el vómito postrero de Nabucodonosor. Julio y yo, tal y como estaba previsto, nos habíamos enfadado mortalmente por culpa del fútbol y de la andante torería, pero ya empezábamos a olvidarlo. El mérito de la reconciliación era, íntegro, de Laura. El encontronazo, que fue sonoro, se había producido en la Mar Chica, mientras nos empapuzábamos de chanquetes y de vino de la tierra. Al salir —Julio iba delante— me apoyé en el hombro de Laura y le dije al oído:

—A mí, en realidad, lo que me gusta es el boxeo.

—Enterada, pero que no te olga.

Llevábamos no ya unas copas, sino unas cuantas botellas de más. En ese estado, y con sólo cinco duros en el bolsillo, alguno de los tres —imposible especificar— se las había ingeniado para que toda la expedición llegara sana y salva al pueblo.

Al salir de la Mar Chica, después de la discusión, Julio había propuesto que rematáramos la tarde y la faena en un bailongo de putas.

—¿Nos vamos a Bolero? —preguntó.

—¿Con qué monises?

—Podemos dejar el reloj o el carnet de identidad.

—Sí, y llevarnos a cambio una copa manchada de carmín y con purgaciones. No, gracias, no merece la pena.

No la merecía, al menos, para Laura y para mí. Teníamos ganas de hacer el amor, pero nos faltaba el sitio y el dinero para alquilarlo.

—Además te quedarás compuesto y sin puta —dije—. Me consta que el truco del carnet no cuela. Lo he intentado mil veces.

Se rió, se despidió del asunto y comentó:

—Es curioso. En todos los barrios chinos hay un Bolero. En Alicante, en Barcelona, en Almería...

—¿A que no lo hay en Marsella?

La casa de Joaquín estaba de par en par. Entramos como pieles rojas al galope y los vimos a todos muy requetesentados en los sillones de mimbre y con cara de aburrimiento: al propio Joaquín, en primer lugar, con una discutible pescadora azul de manga larga; a Susi, que parecía una maternidad de Picasso pintada en la época de las señoritas de Avignon, y —por último— a su inseparable Matilde, de quien Laura empezaba a estar celosa. O a parecerlo.

Nos saludaron y Joaquín, al ver a Laura, se levantó, le cedió el asiento y dijo como quien se quita un mundo de encima:

—¡Uf! Menos mal que aparecéis... Estábamos a punto de ponernos a jugar a las siete y media.

¿Qué rara mosca del trópico le habrá picado a éste?, pensé. *El bueno de Joaquín, que las agarraba como un piano de cola y que una vez se atrevió a dirigir el tráfico en la glorieta de Atocha, y en hora punta, con un traje de guardia de la porra que le había prestado Manolo, el de la Latina. Y ahora, así. Darwin se equivocaba: la evolución no existe. Existe la metamorfosis sin larva ni ninfa ni capullo.*

—¿Por qué no os venís al Central? —propuse—. La noche está fresquita y el pueblo como loco.

Joaquín miró a Susi.

—¿Vamos? —dijo.

—Yo no. Perdonadme. Estoy muy cansada. Me dormiría y os aguaría la fiesta. Id vosotros.

Se aceptó por unanimidad la sugerencia. Ya en la calle le dije a Laura:

—¡Qué extraño! Él, antes, no era así, sino exactamente al revés. Y ella, mucho menos.

—No cotillees.

—No es cotilleo, sino preocupación. Somos —o éramos... Ya no lo sé— muy amigos.

—Culpa del embarazo.

—Joaquín no está embarazado.

Íbamos los últimos. Matilde movía exageradamente las caderas al andar.

—No la mires, por favor —dijo Laura.

—No la estoy mirando —contesté—. No podría hacerlo. Recuerda que las mujeres no existen.

El Central estaba casi lleno. Vimos a Marisa, sorbiendo hasta la hez las musarañas de la soledad, y nos sentamos con ella.

Le pregunté a Joaquín:

—¿Qué tal andas de pesquis?

—Fatal. Diez duros o así.

—¿Y en casa?

—Peor. Espero un cheque que no acaba de llegar. ¿Por qué?

—Hemos tocado el fondo. Lo que se dice ni una perra. En cueros y viéndolas venir.

Laura pidió un *gin tonic,* pero inmediatamente rectificó:

—No. Estoy un poco mareada. Tráigame cualquier cosa de limón.

—¿Kas?

—Lo que usted quiera.

Alcé un dedo.

—Para mí, un doble de ginebra.

Charlamos sobre la vida y la muerte, sin ton ni son, hasta las once y pico. Cada vez había más gente. Nos aburríamos sin confesarlo. Vi pasar a María con un apuesto ostrogodo de ojillos bárbaros y azules. Me saludó muy seria enarcando brevemente el entrecejo y enseguida miró hacia otra parte. A españolito muerto, nórdico puesto: la ley de la jungla mediterránea, latina y europea. Dije:

—Empiezo a sentir hambre. Son demasiadas noches sin cenar.

—Cinco con ésta —añadió Julio.

Ninguno de los presentes —excepto Marisa, que al parecer se había preparado una frugal ensalada de tomates y pepinos— llevábamos ni la sombra de una caloría en el estómago. El ambiente se caldeaba por momentos: la hora litúrgica del café. Laura, lejos de mí, en el otro bando de la mesa y del grupo, charlaba con Joaquín y a veces, aprensiva y montaraz, con la retrechera y escarpada Matilde. *La mujer es una loba para la mujer. Y no digamos para el hombre.* Montescos y Capuletos. Julio se dedicaba a coquetear con Marisa. Yo, villano en mi rincón y más escéptico que los demás contertulios, dibujaba casitas con chimeneas humeantes y jardines de árboles frondosos en las servilletas de papel.

Joaquín propuso:

—¿Jugamos a algo?

—¿A personajes?

—¿De esos que hay que adivinar en doce preguntas?

—No. A *representar* personajes. ¿Sabéis cómo se juega?

El teatro de las tardes inútiles y deshinchadas. El tiempo perdido y jamás recuperado. Las sombras chinescas del tedio. Las tertulias infinitas de infinitas sobremesas en los divanes raídos de los cafés madrileños: tres artistas de la horda latiniparla, dos intelectuales castrados, un músico dodecafónico, un fray gerundio de campazas, un filósofo a la violeta y alguna que otra aspirante a putilla literaria. Y todo eso sin una perra en el bolsillo para pedir un cortado y un paquete de Peninsulares.

Julio explicaba ya las reglas del juego:

—Pues muy fácil. Se escogen dos personajes célebres de cualquier época —en secreto, claro— y se monta un diálogo entre ellos sobre temas de ahora. Los demás tienen que descubrir quiénes son por las cosas que dicen.

—Para eso se necesita más ginebra —insinué.

—¿Y quién la paga?

Nadie podía hacerlo. Nos encogimos de tripas y optamos melancólicamente por jugar a palo seco.

El primer turno fue para Julio y Joaquín. Yo seguía por el valle de las Batuecas, merodeando y acordándome de Vicky, la de Pedagogía, que nos excitaba a la hora del desayuno con el gelatinoso balanceo de sus biberones lascivamente apoyados en el borde de la mesa. No entrábamos nunca en clase. Fundíamos las mañanas en el bar inventando juegos y más juegos entre cañas y más cañas de tintorro peleón, hojeando revistas, magreándonos y creyéndonos los únicos señores del futuro. *Vicky, la pechugona Vicky, que terminó re-*

polludamente casadita con un conservero islandés, y Adolfo, agazapado siempre tras el muro impenetrable de sus bigotes de Pancho Villa, y Moisés, alias el Guerrero del Antifaz, que resultó marica, y yo, con mi cartelito y mi reputación de permanentemente disponible para lo que usted guste mandar. Y a eso de las doce, cuando nuestros bulliciosos compañeritos de universidad bajaban en tropel a la cafetería para el piscolabis de media mañana y turbaban con sus burdas bromas el taciturno torreón de los ociosos, se nos despertaba a los cuatro el monstruo de Frankenstein entre los muslos y empezaba la sorda pugna por arramblar con Vicky y por llevarla de la mano a los pinares y por jugar con ella y con su cuerpo a levantar el mundo sin palanca. Bailamos así durante un solo invierno. Al llegar la primavera rompí lazos, quebré el círculo y me hice a la mar en busca de nuevas y más decisivas amistades.

Julio y Joaquín hablaron en voz baja unos segundos. Después se separaron, sin dejar en ningún momento de mirarse, y dio comienzo la función.

—Hola, simpático.

—Nada de hola. ¿Qué te has creído? Es muy tarde. Hasta mañana, si Dios quiere.

—¿Siempre te acuestas tan pronto?

—El hombre tiene que dormirse cuando se pone el sol. Así lo ha establecido la Providencia en su infinita sabiduría. Y así lo hacen, en mi país, las gentes de honor.

—¿Honor? ¡Qué antigualla! Ahora se dice amor.

—Tú no puedes hablar de eso.

—Conozco a muchas personas que no opinan lo mismo. ¿Quieres comprobarlo?

—¿Yo? *Vade retro*. No me interesa el amor entendido como tú lo entiendes. Sólo creo en la virtud sacramental del matrimonio bendecido por la Santa Madre Iglesia.

—Entre el hombre y la mujer sobran los documentos.

—Todo necesita documentos. Las cosas empiezan a existir cuando tienen fe de vida.

—Eres un facha con cuatro siglos de anticipación, un burócrata sin taquimeca, un cartujo sin sotana.

—Y tú una perdida. Déjame en paz y dedícate a lo tuyo. No me hagas incurrir en pecado.

—Queda tiempo. La noche acaba de empezar. No te necesito. El mundo está lleno de gente que no piensa como tú. Consolaré a alguien y alguien me consolará. Más que un estadista pareces un cura.

—El único poder legítimo viene de Dios.

—Hipócrita. A ti el poder te llega desde la notaría en forma de testamento. No lo has merecido. Lo tienes porque tu padre y tu madre durmieron juntos una noche. ¡Y qué mal lo administras! Construyes obras faraónicas para que la posteridad no te olvide. En tu propio país, dentro de cuatro siglos, un cabo con ínfulas y galones de generalísimo seguirá tu ejemplo.

—¿Cuántas veces te has casado?

—Por lo menos una cada noche. Y a menudo más.

—El infierno te espera.

—No me obligues a airear tus devaneos cortesanos ni a denunciarte por hablar en nombre de Dios mientras tus espadachines a sueldo asesinan a media Europa y a toda América.

—Eres una puta.

—Bien pagada, en todo caso. Y tú un mal bicho. Persigues a los escritores. Encarcelas a tus secretarios. Acogotas a tus familiares. Suprimes la Universidad.

Laura aventuró:

—¿Es Trujillo?

—No.

—Seguid.

Joaquín, sonriente, volvió a la farsa.

—No acepto tus acusaciones. Me limito a defender la fe. La filosofía es la sierva de la teología.

—Ya no hay siervos.

—Siempre los habrá. Nacemos distintos y morimos iguales. Los hermanos no se parecen entre sí. Los difuntos, en cambio, tienen todos la misma cara. Los hombres viven según líneas divergentes que, como las paralelas, confluyen en el infinito. Y el infinito empieza en la raya de la muerte.

—Eso ya no se lo tragan ni los niños de pecho. Cosas de tu época. Enterradas y agusanadas.

—Como dentro de cien años lo estarán las de la tuya.

—Posiblemente. Pero a mí, entonces, no me maldecirán. A ti, ahora, te maldicen. Lo sabes.

—Algunos. ¿Por qué? La verdad es que no lo entiendo.

—Yo te lo voy a explicar: arruinaste tu país por los siglos de los siglos y escondiste esa ruina bajo una estofa de encajes, brocados y grandeza.

Probé suerte:

—¿Es De Gaulle?

—¿Por la *grandeur*? Te creía más sutil. No. Ni nadie que se le parezca.

Julio volvió a meterse en los zapatos de su personaje, pero cambió de táctica y de técnica.

—Os lo voy a poner fácil —dijo.

Y, de nuevo en su papel, le preguntó a Joaquín o al misterioso individuo que Joaquín representaba:

—¿Qué opinas del fútbol y del cine?

—Frivolidades. Entretenimientos para la chusma. *Panem et circenses.* Yo me dedico a otras cosas. La palabra *ocio* no figura en mi diccionario.

—¿Te gusta la ginebra?

—Es una invención diabólica.

—Y el demonio una invención de Dios.

—Eres menos frívola de lo que me habían dicho.

—No lo creas. Soy muy frívola. O me obligan a serlo, ¡qué más da!

—Y cínica.

—Te equivocas. Lo fui, pero ya no estoy a esa altura. Tristeza y cinismo son actitudes incompatibles.

—Y escéptica.

—Eso sí. Cada vez más. ¿Tú no?

—En absoluto. Cada vez menos.

—¿Qué se dirá de ti cuando mueras?

—Que fui el brazo armado de la fe en todos los continentes. ¿Y de ti?

—Muchas cosas.

—Malas, seguramente. Dime una.

—Que excité la imaginación de mis contemporáneos.

—¿La imaginación? ¡Qué caradura! Otra.

—Que divertí a los hombres.

—Y exasperaste a las mujeres. Otra.

—Que llegué a ser uno de los grandes símbolos de mi época. Sin mí no se puede entender ni juzgar ni escribir la historia del siglo XX.

—¿Y qué hubiera sido del siglo XVI sin mi persona?

Empezaban a dar pistas con pelos, fechas y señales.

—Un período de felicidad.

—¿Cómo te atreves a pronunciar esa palabra? Tú, que has sido la perdición de tantos hombres. ¿Dónde vas, bella judía?

—Por favor, no me confundas con la Petenera, que yo no te confundo a ti con el general Eisenhower. ¿Perdición de los hombres? ¿Yo? Endereza el rumbo, mi vida. Exactamente todo lo contrario. Pregunta y verás. He hecho felices a mis amantes. Y a los que no lo eran.

—¿Para después dejarlos en ridículo?

—¿En ridículo?

La pregunta descolocó momentáneamente a Julio.

—¡Ah, lo dices por *él*!

Cargó la suerte sobre el pronombre, lo intensificó con una pausa y siguió, más bien enfurecido. O enfurecida.

—El ridículo no existe en mi mundo ni en mi país ni en mi época ni tan siquiera en mi pecho. El ridículo se queda para ti y para los tuyos, para los calderonianos, para quienes llevan luto permanente por la salida del sol, para los hombrecitos y mujeronas de Mingote, para los que —como tú— prefieren el sentido del honor al del humor. ¡Anda y que os afeiten sin espuma los pitones! Sólo el complejo de inferioridad —lógico, claro— explica y hasta cierto punto exculpa vuestro delirante temor reverencial a que las mujeres os pongan los cuernos. Me gustaría tratarte en la cama. No, chato, entre nosotros, entre *él* y yo, no se concibe la noción del ridículo. Las cosas fueron infinitamente más sencillas de lo que tú supones. Utilizaré tu imagen de las líneas divergentes. Amor y matrimonio, desamor y divorcio. Así de simple.

Laura, jubilosa, interrumpió la elocuente arenga de Julio (o de *Madame X*), que empezaba a estar en su elemento.

—¡Esta vez te he pillado! —aulló—. Eres Marilyn Monroe.

Lo era. No resistí la tentación de imaginarme a Julio, con su jeta áspera y sus pantorrillas peludas, vestido como la actriz en *Bus Stop*: medias de malla, zapatos de tacón, pompones y estrechísimo traje rojo de cabaretera.

—¿Y yo quién soy? —preguntó Joaquín.

—Washington —dijo alguien.

—No.

—Lutero.

—No.

—Ricardo Corazón de León.

—Frío. Frío polar.

—Torquemada.

—Eso está mejor. Caliente. Os vais acercando.

—¿Mucho?

—Como dos novios que hacen manitas.

—¡Felipe II!

—Pues claro, joder... ¡Ya era hora!

—Otras veces te sale mejor.

—Dijo el tarugo a modo de disculpa.

La noche iba pasando. Soplaba el viento entre las mesas y descendía tangiblemente la temperatura. Sentí un repeluzno en los antebrazos. Un repeluzno y una premonición. Estaba seguro de que pronto pasaría algo y de que ese suceso, imprevisto e imprevisible, modificaría drásticamente el curso y el talante de mi fuga. *No, aunque todo termine, no volveré a las andadas. Lo juro. Voy a destripar el mecanismo del reloj. La* **vita nova** *seguirá con o sin ella. A esto, seguramente, se le llama aprender a vivir. Y a morir. Y a seguir. Las cornadas del hambre.*

Apuré de un trago el último dedo de ginebra y vi en la copa una minúscula hebra de tabaco, empujada a traición por el viento, que flotaba y pataleaba como sólo saben hacerlo las estúpidas moscas caídas en un tazón de consomé. El espectáculo, inexplicablemente, me empujaba hacia una nebulosa región de hielos y tristezas. *¿Jamás sabré detenerme? ¿Nunca encontraré la ruta del lugar tranquilo y bien iluminado?*

Dos vistosas y lustrosas representantes femeninas de la juventud dorada se levantaron detrás de mí. Una me rozó con las caderas al pasar. La otra hizo lo mismo con la mirada. Reprimí el instinto de seguirlas. Fue duro. Iban literalmente cargadas de promesas. Pero yo me había enamorado. *¿***Vita nova***? Quizá, pero en odres viejos. Así no se llega a ninguna parte. Tres veces mierda.*

Metí la mano en el bolsillo y toqué mi amuleto: la llave sobredorada que había encontrado al borde de la carretera entre Pinto y Valdemoro, cerca ya de Aranjuez, el mismo día en que Julio y yo decidimos levantar el campamento de toda la vida y echarnos al monte y al futuro en autostop. Percibí en la sangre, glóbulo a glóbulo, plaqueta a plaqueta, la metálica y distante virtud del talismán, e inmediatamente pensé en Laura. *Siempre te digo llave fría. ¿Por qué? No lo hago adrede. Palabra. Desde ahora te llamaré abraxas, lígnum crucis, ombligo de Venus.* Pero el hombre propone y... Un coche descapotable (y descapotado) frenó bruscamente ante nosotros y de su mullido interior de cuero bajaron dos americanas enarbolando en difícil postura las piernas y enseñándonos en un ziszás el ave del paraíso. *A tomar por el santo culo todas mis buenas intenciones. Así no hay forma. El único amor posible sería, en mi caso, el de Adán hacia Eva o el de Robinsón y Viernes. O el del último minuto del mundo, cuando sólo quede en él una pareja. Estás obsexo, Jaime, rematadamente obsexo. Eres peor que Rasputín: una abeja reina, un hormiguero de termitas, una mantis antropófaga. Para que te enamores de una mujer tienes que exterminar a las demás mujeres. A todas las mujeres del mundo, menos una. Excesivo, ¿no?*

Oí la voz de Marisa:

—¿Por qué no representáis otros personajes?

¡Pero qué tía tan boba! Por muy amiga que sea de Laura... Mírala. Ni siquiera se apoya en el respaldo de la silla. Seguro que no quiere arrugarse el vestido. Pertenece a las filas marciales de los ordenados y los mañosos, de los que nunca salen de pobres, de los que dividen

el sueldo mensual en treinta dineros, como Judas, y no se apean de sus costumbres y decisiones ni aunque les caiga el gordo.

—Bueno, pero cambiando de actores. ¿Quién se ofrece?

—Ahora os toca a vosotros.

Me miró al decirlo. Era Matilde.

Insistió.

—Venga, Jaime. ¿Haces tú uno? Me han dicho que te pintas solo.

—Lo siento. No estoy en mi día. Además —Julio lo sabe— me divierte asistir a este juego, pero no me gusta intervenir en él. Me pongo nervioso. Meterse en la piel de otra persona es desafiar a los dioses en vano. Te desdoblas y luego... Luego, ¿cómo vuelves? Si es que vuelves. No, gracias, por ahora prefiero limitarme a ser yo.

Miré a Laura e, intencionadamente, añadí:

—Y estoy harto de tener las posaderas encoladas a la silla. Me voy a estirar el alma y las piernas.

Pero ni me moví ni hice ademán alguno de levantarme. Seguí mirando a Laura, vi sus ojos repentinamente iluminados y pensé, por un momento, que había cazado la indirecta y que iba a sentarse a mi lado.

Entonces dijo:

—Hola, Rodolfo. Siéntate.

Y movió su mano derecha en un trivial y torpe gesto de saludo. La iniciativa me fastidió. Me pareció vulgar. Me recordó el bullebulle de las modistillas madrileñas que en la noche del trece de junio le clavan alfileres a la imagen de san Antonio de la Florida.

Rodolfo la obedeció. Tenía la piel muy tostada y se había vestido como para que lo recibiera don Salvador Dalí. *Supongo que es un hombre guapo,* pensé. Laura, a partir de aquel momento, evitó mis ojos.

Joaquín y Julio, infatigables, seguían con el juego. Indiferencia general y desprorporcionado ahínco por su parte. Sólo Marisa escuchaba boquiabierta la conversación.

—Es cierto —oí que decía uno de los dos actores—. Tú añadiste una postura crítica al mundo o, por lo menos, a la concepción del mundo predominante en tu época. Lo dividiste y nos lo explicaste gota a gota, casilla a casilla. Yo, en cambio, quise poneros en contacto con la totalidad. Abriros a ella.

—No estoy de acuerdo. Nunca he querido dividir el mundo. Al contrario. Intenté comprimirlo en una fórmula *relativamente* sencilla que lo abarcara en su integridad.

Joaquín apuntaló el adverbio de modo, intencionadamente, y eso lo delató. *Se trata de Einstein, amiguito,* pensé. Pero no dije nada. Julio remachó el concepto.

—Sí, elaboraste una fórmula general, es cierto, pero extremadamente relativa, como tú mismo acabas de insinuar.

—No podía ser de otra forma.

—¿Por qué?

—Porque ni en la naturaleza ni en el espíritu hay verdades absolutas. Porque todo es y deja de ser y vuelve a ser. La inmovilidad es un sueño o, mejor dicho, el modo en que los hombres sueñan a Dios. Sólo lo fugitivo permanece y dura.

Pista falsa, pensé inmediatamente al escuchar la última frase. Lo era.

—¿Qué piensas del tiempo? —preguntó Julio.

—Que únicamente existe para los terrícolas. Para quienes nos sentimos inmersos en él. *Sentir* he dicho. Y los datos transmitidos por los sentimientos son, sí, un útil, honorable y legítimo *homo mensura,* pero no deben confundirse con los datos cuantitativamente ponderables de la existencia, esto es, de lo natural y de lo histórico.

—¿Y la esencia?

—Ahí volvemos a los dioses o monstruos soñados por la razón. No hay esencias.

Joaquín parecía haber recuperado su antigua brillantez y el instinto de originalidad que en días más turbulentos lo hizo célebre en las aulas y en las tabernas. Julio, en vista de ello, y quizá envidioso, volvió a la carga con astucia de jugador de ajedrez y ferocidad de martillo pilón:

—Muy bien. Aceptado lo de que el tiempo sólo existe para los terrícolas. Pero, ¿y los otros? —señaló el firmamento con la mirada—. ¿Puedes explicarme qué carajo es o sería el tiempo para los presuntos habitantes de las estrellas? ¿No lo ven, o lo *sienten,* aunque sea de lejos y desde fuera?

—Sí. Lo ven y lo sienten, o *podrían* verlo y sentirlo, como una inmensa carcajada.

—¿La de Dios al comprobar que los hombres se tragan el anzuelo?

—Algo así. Pero no la carcajada de Dios, sino la carcajada onírica de los propios hombres. Éstos, cuando sueñan, *saben* la verdad.

—¿Y cuando velan?

—Entonces son tan inocentes como las truchas en un regato. Pero sólo me hablas del tiempo. ¿Qué sucede con el otro factor o vector de la filosofía, con el segundo huésped de la eternidad?

—¿Te refieres al espacio?

—Sí.

—Ése es mi terreno. Fue, a lo largo de toda mi vida, la más constante e intensa de mis preocupaciones. Cómo reproducirlo y transmitirlo. Cómo darlo a entender. Cómo situar al hombre en su ámbito.

—¿Y en qué paró la aventura? ¿Lo conseguiste? ¿Qué piensas de tu obra?

—Sólo sé, a propósito de ella, lo que quise hacer, no lo que hice.

Marcó una pausa. Einstein lo invitó con un gesto a que siguiera.

—Dicen que dice la Biblia que para cada cosa hay un lugar y para cada lugar una cosa. Pues bien: yo quise ordenar el mundo, situar los seres y los objetos en sus respectivas peanas, y —sobre todo— encontrar dentro de ese desbarajuste, de esa especie de zafarrancho de combate cósmico, ni más ni menos que el lugar del hombre. No sé si me explico, no sé si me entiendes. Y nunca lo llegaré a saber ni de ti ni de nadie. ¿Transmití el secreto o me lo llevé a la tumba? ¿Di con la clave del problema o lo hice aún más confuso? Es el enigma de mi esfinge.

Laura y Rodolfo, que llevaban mucho tiempo hablando en voz baja, y riéndose a veces, y sonriendo —lo que me parecía aún más peligroso— otras, se levantaron y anunciaron que iban a darse una vuelta.

Vi, enfurruñadamente, cómo se alejaban en dirección a la calle de San Miguel. Hacían muy buena pareja. Tuve que reconocerlo entre dientes y tragando quina. Delante del quiosco encontraron a alguien. No pude distinguir quién era.

Pedí una copa. *Ya se pagará. No me van a meter en la cárcel por una ginebra.* Tenía náuseas y sueño. *Y si me ponen a fregar los platos, mejor. ¡Viva el masoquismo! Lo único desagradable es que esta noche me dará vueltas la cama.*

Joaquín y Julio seguían con su *pas-de-deux*. El juego se había transformado en una orgía de narcisos. *Sin Godmundos,* pensé.

—Tú y yo —decía Einstein— nos parecemos bastante, mal que le pese a los avispados encizañadores de la lucha entre las ciencias y las letras. Los dos creemos en el determinismo. Tú manipulabas la materia que la realidad, en su contexto histórico, te imponía. Dejabas respirar el mundo por las entretelas y bastidores de tu obra. Lo amplificabas.

En ese momento, casi sin prestar atención, cacé al segundo personaje. *A estas alturas no puedes engañarme, Julio. Hemos mamado la misma leche. Te sale muy bien, pero no abuses de la rutina. Ahora dirás que entre las cosas, los seres y su ámbito, como aquel viejo general de la primera versión de* **Las cuatro plumas,** *estabas tú. Dirás que por eso y para eso te pintaste al fondo del cuadro.*

Busqué en el cielo la Osa Mayor, antiguo punto de cruce de mis abscisas y mis ordenadas. Lo hacía a menudo, como cuando de niño cogí la manía de santiguarme cada dos por tres y de adolescente caminaba por las calles practicando sobre las baldosas el inverosímil caracoleo de costadillo —dos por uno, uno por dos— de los caballos del ajedrez. *Modos y maneras individuales de la gran neurosis colectiva.*

Mojé los labios en la ginebra y fue como si me desencajonaran. *Punto de saturación, hermano. Hay que transgredirlo. Aprieta los puños y los dientes, pero no pactes jamás con el alcohol.* Bebí de un trago el resto de la copa y me levanté.

—Pagad lo mío, por favor. Ya os lo devolveré. Hasta luego.

—¿Hasta luego o hasta mañana?

—No. Hasta luego. Contad con mi reaparición.

Como Celia Gámez o el Litri. Los árboles mueren de pie. Sí, y viven de rodillas. Ja.

En la plaza no vi a nadie, pero del Tablado Flamenco, como de costumbre, salían notas de guitarra, jipidos, olés y taconeos.

Me puse a caminar sin meta, con un regusto amargo en la boca. Regaban. No conseguía enfocar las ideas. Se me desdibujaban al caminar, al moverme, al irme de todo hacia ninguna parte. Me sentía como un autómata. *¿Será así la muerte?* Y cuando menos lo esperaba, al cruzar por la desembocadura de la calle de San Miguel, los vi de reojo mientras entraban en la heladería. *Un mazazo. Un mito que se jode. Personal, muy personal. Una apuesta que se desvanece. Una esperanza que se diluye. Un imbécil que se tambalea. Un amor que se derrumba.*

Tiré hacia Fuengirola. Toda mi capacidad física y psíquica se concentraba en el triste ejercicio gimnástico de colocar un pie delante del otro. Oí que me llamaban. Hice un gesto de saludo con la mano, sin volverme, y seguí mi trayectoria rumbo a la negrura. Y al frío.

Los síntomas y síndromes de la civilización urbana —colores, ruidos y luces— desaparecieron en cuanto dejé atrás, con una sorprendente sensación de alivio, el Palacio de las Pipas y único cine del tramo de costa comprendido entre Málaga y Marbella. Me ardía el vientre y puse las manos sobre él para que entrasen en calor. Al llegar a El Capote, hito final del pueblo, y ante una gruesa cortina de oscuridad que lo mismo podía esconder un precipicio o el arma homicida de Jack el Destripador que una simple carretera hacia Fuengirola, me detuve y titubeé. Tal vez sentí miedo, tal vez no quise apretar hasta el tope el acelerador de los acontecimientos, tal vez me quedaba en los fondillos del pantalón o en cualquier otra parte un mínimo irreconocible de esperanza.

Así que entré en El Capote y le dije al dueño:

—Ponme una ginebra, anda. Estoy sin un clavo. Ya te la pagaré.

Alzó la cabeza y gruñó:

—Sírvete tú mismo.

Andaba a vueltas con el arquco.

—¿Qué? ¿Mucho beneficio?

Cogí la botella y bebí a chorro.

—No seas guarro, cojones.

—Vete a hacer puñetas.

El suelo, detrás del mostrador, estaba protegido por un enrejado de listones cubierto de pieles de gambas y de conchas de moluscos. Escupí:

—Me marcho.

—Ya eres mayorcito. Tú sabrás lo que haces.

Salí de nuevo a la carretera y miré descuidadamente hacia arriba. El firmamento me aplastó. Notaba una presencia de identidad desconocida en el cuerpo, a la altura del esternón, como si un reptil o gusano trepara por sus paredes, por el esófago, por la laringe, por la faringe, por la lengua.

¿Gusano? ¿Reptil? Eso tiene nombre, valentón. Se llama vomitona.

Y lo era. Todos los naipes se me mezclaron en la noria de los sentidos: el abejorro contra la ventana, Felipe II, los pechos de Matilde, el moro del coñac, la zapatilla de Paco Camino, los demonios del *campari,* la bruja, El Capote, la olimpiada de Helsinki, el giro, Godot, las rodillas de Laura.

Quise encender, como punto de apoyo, un cigarrillo y fue entonces, mientras lo apretaba convulsamente entre los dedos, cuando me vino. Vomité, sí. Vomité el vacío del estómago y el alcohol de las venas. Vomité una legión de ángeles y demonios. Vomité hombres, mujeres y niños. Vomité mis trabajos y mis días, todos, inclusive aquéllos *por los cuales mi corazón jamás ha languidecido: ese que ya pasó, ese que no ha llegado todavía, oh, insigne y memorable sombra del poeta Omar Khayyam.*

Y, por último, como era de temer o de desear, y mientras veía sobre mí el siniestro resplandor del cuchillo de la sacerdotisa de los despojos de Opar, vomité la manzana excesivamente madura del corazón. Luego me limpié la boca con el dorso de la mano, volví grupas y caminé haciendo eses en dirección al pueblo. Delante del cine, y a la luz de un farol, miré la hora. Faltaban cinco minutos para la una y media. *Mira qué bien. Hoy vas a acostarte pronto. Las ratas y los ratones buscarán refugio en El Dorado. Rodolfo y Laura, también. ¿Y con eso? Hacen buena pareja. Ya lo he reconocido, ¿no? ¿Qué más se me puede exigir? ¿Poner la otra mejilla?*

Subí por la calle del mercado, tropecé en el bordillo de la acera a la altura de la fuente, mantuve el equilibrio y apliqué la boca al caño. Lo hice desganadamente, sólo para curarme en salud. *La sed abrupta y agobiadora vendrá luego. Hacia las cuatro o las cinco de la mañana. Me llevaré un garrafón a la mesilla para no tener que levantarme. Ya. ¿Y de dónde lo sacas, majo?*

No, ciertamente, de la bruja. Subí las escaleras a bulto y abrí la habitación sin encender la luz. *Sólo faltaba eso: los mosquitos.* Me acosté a tientas, rechacé la tentación de masturbarme, desestimé la posibilidad de suicidarme y tardé Dios y ayuda en conciliar el sueño de los injustos, de los ángeles exterminadores, de los borrachos aguardentosos, de los idiotas de Dostoievski y de los niños que se negaban a crecer.

Un rayo de sol se filtraba por la rendija de uno de los postigos, golpeaba en diagonal la roñosa y variopinta superficie de las sábanas, y terminaba inopinadamente en la mesilla de noche, ocupada por el neceser, un cenicero, un libro, mi talismán y un zapato.

Sentía una especie de difusa languidez en las articulaciones, pero no era la resaca de rigor. *Heterodoxia hasta en eso,* me dije. Y añadí: *hola, pequeño Narciso.*

Después me incorporé, me puse las sandalias en chancleta y salí sin despertar a Julio.

El hambre me roía los intestinos. Y era, también, un hambre heterodoxa, desconocida, extravagante, iracunda, casi sexual. Vi sobre la mesa del comedor un mendrugo de la víspera y me lo eché disimuladamente al bolsillo. *Será de uno de los retoños de la bruja. O, a lo peor, del perro. Es igual. Los años pasan y los niños crecen. Mi padre me llamaba don Motitas, porque todo me daba asco: los huevos fritos, la besamel, el hojaldre, las manzanas pachuchas, los melocotones con gusano... Duró el asunto casi hasta que salí del colegio. Entonces, cuando los melindres y tiquismiquis, no hubiera sido capaz de acostarme con una mujer. De meterle mano, sí. Con las criadas. Y a mucha honra. Estuve a punto de coger la tuberculosis.*

El sol en los ojos, la fuente, la cuesta hacia el mercado, la plaza, el quiosco, el Central.

No iré a verla ni bajaré a la playa. Me marcharé del pueblo.

Las calles estaban vacías. *Como en Madrid el día de Año Nuevo, a la misma hora. ¿Qué puedo hacer? ¿Ligar? Se conoce que aún estás borracho.* Pasé por delante de la heladería y me dolí en el castigo.

O me recreé en él. *Peor, infinitamente peor, hubiera sido El Dorado, tan intrépido por las noches, tan mustio por las mañanas.*

Ya todo transcurría velozmente. La baraja del tiempo y del espacio entre los ágiles, vertiginosos dedos de un tahúr. Un mundo alígero, jadeante, entrecortado. Posterior a la Biblia y anterior a *Las meninas.* Esquizofrénico. Cada cosa fuera de su lugar, cada lugar desposeído de su almendra. ¡Quién fuese Velázquez!

Las diez de la mañana, minuto arriba, minuto abajo. Un hombre distinto en un microcosmos permanente. ¿Y el submundo? Miré alrededor. Sólo vi a mucamas jovencitas con cofia y delantal blanco. *Las eternas y apetecibles criadas de los burgueses, de los que sólo acuden aquí para veranear, chapados a cerrojo y guardas en un chalet con bulldog y jazmines, y sin enterarse nunca de por dónde van los tiros ni de cuándo tocan a misa. Madrileños que gastan en oropel sus vacaciones y malagueños que vienen de excursión en busca de extranjeras. Ni los unos ni los otros saben que existimos. Como los tres monos de Buda, no nos ven, no nos oyen, no nos hablan. Mejor, mejor. Podrían contaminarnos, aunque el virus causante de su enfermedad ya no parece contagioso. Pasó —nunca tan bien dicho— a la historia, que es (como el futuro) de los conservadores y no, como el presente, de los transgresores. Que nos dejen el carpe diem. Lo demás para ellos.*

Doblé a la derecha y me embarqué, como unas horas antes, en el trantrán de la carretera de Fuengirola.

Madrid cansa cuando se ha nacido en ella. O en él. ¿A qué sexo pertenecen las ciudades? Al de los híbridos de cabrón y mona, supongo. Sábado sabadete y, mejor aún, los domingos por la mañana, a la hora en que don Quijote salió de la venta. Ni un cristiano en las calles: sólo alguna beata... La ciudad es tuya, mozuelo que tomas Machaquito y Clavel con los últimos borrachos de la víspera. Y tuyas las calles, como en **Brigadoon,** *como en la aldea sumergida de Nils Holgerson, como en el* **Soy leyenda** *de Richard Matheson. ¿Sobrevivirás a la extinción de la raza humana? ¿Te harás fuerte en un mundo de vampiros y de zombis? ¿Te pondrá Dios a la derecha y Lucifer en sus rodillas? ¿Será la Gloria un lugar tranquilo y bien iluminado? No lo fueron las caricias de Rosa, la de los mil reproches, ni la tersa, suave geografía de Laura, la que no admite adjetivos. No duraron. Serán ceniza. A lo tuyo, mozuelo. Eres aún muy lánguido. Tira el cigarrillo y vuélvete a tu casa con los señoritos jaraneros y trasnochadores. Es la hora del retorno con la sangre injuriada por el peso de tu vida. Sturm und drang. Sabes que algún día estrenarás Hernani. Ay, blancos, pulidos senos de Amaranta, ya que así os escapáis, heridme al menos.*

Delante del Rincón Dorado empecé a espabilarme. Soplaba una brisa de filo albaceteño y alcancé a ver, lejanas, las gaviotas. En ese preciso instante tuve un pálpito y giré hacia dentro, hacia aquel torreón misterioso del que tanto había oído hablar. Me encontré con un sendero de grava, encajonado entre dos hileras de cactus y tamarindos, y lo seguí. Olía a esencias. Corté sobre la marcha unas hojillas aciculares —había también pinos enanos— y las mastiqué. *Saben a salud y son premonitorias. ¿Y si estuviese en las puertas del submundo?*

Estaba. No tardaría en comprobarlo, en asomarme al borde de cielos e infiernos cuya existencia sólo conocía —o, tal vez, sólo admitía— en el contexto de otro submundo: el de la literatura. Algo que, en principio y por encima de mi libertinaje teórico y práctico, me parecía confusa y vagamente delictivo o, por lo menos, reprobable. Muy vagamente, a decir verdad. No podía ser de otro modo puesto que jamás se me había planteado una situación así fuera del distante terreno de la ficción. En aquellos días, sobrepasado ya el fugaz puritanismo de los dieciocho años e inmerso aún en el delirio de las más directas, agresivas y victoriosas operaciones corporales, sólo dos maneras de vivir —la de los sacerdotes y la de los policías— provocaban mi repulsa e inclusive mi desprecio. En todo lo demás —ideas, oficios, opiniones, actitudes, hechos— cabía siempre la justificación, la comprensión y la absolución.

Cielos e infiernos, sí. Supermundos y submundos que eran, quizá, habituales al norte de los Pirineos e incluso —quién sabe— al sur de las columnas de Hércules, pero que a nosotros, segismundos y genovevas de brabante concienzudamente asilvestrados y deseducados en el huerto umbrío de la posguerra civil, nos parecían frutos exóticos, fantásticos animales inexistentes y mitologías del *Popol Vuh* o de la Atlántida. Cosas, en conclusión, que nadie se iba a creer cuando las contase en la terraza del Teide o en los merenderos de la Prospe, si es que alguna vez —comiéndome lo dicho— regresaba al mundo de la Costumbre y del *decíamos ayer,* a las ilusiones progresistas, a las catequesis revolucionarias, al mejor cabrito criado en el corral de mi padre, al regazo de las faldas de la mesa de camilla de mi madre, a los oficios y beneficios ortodoxos, a las cansinas y castradas discusiones de las tertulias, y al amor de Rosa reducido a escombros, dogal, cadalso, lloriqueos, pataletas y rutina.

Al otro lado del jardín se levantaba lo que caprichosamente llamábamos el Torreón: un edificio de formas huidizas con ventanas de cristales oscuros, infinidad de recodos y azoteas, y puertas de dos palmos de grosor concebidas como terminal de arietes. Pero una de ellas, cuando yo llegué con cauteloso aire de despiste, y seguramente por lo tempranero de la hora, estaba de par en par. El submundo se ponía a mi alcance.

Entré sin pensarlo dos veces y me vi envuelto de golpe por una cortina de olor a iglesia, a maderas perfumadas, a cintura de Sherezade y a pagoda de morabito. Los efluvios, realmente portentosos, dimanaban de una densa nube de humo acre y ocre instalado a sus anchas en la atmósfera del salón principal.

—Llega usted muy pronto.

Me revolví sobre los talones, dispuesto a desenfundar, y comprobé que la voz procedía de un ramplón camarero embutido en una angosta chaquetilla blanca y precozmente amenazado por la obesidad. Tendría —año más, año menos— la edad de Cristo cuando subió a la cruz. Al fondo, repantigados en sillones de fieltro azul distribuidos entre mesas bajas, dos o tres personas para mí desconocidas se dedicaban al difícil arte del *dolce far niente.* Nada parecía unirlas y, de hecho, no estaban juntas. Pero inmediatamente se percibía en ellas un factor común: todas fumaban. Y fumaban con una intensidad y un espíritu de concentración que el tabaco, por sí solo, rara vez suele suscitar.

El camarero aclaró, hasta cierto punto, su enigmática afirmación inicial.

—No empiezan a llegar hasta el mediodía —dijo—. Y es lógico. Por las noches se acuestan a las mil y gallo.

—Perdone —confesé—, pero no tengo ni la más mínima idea de dónde estoy. He entrado aquí por casualidad. Pasaba por delante.

El camarero, que se había vuelto de espaldas para enjuagar una coctelera, torció el cuello y me propinó una ojeada irónica y, a la vez, incrédula. Pero no se mojó.

—Entonces es usted el que tiene que perdonarme —dijo.

Y se enfrascó en su tarea con expeditiva expresión de asunto terminado.

Vencí la timidez. No iba a permitir que el submundo se cruzara en mi camino para dejarme con dos palmos de narices.

—¿Qué diablos es esto? —pregunté con astuto tonillo de complicidad—. Si se puede saber, claro.

Breve pausa. Remaché la propuesta:

—Y si no se puede saber, tampoco pasa nada porque usted me lo diga. No soy de la bofia ni de nadie y le aseguro que en el colegio me enseñaron a tener la boca muy bien cerrada.

Quité hierro a la frase con una sonrisa. *Ya estás jugando a Humphrey Bogart en* **El halcón maltés.** *Y allí está Laureen Bacall para que te la lleves a cualquier isla del Caribe.*

En un rincón, efectivamente, había una extranjera de color rubio ceniza, pómulos marcados, talle de istmo, piernas garridas, estatura de prócer, engañosa delgadez y edad potable.

Intercambiamos una mirada. *La primera en la frente,* pensé. *Y la segunda ¿dónde?*

El camarero sonrió con cierto deje de superioridad y recogió el guante.

—Sí, hombre, sí —dijo—. Claro que se puede saber. En Andalucía sólo nos gustan los secretos a voces. Incluso está al tanto la Guardia Civil, aunque naturalmente no se da por enterada. Órdenes de arriba. El turismo es el turismo. Y cerca de África, además, se toleran cosas que en el norte no se tolerarían.

Se calló durante unos segundos. Seguía frotando la dichosa coctelera. Después remató a gol:

—Yo lo llamaría salón de té. Un salón de té algo especial, claro. Los clientes charlan, beben, fuman y sueñan. Sobre todo fuman y sueñan. ¿Me entiende?

—Correcto —dije, imitando su actitud y su pichinglis—. Y por curiosidad: ¿de dónde ha sacado usted esos aires de Al Capone o, mejor dicho, de guardaespaldas de Al Capone con acento andaluz?

No era una agresión, sino una incitación. Y como tal la tomó.

—Viví muchos años fuera.

—¿En Estados Unidos?

—Por ejemplo.

Como una lapa. No quise indagar. Me fui al grano:

—¿Me equivoco o por fin he encontrado los célebres fumaderos de marihuana? Todo el mundo habla de ellos, pero la verdad es que estaba convencido de que no existían.

—A la gente le gusta hacer misterios. Ya le he dicho que lo sabe hasta Felipe, el cabo primera. Pero la sensación de quebrantar la ley, por lo visto, aumenta el encanto. Usted lleva poco tiempo aquí, ¿verdad?

—Poco, poco...

—¿Quiere probarlo?

—Estoy sin un céntimo.

—No importa. Yo le invito. Así gano clientes.

Se había adueñado del fumadero en un santiamén. Le seguí la bola.

—¿Se coge hábito? —pregunté como un palurdo.

—Según... Lo coge quien lo quiere coger. Pero no tenga miedo. Mire: yo empecé a fumar a los quince años y aquí estoy. ¿Le parezco una rana?

No. Me parece usted un sapo de esos que miran, escupen y te dejan en el sitio.

—¿Qué se siente?

—Varía.

—¿Varía porque sí o por algo?

—Por algo, por algo... Varía de fumador en fumador, pero también hay efectos comunes. Casi todos pierden la noción del tiempo. Los minutos saben a horas.

—¿Qué más?

—Cambian los sonidos y los colores.

—¿Cinerama?

—Algo así. La música se mete por el agujero del culo, con perdón. También se va al carajo el sentido de las distancias. No sé cómo se las arreglan para darse los lotes que se dan.

—¿Mucho sexo?

—¿Sexo? No. Vicio. Pero allá cada cual. A más degeneración, más propinas.

Vi, en el ángulo más oscuro de la habitación, a un individuo barrigudo, elegantemente vestido y tan ensimismado como Jonás en el vientre de la ballena. Sus ojos desprendían un extraño brillo puntiagudo. Cerca de nosotros, agazapadas en la penumbra, dos cuarentonas más que pasables mordisqueaban desesperadamente su ración de humo comprimido en las cánulas de sendas boquillas de matahari.

—¿En qué piensan?

—¿Ellos? —dijo despectivamente mi interlocutor— ¡Y yo qué sé! Imaginan aventuras en los mares del sur o se acuestan con Brigitte Bardot o con Marlon Brando en una piscina llena de burbujas de colores.

—¿Y usted?

—¿En qué pienso yo cuando fumo? En nada. Dejé el vacilón hace más de cinco años. ¿Ve lo que le decía? Señal de que no se coge hábito.

—¿Por qué lo dejó y, sin embargo, se dedica a venderlo?

—Lo dejé porque lo dejé. Al casarme. La parienta y todas esas gaitas... Imagíneselo. ¡Qué asco de vida!

—¿No ayuda a joder?

—¿La marihuana? Sí, en cierto modo... No es que excite, pero agudiza las sensaciones, al revés de lo que pasa con el opio o la morfina. Cualquier bobada se convierte en un acontecimiento. Y, además, todo parece más largo.

—¿Lo dice por el cipote?

Se quedó momentáneamente desconcertado. Luego se echó a reír y me corrigió.

—¡No, hombre, qué cosas tiene usted! Lo digo por el tiempo. Ya le expliqué antes que los minutos parecen horas. Trincas a una, la morreas y te quedas dormido en el beso como una peonza. Eso sí que da gusto.

Abrió un cajón y me ofreció un petardo.

—Tenga. Y lo dicho: sin miedo.

—¿Se fuma de algún modo especial?

—Tragándose el humo. No hay trampa ni cartón.

—Pues hale... Gracias, amigo.

Cogí lo que me tendía y me senté, inadvertidamente, junto a una de las cuarentonas. Iba ya a levantarme con unas palabras de excusa cuando, de repente, sentí su zarpa sobre mi muñeca.

—*Darling* —me dijo.

Mi reacción fue tan rápida y enérgica como lo había sido su ataque. Me desasí y dije:

—Lo siento. No hablo inglés.

Para ligues estoy yo. Y en idiomas bárbaros.

Pero el tiro iba a salirme por la culata. Contentísima, y hablando como el pejo de Jamón Jamíjez, dijo:

—Pues yo sí hablo español.

Miré al techo, contemplé los alrededores y me di por jodido. *Tampoco es para tanto. En peores entrepiernas y pechugas te has metido.* Era cierto. Busqué, sin embargo, una vía de escape y, al no encontrarla, intenté —consuelo de providencialistas y de tontos— una estratagema dilatoria: el arte del palique.

—Me habías llamado *darling,* ¿no?

—Si tú lo dices.

—Lo digo, pero no te conozco.

—Ni yo a ti.

—Es la primera vez que vengo.

Me fijé en sus tobillos, muy delgados, sobre todo por comparación con la desmesura de su pecho. También a ella le brillaban los ojos, sutiles, atractivos, pérfidos, casi en trance hipnótico.

—¿Y qué tal? ¿Te gusta o te disgusta?

—No siento gran cosa.

Habría dado ya alrededor de cinco caladas. El humo, dulzón y pegajoso, me arañaba la faringe y, a veces, me obligaba a toser. *Como un pardillo.*

—Sucede al empezar. Dentro de unos días no dirás lo mismo.

Comprobé, con relativa sorpresa y rotundo alivio, que no la acicateaba ninguna finalidad erótica. Me había soltado la muñeca y se dirigía a mí desde otro mundo (o submundo) descendiendo o quizá trepando fatigosamente hasta la altura de mis oídos. Sus pupilas parecían encoladas a un objeto invisible y tal vez inexistente.

Fui hacia el mostrador.

—¿No es peligroso? —le pregunté a *Chicago años treinta*—. ¿No les da por bailar, por revolcarse, por prender fuego a todo el tinglado o incluso por liarse a hostias? O a polvos, que viene a ser lo mismo...

—No. La marihuana no es violenta. Al contrario. Se quedan así —y señaló a los parroquianos—, tiesos, sin decir ni pío, como si les hubiese entrado un patatús. Nunca hay incidentes. Y, además, malo sería para ellos que los hubiera. No podrían volver. En un sitio como éste lo del derecho de admisión se lleva a rajatabla.

Apagué la colilla contra el fondo de un cenicero.

—¿Pues sabe lo que le digo? Que a mí, ni pum. Que no me hace nada, vamos. Como si me bebiera una gaseosa. ¿Me da otro? ¿Y, ya puestos, una copa?

Laura, Laura. ¡Qué flojera! Esto no quita el dolor. Al revés: lo intensifica, lo extiende. El dolor y la alegría, la soledad, el desamparo, los demonios y el quijote en verso. Jugaba muy mal al fútbol y tuve que conformarme con ser reserva en el equipo del colegio. Está nevando y, sin querer, estrello una bola en el quepis de un militar. A Pili se la llevó Manolo y por lo visto hicieron no sé qué porquerías juntos, pero luego, a los pocos meses, me tomé la revancha.

Chicago años treinta se reía. Dijo:

—Está usted como una cuba, aunque no quiera reconocerlo. Y perdone la confianza. ¿Qué le gustaría beber?

—Ginebra con hielo —farfullé con lengua de asperón, estropajo y alquitrán.

¿Como una cuba? ¡Pues valiente borrachera! Por no sentir, no siento ni curiosidad. Esa mujer parece muerta. ¡Qué fría estaba! Las prefiero con los muslos gordos. Dan calor, por lo menos. Sólo hay pan de ayer. Pues no como, ea. Mi ciclista favorito es Delio Rodríguez. Delio Rodríguez. A Pili me la levantó Manolo. Cogí una trompa de cerveza, la peor de mi vida. Brrr. Hace cada vez más frío.

Me sirvió la copa y me ofreció otro petardo.

—Gracias —dije—. Tiene que llegarme un giro. Entonces le pagaré.

Otra vez la náusea, como anoche. Quiero vivir, bañarme en una piscina llena de pompas de jabón y de burbujas de colores, beberme el mar azul de un sorbo y sentir en la cara el aletazo frío de una gaviota. Siempre le sacaba miles de puntos a Luis en los tragaperras. Aquí no hay moscas, pero hace un virugis de mucho cuidado. Esa veta del mostrador parece una víbora tropical.

Busqué un sitio libre y sin vecinos, lo encontré, me arrellané y chupé del petardo con fuerza. Los pulmones se me llenaron de droga y tosí hasta saltárseme las lágrimas. El camarero se acercó sigilosamente y, sin decirme nada, depositó un cenicero sobre la mesa.

Tiene la blandura del marica, pero cualquiera sabe. Tipo curioso, digno de conocerse. Su parienta será como la bruja de la pensión. Todo se mueve al ralentí. Y luego, sin avisar, muy deprisa. Celuloide rancio. Con tocino y pan de cazabe se ha conquistado América. Max Linder y la Pandilla. Cada cosa requiere su tiempo, pero pasan muy deprisa delante de mí y no consigo verlas ni agarrarlas. ¿Hay un tiempo para cada cosa? ¿No era un lugar? Si mi lugar y mi tiempo no son los de las cosas, ¿qué pinto yo aquí? ¿Puedo detenerme en algo? ¿En ti, Laura?

Chiribitas y vibraciones azulencas a mi alrededor. Di otra calada.

Nunca gané en el martillo de las verbenas. Los zapatos de Laureen Bacall parecen de piel de serpiente. Los habrán hecho con la camisa del hombre feliz. Corre, muchacho, corre por las calles de tu ciudad y busca la copa de cazalla en cuyo fondo parpadea el universo. En aquellos años leía constantemente a Nietzsche, a André Maurois, a Somerset Maughan. Las mezclas emborrachan.

Me recosté en el respaldo de fieltro azul y cerré los ojos.

Otra.

La distinción entre idealismo y materialismo es puramente conceptual. Una entelequia. No así el tenebroso abismo que separa a los metafísicos de los vitalistas. Y conste, ahí está el mayor riesgo filosófico de nuestra época, que hay dos metafísicas posibles: la de la esencia y la de la existencia. Aristóteles contra Heidegger a cinco asaltos de tres minutos.

El barrigudo elegantón alzó de golpe todo el volumen de su humanidad. No lo veía, pero escuchaba con angustiosa nitidez sus pasos inconfundibles.

Pili, en realidad, no me gustaba, pero me encorajinó la faena de Manolo. ¿Por qué dejarán tantas serpientes sobre las mesas? Y las moscas, en cambio, de naja. Hace frío. J'ai, tu as, il a. Póngame una buena nota, don Anselmo.

Oí cómo se acercaba al mostrador y pedía algo.

Otra.

Laura.

Otra.

Laura

Otra.

Tiré lo que quedaba del segundo petardo. Era como si inusitadamente estuviera anocheciendo. Me encontraba a solas, terroríficamente a solas en un planeta Marte habitado por dos únicos inquilinos: la oscuridad y los fantasmas. No había colores ni burbujas ni pompas de jabón. Sacudí la cabeza, la eché hacia atrás y me pasé la mano por el pelo. Décimas de segundo imperceptibles. Seis persona jes en busca de un novelista: *Chicago años treinta,* su compañía de cómicos y yo. ¿Yo? *Cuando el ser que se es hizo la nada.* Sentía que estaba dejando de existir. Me desvanecía, me diluía, me evaporaba. Tiré sin miedo de la empuñadura de Excalibur y la montaña se abrió en mi presencia. Empecé a transformarme. Me despojé de mi piel de serpiente. Pasé de gusano a crisálida y de crisálida a mariposa. Inicié los correteos primaverales. Peter Pan se convertía en Sigfrido, Sigfrido en Mowgli, Mowgli en Guillermo, Guillermo en el rey Arturo. ¿Y al final? *Al final seré Aquiles, el de los pies ligeros.* ¿Y después del final? *Después del final volveré a ser Jaime buscando el vellocino de oro con la ayuda de los Argonautas.*

Podía irme tranquilo. El mundo, entre Peter Pan y Jaime, y con *Excalibur* por medio, seguía serenamente su curso.

Cuando salí era casi mediodía. No estaba borracho. Tuve en el primer momento, al enfrentarme a un jardín de insólito esplendor adamantino, un amago de náusea, pero lo dominé. Me bastó para ello la amistosa comparecencia de los pinos enanos, eslabón perdido entre los trilobites y antropopitecos de mis sucesivas mutaciones. Después, casi nada. Si acaso, prácticamente imperceptible, un toque de nerviosismo y de fogosidad. Lo justo para añadir un destello a las hojas aciculares de las coníferas y para encender un fulgor de espadachín en la mirada. *Como los domingos, al salir de misa de una e irme a tomar una caña con bígaros en el bar de la esquina. Gran acontecimiento. Son mis tíos quienes aflojan la mosca.*

Crucé la cancela y regresé al asfalto. Allí titubeé. ¿Hacia dónde tirar? ¿Mowgli o el buen Juanito? ¿Fuengirola, en autostop, y allí ancha es Castilla, o regresar cabizbajo y con el pene entre piernas? En eso frenó un coche junto a mí y despejó la incógnita. Era el Mercedes negro de Juan, con Dolores al volante.

Benito se asomó:

—¿Te vienes a Marbella?

Vacilé.

—¿Estás solo?

—Sí —dije.

Y era verdad. Asombrosamente solo. Me sentí agradecido y estuve a punto de menear la cola. Entre piernas.

—Anda, sube.

Me senté detrás, junto a una virgencita desconocida, muy rubia, muy flexible, muy guapa y con los antebrazos cubiertos por una primaveral pelusa de melocotón. Estaba entre Benito y yo.

—¿Y el chófer? —pregunté.

—Le hemos dado permiso. Esto es Babilonia, ¿no? También los pobres tienen derecho a echar una cana al aire.

—Que me lo digan a mí —comenté con amargura.

Dolores, sin apartar la vista de la carretera, intervino:

—Tú no sé, pero el chófer se apunta a todas. Juan nació en Babia y allí sigue el hombre, tan contento.

—También yo lo hacía a su edad —precisó benévolamente el aludido.

Luego se volvió hacia nosotros. Le molestaba la pierna y no pudo evitar un gesto de dolor.

—Aquí tienes a Ingeborg —dijo señalando a mi vecina de asiento. —Y éste es Jaime. No os habíamos presentado.

Nos dimos la mano. Al hacerlo toqué involuntariamente con la rodilla uno de sus muslos. La falda, suelta y tenue, lo escondía, pero no lo protegía. Sentí su tibieza. Pensé que también lo tendría revestido de vello de melocotón.

—Hola —dijo.

—Hola —respondí.

—Guapa, ¿eh?

El comentario venía de Dolores. Lo remachó:

—Pues ojo con ella, criatura, que nos la ha confiado su madre.

—Pero si es casi una impúber —protesté.

—Sí —dijo Dolores—. Como tú. Luego viene el diablo y sopla.

Ingeborg se había puesto colorada. Era, efectivamente, un encanto, un filtro de brujas, un nudo de erotismo. Tenía los ojos grises, como el agua de un fiordo, y el envés de las pestañas, muy curvado hacia arriba, en forma de rompiente. Toda ella estaba sin acabar. Apenas le sobresalían los pechos bajo la blusa sin mangas y los muslos, que sentía junto a mí como un reclamo de potranca recién parida, eran frágiles, etéreos y delgados. Llevaba las uñas largas y muy cuidadas, pero sin pintar.

Palmeé a Benito en la rodilla.

—¿Cómo va eso?

Dolores conducía con prudencia y cultura, pero excesivamente deprisa. La costa quedaba a la izquierda, rota en mil fragmentos por los barrancos, los escollos, las torrenteras y los bosques de pinos. Sólo alcanzaba a verla inclinándome mucho hacia Ingeborg, casi volcándome en su regazo. Por la derecha, vertiginosa, veía una interminable muralla gris con anuncios de hoteles y señales de tráfico.

—¿Qué pasa en Marbella? —pregunté.

Dolores, que sólo llevaba el bañador y una falda abierta sobre los muslos, se encargó de explicármelo:

—Vamos a casa de una amiga. Te gustará o, por lo menos, te divertirá. Es una vieja chiflada.

Juan me guiñó el ojo por el retrovisor.

—Anoche te vimos muy entusiasmado.

Será anteanoche, pensé. Pero no abrí la boca.

Guardamos silencio durante varios kilómetros. Junto a mi ventanilla —había terminado ya la pared gris, sustituida por una zona de monte bajo— desfilaba una hilera de hoteles de lujo y de quintas empingorotadas. Juan, delante de Capistrano, me dijo:

—¿Qué opinas de Ingeborg? No has hecho ningún comentario y creo que la chica se lo merece.

Era un casamentero y un liante, como todos los veteranos de juventud airada.

Dije, sonriendo:

—Los comentarios a solas, ¿no? *Cheek to cheek.*

A duras penas llegaba mi inglés hasta ahí. Lo desempolvé para que me entendiera, pero inmediatamente busqué refugio en el español.

—¿Estás veraneando aquí?

—No. Vivo en el pueblo. Mi madre tiene una tienda de modas, como Dolores en Madrid.

Hablaba castellano de corrido. Luego supe que se había educado en San Sebastián, con la familia de su padre. Aquello facilitaba las cosas, porque a mí me aburría hacer el amor en jergas septentrionales. Pero a pesar de sus pestañas, de sus ojos y de sus muslos, y de lo que no veía ni sentía, le faltaba algo: emoción, maldad, misterio... No tenía los años justos, no estaba en sazón. Era un vaso de agua fresca para aplacar momentáneamente la sed de una caminata. Y yo, en aquel momento, necesitaba el amor de una hembra, no de una cría.

Benito miraba el paisaje sin hacernos caso ni intervenir en nuestra conversación.

—¿Qué te pareció la corrida? —preguntó Juan.

Volví al inglés:

—No comment.

—Tienes razón. Un desastre. El día menos pensado me corto la coleta. Ya no hay casta.

—Todos los carcamales dicen lo mismo.

—¡Hombre! Muchas gracias.

Me reí y saqué el percal:

—¿Cómo era antes?

—Cosas así no se explican. Seré un carcamal, pero que me quiten lo bailado. Nunca lo has visto. No podrías entenderlo.

Dolores se empleaba a fondo. Las rodillas de Ingeborg chocaban con las mías en cada bache, en cada curva, en cada adelantamiento. *La trepidación del motor pone cachondo,* pensé. *Y los trenes no digamos.*

—Ahora los toreros se acercan más, lo reconozco. Pero los toros de entonces eran infinitamente más grandes.

—O no. El niño mide las cosas desde su altura. Todo le parece enorme.

—Yo no iba a los toros de niño.

—La memoria también agiganta sus imágenes.

—Pues para ti la perra gorda.

Aunque lo pareciese, no estaba enfadado. Nunca lo estaba. Era, como Bruto, un hombre.

Nos acercábamos a una aglomeración urbana con pretensiones de ciudad. Poco antes de adentrarnos por su calzada principal leímos en un decrépito y abollado cartel de chapa: *está usted llegando a Marbella. Modere la velocidad. Gracias.*

Juan seguía en los toros. Dijo:

—No te puedes imaginar lo que era la calle de Alcalá en días de cartel. Madrid se volcaba.

—¿Y antes de que construyesen Las Ventas?

Lo pregunté sin ganas, distraído, sólo para darle conversación.

—Pues igualito, sólo que en otros puntos de la ciudad.

Sobrepasamos el hotelucho de azulejos amarillos y la flamante gasolinera.

—Lo de Gitanillo fue en una de esas tardes. Pasó lo que tenía que pasar. No conocía los toros, no los estudiaba. Le salió uno maliciado del pitón izquierdo y Lalanda se lo quiso dar a entender sin que se picara, toreándolo durante mucho tiempo con el capote, de salida, y forzando las distancias al citarlo por el sitio que no iba. Se dio cuenta toda la plaza, pero nadie avisó a Gitanillo. Nadie, ni siquiera la gente de su cuadrilla. Y Lalanda, por una cuestión de honor, por delicadeza taurina, no podía ni debía decir nada. Y eso: sucedió lo que tenía que suceder. El marrajo lo enganchó de pasada y lo corneó donde quiso y como quiso, junto a las tablas, con alevosía. Lo estampó, lo encajonó de mala manera, lo empotró literalmente debajo del estribo. Fíjate si han pasado años y hasta guerras, pero no consigo borrar esa imagen de la memoria. La llevo metida en el alma.

Hizo un alto y remató la faena con un adorno de nostalgia:

—Parecía un dios, Jaime. Un dios alto, joven, moreno. Y,

como otros dioses, se dejó sacrificar. Se fue al paraíso o al infierno de la tauromaquia, si es que los hay, vestido de blanco y oro.

Dolores frenó delante de una tienda absurda o, quizá, simplemente sui géneris. Los paletos de Madrid, oprimidos por la vecindad y omnipresencia del único Régimen que se escribía sin apellidos y con mayúscula, no estábamos aún acostumbrados al cosmopolitismo de importación. Europa y América se colaban con descaro y con descoco por las válvulas y boquetes abiertos al turismo, pero los abanderados de ese dragón de mil cabezas plantaban sus campamentos en las costas del Mediterráneo y muy raramente las abandonaban para visitar el interior.

La tienda —o la *boutique,* como ya decían los cursis— estaba medio oculta, casi tuerta, por la impermeabilidad de un tupido cortinón.

Dolores, lacónicamente, dijo:

—Es aquí.

Y apagó el motor.

Benito fue el primero en apearse. Después lo hizo Ingeborg, que —azorada— me pisó embrujadoramente un pie.

—Perdona.

Llevaba unas sandalias de caucho *made in Japan* e increíblemente ligeras. *Hiere,* pensé. *Por tu pie la blancura más bailable.*

Echamos el seguro de las puertas del Mercedes y luego, fisgones, nos acercamos al escaparate, en el que sólo había dos o tres perchas de paja para sombreros.

Dolores comentó:

—La verdad es que no hay ni punto de comparación con lo nuestro.

Hablaba de Marbella, no de la *boutique.* Y tenía razón. Acurrucada contra el monte entre minas y vagonetas, con una playa estrechuca, canija y colma de alquitrán, la fama de aquel villorrio ratonero era sencillamente inconcebible.

—Y tú que lo digas.

Juan y yo nos retrasamos un poco, mientras los demás se enfrentaban victoriosamente a la cortina y entraban por fin en la tienda.

—¿Qué le ocurre a Benito? —pregunté.

—Ayer la cogió fina y eso, a su edad, pesa. Pero no te preocupes. En cuanto se atice un chinchón, como nuevo. O al revés: el mismo de siempre.

Dolores hablaba con una señora huesuda, canosa y muy alta, que inmediatamente vino hacia nosotros con la mano extendida. Le calculé más de sesenta y menos de sesenta y cinco años. Y desde el primer momento, y porque sí, contra toda lógica, la imaginé con un gorro de verbena puntiagudo, azul, rutilante y cuajado de estrellas doradas.

—Iba a cerrar. Me pilláis de milagro.

Pasamos a una trastienda vacía y de allí a una especie de patio interior, muy pequeño, adornado por una fuente de estilo mudéjar y amueblado con un cenador, una sombrilla verde y varios sillones de mimbre.

Me acerqué a Ingeborg y le susurré al oído:

—¿Cómo se llama?

—¿Ella?

Y la señaló.

—Raquel —dijo.

Dolores se interesó por el negocio.

—Nada. Aquí no se vende nada. Pero es una excusa como otra cualquiera para venirse unos meses a la playa.

Y se puso a dar voces:

—¡Chema, Juan-Mari!

Creí que llamaba a dos perros. Me equivoqué. A los pocos segundos se abrió una puerta situada frente a nosotros, encima de un par de escalones, y en su marco apareció un chiquillo con hechuras de mujer embutidas en unos *jeans* y en un niqui blanco de manga muy corta. El remate de aquel efebo de Fidias o de Praxíteles no era dórico ni jónico ni corintio y consistía en una melena rubia peinada con tirabuzones.

—Buenos días —dijo.

—Hola, Chema. Tenemos visita, así que trae por favor la botella de whisky y unas copas. Y dile a Juan-Mari que ya han tocado maitines.

—Está en el baño.

—Pues que deje de acicalarse y que salga. Estos amigos son como de la familia.

Ingeborg miraba la escena con los ojos de par en par, desorbitados, casi espantados. Juan sonreía. Benito me envió un gesto de cómo está el mundo. Sólo Dolores parecía imperturbable.

A las mujeres les afectan muy poco estas cosas. Los varones —qué palabreja— tenemos la obligación de fingir escándalo o por lo menos asombro para que no haya lugar a dudas sobre nuestra hombría.

Chema, obediente, se había marchado y la voz chillona de Raquel volvía a dominar la plática y el cotarro.

¡Pues qué mañanita de Dios! Primero marihuana y ahora maricas. De sainete, vamos. El submundo saliendo como un geiser de todas

partes. A borbotones. De la antesala del Edén a los retretes de Sodoma en compañía de una Safo histérica y de un par de primorosas Bilitis con un dedo meñique entre las piernas.

Una hora después salía del antro convencido de que su dueña estaba loca. Juan-Mari terminó por fin su baño de espumas y yerbas y se unió al grupo. Todos los forasteros lo esperábamos con curiosidad y un poco de malignidad. Era más bajo que su hermanita y moreno, muy moreno, muy andaluz, muy meridional a pesar del retintín vasco de su nombre de pila. A Chema lo habían hecho en tecnicolor. A Juan-Mari en blanco y negro. Pero eran, el uno respecto al otro, lo que en el argot del cine llaman una (o un) *remake*.

Raquel, cuando consiguió reunirnos a todos, preguntó:

—¿Qué os parece nuestro humilde Parnaso?

Y no lo decía en broma. Tampoco nos reveló el previsible origen de aquel par de cocotas frustradas ni las posturas en que hacían el amor. Habló, eso sí, constantemente y nadie pudo meter baza. Luego, ya en la puerta, se atrevió a decir que éramos una partida de tímidos. Chema y Juan-Mari, mientras duró la tertulia (o el monólogo), triscaron incansables por el patinillo. Raquel no mencionó la profesión o la vocación de sus cachorros, pero algunos detalles casi imperceptibles nos llevaron a suponer que eran pintores.

Habló, pues, de todo. De ella, de sus galgos rusos, de modas, de nosotros, de su marido que al parecer descansaba en paz (afirmación no por perentoria menos evidente), de cómo subían los precios, de Ingeborg —que le recordaba a una corza— y de ese bruto de Lumumba. Lo de *bruto* lo dijo con nostálgico acento circunflejo de juventud perdida, aunque no desperdiciada, y añadió al insulto (o elogio) una tilde de furor uterino o quizá climatérico. Las dos cosas, probablemente. Después, ya en el coche, supe que era muy rica, famosa por sus extravagancias y admirable por su exquisito gusto. Nos sirvió whisky a discreción, aceitunas rellenas de anchoa y puñetitas de queso y chorizo.

Pensé en todo ello durante el viaje de retorno a Itaca con las rodillas de Ingeborg muy juntas, muy tapadas y muy cerca de las mías. El sol, ya cuesta abajo, se colaba a chorros por la ventanilla, me obligaba a entornar los párpados y me inyectaba en vena, gota a gota, incitaciones que me sabían a despropósitos. A Benito se le había pasado el mal humor. Ingeborg estaba muy guapa y, sí, era verdad, parecía una corza. Dolores, en silencio y muy seria, se limitaba a conducir. Juan, taciturno, fumaba.

Me quedé dormido y ya no oí ni vi ni me enteré de nada hasta que, de repente, abrí los ojos y entrábamos en el pueblo. Me despabilé a escape y salí de estampida rumbo a la playa de la Roca para darme un chapuzón y salvar lo que aún se pudiera salvar. Hacía un calor de fin del mundo. El reloj marcaba las tres y la canícula implacable del sur espachurraba aquel cruce de todos los caminos de la tierra. El mar, en lo más hondo, se extendía hacia otras playas y otros puertos como una invitación gratuita formulada a las personas de coraje y de buena voluntad. Ingeborg se quedó en el chalet de sus padres para dormir la siesta, porque *todavía estaba creciendo*, como dijo con sorna Dolores. La marihuana y el mariquiteo, considerados desde el nivel del mar, bajaban sensiblemente de categoría. Parecía, incluso, un simple sueño: la sombra de las ideas de Platón reflejada en el fondo de la caverna. Algo que de ningún modo podía afectarme, una ilusión, una telaraña, un breve paseo de mi yo accidental por regiones y laberintos laterales.

Y entretanto, mientras esa esquinada parte de mí se iba a conocer el submundo, mi otra mitad —mi doctor Jekyll— permanecía inmóvil donde estaba veinticuatro horas atrás, en el rincón de Laura, con los cuerpos sudados, y juntos, y la sangre trémula.

Daban las tres y yo corría desalado hacia la playa. Entonces, sin detenerme en mi carrera, supe que había desperdiciado la mañana. Que el *incipit vita nova* no había concluido. Que ella me esperaba.

Y supe con certeza, con absoluta seguridad, que las cosas, aún, durante algún tiempo, iban a volver a su cauce y a recomponer ante mí el maltrecho y desdibujado rostro de la esperanza.

La encontré sentada en el primer velador del merendero con el gorro blanco, las coletas respingonas, una copa delante, el vacío detrás, nadie a su lado y las pupilas hincadas en el camino que llevaba al pueblo. O, más exactamente, en el camino que venía del pueblo.

Me vio enseguida, agitó la mano, se puso de pie y corrió a mi encuentro. *¿Como una corza?*

—Eres tonto —dijo.

Le brillaban los ojos sin necesidad de marihuana. Me pareció la misma de siempre: una estrella fugaz, un trozo de mundo, un animal de vida. Bastaba con extender los dedos y rozar su piel, y ya era mía, así, sin adjetivos ni comparaciones, a palo seco, sin tener que definirla ni pensarla.

—¿Por qué no me esperaste anoche? ¿Qué hiciste? ¿Dónde has pasado la mañana? ¿Tienes algo contra mí? ¿No te puedo dejar solo ni siquiera un minuto?

Se le agolpaban las preguntas. Hablaba muy deprisa. Quería

saberlo todo, escrutar y conocer lance a lance y segundo a segundo el contenido de mi larga ausencia.

No supe responder. Me limité a besarla, y ella seguía preguntando, y yo volvía al beso, y así hasta que los dos nos echamos a reír. Entonces me abrazó, arrimó sus piernas a las mías, me cogió de la mano y dijo:

—Toca.

Y enseguida:

—Vámonos a otra parte.

Dolores, Juan y Benito acababan de llegar al merendero. Les lancé un adiós entre exclamaciones, vi cómo se despedían con gestos y muecas, sonreí, sonrieron y me desentendí rotunda y nirvánicamente de su existencia.

—¿Dónde vamos?

—Da igual. Por este camino.

La cogí por los hombros, la atraje con fuerza y emprendimos la marcha hacia la soledad y la reconciliación. Nos queríamos, *sabedlo.*

—¿Fue dura la mañana? —pregunté.

—Tanto como la noche —dijo—. Pero cuéntalo tú primero. Me lo debes.

—Más tarde.

—¿Por qué?

—Porque todavía no me he acostumbrado a ti.

Me dio un azote.

—Ni tienes que acostumbrarte nunca. Recuérdalo.

—Descuida. De eso no me olvido. Me refería a otras cosas.

—¿A cuáles?

—Al deseo.

—¿De mí?

—De ti. En cuanto a lo demás, que corre menos prisa, confórmate con saber que he hecho simplemente el imbécil.

—Está bien. Me conformo. Pero sólo hasta que...

—Convenido. Y tú, ¿me vas a decir lo que has hecho?

—Inmediatamente. Me he bañado, he nadado un poco y he pensado mucho en ti.

—¿Estabas triste?

—Claro. ¿Cómo iba a estar? ¿Y tú?

—Ya lo sabes. ¿Con quién has comido?

—Con Julio.

—¿Solos?

—Sí. No hemos visto a nadie ni falta que nos hacía.

—¿Y Rodolfo?

—Rodolfo no existe. Anoche creí que me necesitaba. Tenía problemas.

—¿De faldas?

—Más o menos.

—Pues que no te vuelva a necesitar nadie. No eres enfermera ni monja ni psicoanalista.

—Muy bien. Que no me necesite nadie.

—Tú y yo nos bastamos. Somos el mundo.

—Y el mundo existe en la medida en que nosotros existimos.

—Sí.

—Me he pasado toda la mañana al sol y siempre pensaba en ti. Quería embrutecerme. Para ser como tú, para estar contigo.

—Yo, en cambio, no me embrutecía. Pero también pensaba en ti.

El camino se estrechó hasta quedarse en vereda y se lanzó hacia arriba. La playa, el merendero, los tenduchos y los toldos, allá abajo, parecían basura arrastrada y acumulada por las olas. El remonte se las traía. Teníamos calor. Sudábamos y jadeábamos. Nuestros muslos chocaban con frecuencia.

Laura, después de un largo silencio, comentó:

—Pero no lo he conseguido. Nunca lo consigo cuando tú no estás.

—¿El qué?

—Embrutecerme.

—Según Valle-Inclán...

—Olvídate de Valle-Inclán.

—Bueno.

—No me hables de escritores, ni de pintores, ni de nadie. No me hables ni siquiera de tus amigos. Háblame únicamente de ti.

—Lo sabes casi todo.

—Por fuera.

—Y por dentro. Hasta cierto punto.

Acercó la boca a mi hombro y lo besó.

—Te quiero —dijo.

—Da gusto oírte. Y yo a ti.

—No hemos buscado la isla solitaria.

—Por mi culpa. Pero aún estamos a tiempo. Ya verás como enseguida la encontramos.

—Y también una casa.

—Con chimenea.

—¿En verano? Bueno.

—Y con una alfombra delante.

—Y nieve fuera.

Nos quitábamos de la boca las palabras y los besos. Nos queríamos.

—¿Y si nos sentáramos ahí?

Señaló un desmonte umbrío, cobijado en una escarpadura del terreno. Estaba muy alto sobre el nivel del mar.

—Venga.

La ayudé a atravesar la pedriza y busqué un calvero sin cardos. Todo parecía confabularse de modo que las cosas sucedieran como en la tarde del segundo día, cuando decidimos trepar al monte planetario.

—¿Estás cómoda?

—¡Vaya!

—Ven.

—Espera. Te he traído un regalo.

—Si no tenías dinero... ¿Qué es?

—Adivínalo.

—Dame pistas.

—Bueno. Pregunta.

—¿Es algo que se lleva encima?

—No.

—¿Algo de comer?

—Tampoco.

—¿Algo que me gusta mucho y de lo que ya te he hablado?

—Sí.

Intenté quitarle la bolsa azul que colgaba de su hombro derecho. No lo conseguí.

—Tramposo. Eso no vale.

—Está bien. Más pistas. ¿Cuándo te hablé de ello por última vez?

—No te lo digo. Nos conocemos desde hace muy poco tiempo. Seguro que te acordarías.

—A lo mejor no. Prueba.

—Me hablaste de ello el primer día.

—¿Día o noche? ¿O entre dos luces?

—No, no... Completamente de noche. Casi de madrugada.

—¿En casa de Joaquín?

—No.

—¿En la habitación de doña Antonia?

—Sí.

—Eso fue el segundo día.

—Pero el primero de amor.

—¿Es una pipa?

—Frío.

—¿Es una llave?

—Más frío. Se me está clavando algo, ¿sabes?

—Pues alza el trasero y te pongo mi ropa debajo.

—Se ensucia.

—¿De tierra? ¡Qué más da!

Nos levantamos y me quité la camisa. Inmediatamente se pegó a mi pecho desnudo. Se imantó. Empecé a perder el sentido del espacio.

—Te oigo el corazón —dijo.

—Y yo la sangre.

Nos besamos con las bocas furiosamente abiertas. Hacía mucho calor. Un vaho de humedad y bochorno casi tangible se abatía sobre el mundo.

—Cuando te beso, todo desaparece. Menos tú.

Se lo dije sin separar los labios de los suyos. Me comía las palabras. *¿Para digerirlas mejor? ¿Para creerme?* Y así, amándonos cuerpo a cuerpo, línea a línea, poro a poro, estuvimos lo que se dice un buen rato, bueno de verdad, hasta que el zumbido kamikazi de una avispa inexplicablemente encabronada con nosotros nos devolvió a la tierra. Extendí la camisa, hice un gesto de hospitalidad y Laura se sentó.

—Ven —dijo—. Te dejo un trozo.

—No te preocupes. Estoy bien. Yo no voy, como tú, en traje de baño.

—Ven.

La obedecí y le quité el gorro.

—Guapa.

Volvimos al beso. Todo, en él, valía: boca, dientes, palabras, lengua, frenillo, saliva, manos. Apreté y exprimí sus pechos.

—¿Y el regalo?

Su pierna desnuda rozaba incandescentemente mi pantalón. La avispa no cejaba en sus maniobras de sabotaje. *¿Será un símbolo, una advertencia?*, pensé.

Laura, por fin, se volvió hacia la bolsa, la escondió con el cuerpo, sacó algo a hurtadillas y me lo enseñó. Era una botella de Chianti.

—¡Atiza! —exclamé sinceramente sorprendido—. ¿Dónde has encontrado esto? No lo hubiera adivinado nunca.

—Aquí venden de todo. Venga, ábrela.

—¿Ya? ¿Por qué no la dejamos para luego?

—¿Y el *carpe diem*?

—Tocado. Tienes razón. Pero conste que la voy a coger suave. Estoy prácticamente en ayunas desde hace más de veinticuatro horas. Y, para colmo, llevo encima dos petardos de marihuana, una ginebra con hielo y la tira de copas de whisky.

—¿Marihuana? No fastidies.

—Como lo oyes. Pero eso sí que lo dejamos para más tarde, ¿eh? El vino está bien. Las palabras sobran.

Quité la caperuza de estaño.

—Habrá que hundir el tapón.

Fue menos difícil de lo que parecía.

—Ten. Bebe.

—Primero tú.

Apoyé el gollete en los labios y empiné el codo como Dios manda. Fue un trago duradero, casi inmortal, con sabor a bosque de pinos renacentista y a proporción áurea de Piero della Francesca.

—Ya vale, ¿no? Sal de la cuba y pasa la botella.

—Viciosa.

—¡Quién fue a hablar! Tú sí que tienes todos los vicios: alcohol, tabaco, mujeres...

—¿Mujeres? Sólo tú. Habíamos quedado en que las demás no existen.

—Pues todos los vicios menos ese.

—Y los que no conoces.

—Dímelos y los conoceré.

—No.

—Tienes que contármelo todo. Lo has prometido.

—El café.

—El café no cuenta. ¿Qué más?

Me rasqué la cabeza y, mentalmente, pasé lista. *Las drogas, el homosexualismo.* Me reí y dije:

—El vicio del trabajo, aunque te parezca imposible. A veces me da por ahí. Entonces me encierro a lo bestia en cualquier sitio y no asomo las narices en dos meses.

—La próxima vez yo me encerraré contigo. ¿Hace?

—Hecho. Pero promete que me dejarás trabajar. Y conste que hablo en serio.

Levantó la mano y dijo solemnemente:

—Lo juro.

La botella estaba medio vacía. Bebí un sorbo y la apoyé con cuidado en una piedra.

—Laura —dije.

—¿Qué?

—Ven.

Crujían las chicharras y mugían las abejas. *El canto del mundo, amigo Giono.* Sentíamos pasos en la sangre.

La abracé, la cogí por los hombros y la empujé hacia atrás. Tenía los labios secos. Los humedecí. Puso las manos en mi espalda.

—¿Y si nos ven desde el camino? —dijo.

—Imposible.

Seguí besándola. Al hacerlo me sentía, como Bécquer, habitante de la bruma. Una nube de algo me envolvía. A Laura se le pusieron los ojos simultáneamente turbios y brillantes. De vez en cuando cogíamos la botella y bebíamos a morro. El vino no tardó en terminarse, pero la ebriedad siguió. Me encontré, sin saber cómo, en el suelo y con Laura encima. Luchábamos. Nos queríamos, *sabedlo.*

Propuse:

—¿Nos subimos a esa higuera?

Asintió y lo intentamos varias veces, pero al final, indefectiblemente, nos resbalábamos, caíamos juntos y maltrechos, seguíamos besándonos como si tal cosa, donde nos pillara, y volvíamos a probar suerte.

—Aunque sólo sea por el honor.

—¿Y si nos quitáramos las sandalias?

Lo hicimos y todo fue como una seda. El monte se quedó un par de metros más abajo. La avispa kamikazi, también. Nos acomodamos como pudimos en una horquilla de las ramas y urgentemente regresamos al beso. La postura era de tente mientras cobro. Le acaricié las piernas.

—¿Y si nos damos la gran hostia?

—Que nos coloquen en la misma habitación del hospital. No hay mal que por bien no venga.

—Últimas voluntades. Las respetaré.

Vivir, aunque sea tripa arriba.

—Regálame algo tuyo —dijo.

—¿Para qué?

—Como recuerdo.

—Sería tentar a los dioses. Ojalá no tengamos que *recordar* nunca al otro. El recuerdo es lo contrario de la vida.

—Tienes razón. Como casi siempre. Brindo por lo que acabas de decir con el *chianti* que llevamos dentro.

—Choca ese vaso.

—Choca ese beso.

Chocamos. Una hoja de higuera, grande y velluda, me cosquilleaba la axila.

Añadí:

—Tampoco tenemos que ser excesivamente sentimentales.

Se quedó desconcertada, incluso asustada por la afirmación, y no lo disimuló:

—¿Cómo puedes decir eso? ¿Qué significa una frase así?

La tranquilicé.

—El sentimentalismo acaba en senilidad.

—Y nosotros nunca vamos a ser viejos.

—Exacto. Nuestro primer mandamiento de la ley de Dios consiste en mantener la juventud caiga quien caiga.

—¿Pactando con Mefistófeles?

—Incluso así. Pero hay otros métodos.

—¿Físicos y mentales?

—Físicos y mentales.

—¿Por cuál empezamos?

—Por el cuerpo.

—¿Y los mitos?

—Los mitos, también.

Laura y yo. La tarde, la hora de la siesta frente al mar, sobre el mundo, entre sus piernas, dentro del amor, de la mitología y de la sexualidad. *En algún lugar del África negra estarán tocando los tambores.* ¿Y luego, cuando el jolgorio se acabe, cuando los búhos se duerman, cuando el emperador del Celeste Imperio siga los pasos de Sócrates?

Omnia vulnerant, ultima necat.

Me hundí en las profundidades de Laura y decidí no pensarlo. Éramos inmensamente ricos. El mundo nos pertenecía. Excalibur estaba en nuestras manos.

En la subida hacia el chalet no vimos a nadie. El calor apretaba y encerraba a la gente en la penumbra de las habitaciones o en el frescor de los patios sombreados y recién regados. En todas las puertas de casa pobre, y eran muchas, habían echado cortinas desflecadas, colchas astrosas o sucios jirones de lo que décadas antes había sido ilusionado ajuar de novia para bajarle los humos a la solana y pararle los pies a la calura. Los niños dormían la siesta en su propio charco y los mayores resoplaban o se abanicaban. El suelo era un garlito de polvo reseco para caminantes incautos.

—Pega, ¿eh? —dije entre bufidos.

Jadeábamos y arrastrábamos los pies, pero a pesar de los continuos desniveles, tropezones y sacudidas no nos soltábamos de la cintura ni postergábamos el ejercicio de la felicidad.

—A ver cómo reacciona la bruja.

—Si quieres lo dejamos.

—Cobardica. Tenemos que apuntarnos a todo y aprovechar el tiempo. La vida es un pagaré que tarde o temprano caduca. Cosa no hecha, cosa deshecha.

—Y minuto aplazado, minuto perdido.

—Muy bien. Aprendes rápido.

—Lo que ya sé.

—Laura...

Me miró, inquisitiva. Dije:

—¿A ti no se te encoge nunca el pecho sin motivo aparente?

—Como a todo el mundo.

—A mí más.

—Porque Jaime *is different*.

—No bromees. Tenemos que amarnos con prisa. Lo sé. Hay peligro en el horizonte. Estoy asustado.

—¿De qué?

Empujé la cancela, que chirrió como de costumbre, y la bruja, sobre aviso, salió cautelosamente de la cocina.

—Buenas tardes.

—Buenas tardes.

Los saludos casi se superpusieron. Afortunadamente no hubo más. Nos dirigimos hacia la escalera nerviosos aún y sin creer que las cosas pudieran resultar tan fáciles.

Comenté:

—Lo peor ha pasado. En realidad, ¿qué podía decir? La habitación es nuestra. Está alquilada.

—Pero no pagada.

—*¿Tu quoque?*

Abrí la puerta y pasé delante.

—¿Dormís aquí los dos?

—Claro. Por setenta púas no nos van a dar una *suite* con divanes de plumón y cine en relieve.

Se quitó la blusa de cuadros y la depositó a los pies de la cama. Me demoré con los ojos en su piel morena, en la tangibilidad casi insultante de sus muslos, en los hombros bruscamente destapados y en los pechos maliciosamente ocultos bajo el sostén del biquini.

Había un libro en la mesilla de noche. Lo cogió y empezó a hojearlo.

—¿Es tuyo?

—No. Ni de Julio. En un viaje así sobran los libros. Con un par de mudas, una pastilla de jabón, una toalla y un cepillo de dientes sales del paso.

—¿Entonces? No me dirás que lo habéis comprado aquí. Es una obra prohibida por la censura de quienes gobiernan nuestros cuerpos y nuestras almas.

—Como el ochenta por ciento de la historia de la literatura universal. Pero tienes razón. No lo hemos comprado. Estaba ahí, en el cajón de la mesilla. Supongo que olvidado por algún huésped.

No era, efectivamente, un libro muy común. Se titulaba *Nueva China* y llevaba la firma de Rafael Alberti.

—¿Jugamos a abrirlo al azar? - propuse.

—Nunca he jugado a eso.

—Pues te vas a quedar acojonada. Es como consultar a la sibila. Siempre sale algo que parece escrito para ti.

Me quité los pantalones, saqué los pies de las sandalias y añadí:

—¿Sabes quién lo inventó?

—¿El juego? Supongo que san Agustín, ¿no? Todo aquello del *tolle, lege* que nos contaban en las clases de religión.

—¡Pero qué lista es mi novia! Toma: matrícula de honor.

Y le estampé un beso de película de Hitchcock, Ingrid Bergman y Cary Grant.

—Mira que si nos convertimos.

Me senté a su lado. Estaba tendida sobre el colchón. Discretamente. La bruja no había hecho la cama.

—Trae. Quien no se arriesga, no cruza la mar. Si nos convertimos, mala suerte.

—Pues entonces bésame. A lo peor, después del juego, nos parece pecado y ya no nos atrevemos a hacerlo.

Me reí y la besé.

—¿Lista?

—Lista.

Abrí el libro por una página cualquiera y, sin mirar, señalé una línea con el dedo. Entonces bajé los ojos y leí en voz alta el párrafo que la casualidad o la voluntad de Dios me proponía:

—*También yo fui ese hijo extraviado / que sin partir, un día, de su casa, / se dijo: —Aunque sea bello / y tranquilo el hogar, nada me vale. / Y fui dando la espalda poco a poco a los míos / y fui quedando mudo sobre todo / en esas horas íntimas / del mantel y la lámpara, / cuando la madre dice: —Mañana hay que ir a misa, / o el hermano mayor: / —Las elecciones se acercan. Esperamos / que votes por el rey...*

Cerré el libro de golpe y lo puse sobre la mesilla. No estaba acojonado, sino peor: espantado, aterrado, sobrecogido.

—Creerás que lo he hecho a posta, y no. Es una casualidad, una jodida casualidad.

—O el *tolle, lege*.

Extendió el brazo y me cogió por la cintura.

—De eso nada —dije—. Los dioses no pueden entrar en esta habitación. Se lo he prohibido. Sólo verás algún que otro demonio.

—Bienvenidos sean.

Y empezó a besarme. *Esto oyó un valentón, y dijo: es cierto /*

cuanto dice voacé, señor soldado. E incontinenti me quité la camisa, requerí su cuerpo, la miré a los ojos, me volqué y renací en su hondura. Sobraban, efectivamente, los libros, las alforjas, los juegos y las palabras. Los dos estábamos recibiendo el mismo mensaje. Lo compartíamos. Lo suscribíamos. Hacíamos el amor.

Nos queríamos.

A partir de aquel momento, de aquel choque fugaz en la habitación sombreada, todos nuestros actos cambiaron inesperadamente de cantidad y de calidad. Se impuso un orden nuevo, un ritmo diferente, una relación distinta. La vida (o el amor) se precipitaba. Y no es que los casos y las cosas sucedieran más deprisa, sinó que el pensamiento —por lo que fuese— no se detenía en ellas. Pasaba de largo como si su presencia o, mejor dicho, su recuerdo careciese de interés. Y en el recuerdo se cifraba la verdadera duración y valoración de los hechos, su intensidad, su huella, su importancia, la transformación y prolongación del tiempo material de los relojes en el infinito espacio espiritual de las personas.

Hicimos el amor, una vez más, mientras todos dormían. Su cuerpo se mantuvo en tensión permanente y derramé sobre él virtudes y adjetivos, premoniciones, promesas, miedos y demonios, venturas y desventuras, juventud, insumisión y virulencia carnal. Cuanto poseía, en una palabra.

Por los cristales y los postigos entornados llegaba hasta nosotros, palpable y audible, la ascensión calurosa de la vida. Aún no cantaban los grillos ni parpadeaban las estrellas, como en el monte planetario, pero los niños —al acercarse el crepúsculo— salían ruidosos y alegres de sus casas, y los pájaros volvían a los vientos, y las hojas se agitaban, y por la radio se oía un cha-cha-cha, y las adolescentes fruncían o estiraban los labios ante el espejo para darles un toque de color y salir taconeando y cimbreándose por las calles sobre sus piernas larguiruchas de potranca *—ay, Ingeborg—* con los tobillos frágiles.

Sí, el mundo, con la fresca, subía perceptiblemente desde lo más hondo y verdadero de su geología, y era —ya— el atardecer, y Laura —vencida por el amor— callaba, y yo, cansado y vaciado, pensaba con hastío en las quemaduras de los cincuentones que aún bajaban a la playa y, con asco, en las cremas y potingues untuosos que se ponían sobre ellas para aliviarlas. *Ambre Solaire en los muslos, Aceite Uve en el pecho y Nivea en los hombros. ¡Puah!* Se trataba, sin yo saberlo, de una operación de higiene. Oscuramente me entrenaba a tientas en el deporte del abandono. *¿Transitivo o reflexivo? Ya se verá,* pensé. *Y en el fondo viene a ser lo mismo.* Mi coherencia interior —la que todo hombre, mal o bien que le pese, posee y desconoce— barruntaba nuevas locuras de caprichoso masoquismo y se vacunaba contra ellas.

Fumamos un par de cigarrillos así, en silencio sonoro, y después, tierna y desordenadamente, nos pusimos a charlar sobre la atracción física, sobre nosotros y nuestro encuentro, sobre hombres y mujeres en general y, en particular, sobre lo que *ya* habíamos hecho, lo que *aún* no habíamos hecho y lo que, caso de tener a nuestra disposición la lámpara de Aladino, nos gustaría hacer antes de que el amor se desvaneciese en nuestros brazos.

La lámpara de Aladino y la alfombra de Harún-al-Rachid, o de quien fuese, porque nos apetecía a los dos pasar unas horas en Madrid, vestirnos bien para cenar en un restaurante de lujo y terminar la noche —la parte virtuosa de la noche— en una película de estreno.

El reloj del comedor dio con tristeza las siete. Me levanté, abrí la ventana y durante unos segundos, también con tristeza, dejé que la mirada subiese sin prisa desde el páramo gris de las bajuras hasta la cumbre del monte planetario en las alturas.

Luego me puse el pantalón y miré a Laura. Casi no la vi, porque la luz se iba por momentos. Estaba sumergida o quizá caída en la penumbra, como un náufrago, como un animal herido, como un mensaje a la deriva. Sus ojos me observaban. La recorrí serena y reflexivamente con la vista. Me fijé y me detuve en su perfil de piedra, en la curva descendente de sus pechos, en la espiral de las caderas y en la empuñadura de sus muslos. Me acerqué y coloqué la mano, inmóvil, sobre el vello triangular del pubis. Latía. Me senté a su lado, en el borde de la cama, y la besé sin fuerza en los labios. Desde allí, siempre con ellos, con los míos, bajé lentamente, demorándome, muriendo, pervirtiéndome, hasta el nivel de su ombligo y, una vez allí, apoyé la cabeza, de lado, sobre su vientre y me quedé quieto. Sentía, como un oleaje manso, el ir y venir de la respiración por sus entrañas. Me excité. Acaricié su cuello con una mano y con la otra me entretuve otra vez por las cercanías de su sexo. Había en él levedad de espuma, frescor de arena mojada, fragancia y rugosidad de corteza de pino. Fui a tenderme sobre ella y entonces, de pasada, rocé el pantalón y recordé que me lo había puesto. Reprimí el impulso y dije:

—No. Por ahora tenemos tiempo.

Recuperé las sandalias y no me di por enterado de su evidente decepción. Seguía, pues, el entrenamiento. Medía mi capacidad de resistencia. Me preparaba, inconscientemente, para lo peor. Demolía mitos antes de que los mitos se derrumbaran. Destruía, como es sólito, el amor.

—Vístete —dije—. Vamos a dar una vuelta.

La bruja nos dejó salir sin reproches ni comentarios. O estaba hecha a esas cosas o tenía la intención de añadirlo a la cuenta. Laura iba en bañador y blusa. Imposible atravesar la plaza, de noche, con ese atuendo. Tomamos un camino lateral y marginal. A los pocos pasos acercó su cuerpo al mío. Me sentí a punto de morir.

—Algo se ha roto.

—En mí no.

—En ti también.

—¿Cómo puedes estar tan seguro?

—El optimismo es un humilde cálculo de probabilidades con resquicios para la duda; el pesimismo, un dos por dos son cuatro de certidumbres.

—¿Podrías traducírmelo al castellano? Y no te pongas pedante, por favor. No es el momento oportuno.

—Y tú no confundas la pedantería con la timidez, *por favor*. Al fin y al cabo te estaba haciendo ni más ni menos que una declaración de amor. Todo lo sombría que quieras, pero apasionada.

—Está bien. Explícamelo. Te escucho.

—¿Y me amas?

—Sí. Te amo. ¿No me crees?

—Sé que estás diciendo la verdad, pero también sé que te desconoces. Como casi todo el mundo.

—¿Tú incluido?

Sonreí con melancolía, congoja y sentido del humor.

—Si estoy ahora aquí, Laura, en este pueblo y contigo, es sólo porque trato de conocerme, lo que demuestra que me desconozco. Casi por completo, te lo aseguro. Pero todo se andará. Soy un cabezota.

—Vuelve al principio.

—¿A lo que está por debajo de la línea de flotación, a la otra cara de la luna, a lo que tu subconsciente sabe y tu conciencia ignora?

—A todo eso.

—El problema estriba en que me has perdonado una vez, por lo que hice anoche y esta mañana...

Me interrumpí. Se me había cruzado una sombra.

—Bueno —dije—. Quizá dos veces, pero eso no cambia las cosas.

Aludía a mi encontronazo con Matilde en el agua del mar nocturno y fosforescente. Seguí:

—Y a partir de ahora, querámoslo o no, sepámoslo o no, siempre se alzará y se interpondrá entre nosotros el fantasma del perdón. La virginidad sólo se pierde una vez. En asuntos de amor, a diferencia de lo que sucede con la amistad, las equivocaciones se pagan o se comprenden, se aceptan o se olvidan, pero no se perdonan.

—Tienes la manía de complicarlo todo.

—O la virtud.

El gris del atardecer era ya casi negrura de la noche. Tras ella desaparecían el asfalto del camino, los árboles, el pueblo, el mar.

Y, de esa forma, mientras descendíamos sin saber si estábamos viniendo de algo o yendo hacia algo, el crepúsculo se rompió en escenas sueltas, en fragmentos de conversación, en contactos fugaces, en fotogramas inmóviles. Se convirtió en un auténtico rompecabezas. Faltaba, pensé, la moviola. Y todos los datos dispersos —aquel archivo sin catalogar, aquella película sin montar, aquel mueble de marquetería sin acoplar— pasaron directamente al almacén de la memoria para jodernos el futuro. El *carpe diem* huía en desbandada. Y así transcurrió el resto de la noche hasta las cinco de la mañana, hora en que el sol descorrió las cortinas del horizonte y nos obligó, reventados, a cerrar las fallebas de la vigilia. Una exclamación aquí, un gesto allá, el canto de los grillos, el dolor, la alegría, los besos y las palabras. Confusión, masoquismo, ineluctabilidad, reproches, esperanzas, avenimientos, desavenencias y, simultáneamente, castillos en el aire. Algo, en definitiva, tan viejo como el hombre de Neanderthal: dos seres de distinto sexo en la encrucijada.

Estábamos de repente junto a la Roca y al arrimo de una barquichuela varada. Encendí al tercer intento un cigarrillo y lo tiré al mar. Laura, casi desnuda, tiritaba.

—Vas a coger una pulmonía.

Íbamos cansinamente por la zona de los toldos, hundiendo los pies en la arena. Dijimos adiós a un misterioso transeúnte. No nos contestó.

—¿Qué clase de vida llevas en Madrid?

—Llevaba.

—Es una ciudad bonita. Me gusta.

—Pero sin mar.

—¿Nos veremos cuando volvamos?

—¿Volveremos?

Una calle sin luz. Pisé un gato, oí un maullido, percibí una sombra.

—Hubo una época en que estuve a punto de iniciar para los restos eso que los anormales llaman una vida normal. A los dieciséis años estudiaba por las tardes y me masturbaba soñando con futuras oposiciones. Los domingos me ponía el traje de las bodas y llevaba chicas al cine o salía a gandulear con los amigos del colegio. Pero no podía ser. Enseguida se me cruzaron los cables.

—¿Y?

—Y aquí estoy.

Me incliné para abrochar la sandalia.

—Listo. Vendería el alma al demonio por un paquete de tabaco.

Subí directamente a la terraza. Estábamos otra vez en su apartamento. El olor de los jazmines invadía el mundo.

—Date prisa. Te espero arriba.

Pensé en Santiago.

—No creas. Siempre me he sentido más bien sola. Las mujeres no somos capaces de tener amigas.

—¿Por frivolidad?

—O por tristeza.

Busqué una piedra esmerilada por el mar y la tiré hacia él cortando el aire. Rebotó varias veces sobre la superficie del agua. Nos habíamos sentado en la punta del rompeolas. Laura dijo:

—Allí te enseñaré mi ropa interior, negra y con encajes, como a ti te gusta.

El otoño, la subida de las medias, la caída de las hojas. Fetichismos y simbologías. Monstruos y ángeles del subconsciente. El amor para el verano y el sexo para el invierno. ¿Me desdoblo? ¿Soy un esquizofrénico? La luna en el mar riela y allá, a mi frente, Estambul.

Desde El Oasis, por encima de los tejados y de las escobas de las brujas, llegaban hasta nosotros retazos y zurriagazos de músicas lejanas. *El mundo es un tablero de ajedrez, un mantel a cuadros, una venta de retales. Se acabó la complejidad.*

—¿Bailamos?

Al borde del precipicio, con la cabeza apoyada en las rodillas.

—La definición del hombre dada por los hombres me parece absolutamente falsa. Es imposible transformarlo sin derribar antes sus cimientos ideológicos.

—Hablas de la revolución.

—Sí.

—Pero no la practicas.

—Me conformo viéndola. Ya no me sirve.

—Presuntuoso.

Nos tumbamos sobre la rampa de cemento. Empezaban los chillidos de las gaviotas. Hundí la mano en el tubo de su falda y le acaricié las piernas.

—¿Ves como teníamos tiempo?

—Toda la prehistoria.

—Nunca te he visto con medias. Es el mayor espectáculo del mundo. No lo puedo resistir.

Apoyé el codo en la superficie rugosa de la balaustrada. Los barcos de pesca regresaban lentamente a sus fondeaderos.

—Entonces quería ser marino. Después me dio por escribir.

—¿Y ahora?

—Por encogerme de hombros.

—Tú no estás hecho de esa pasta.

—Claro. Precisamente por eso. Ir contra uno mismo: esa es mi postura. No cabe mayor rebeldía.

—Sin causa.

—Por supuesto. No me gusta ganar al póker. Siempre me han fascinado los héroes de Huston.

—¿Qué ibas a escribir?

—Una novela.

Estábamos a la intemperie, con el frío del mar y de la noche colándose en los huesos. Y muy cerca de El Oasis.

—¿Entramos?

—¿Con qué dinero?

La freiduría, humeante, seguía abierta. Un niño nos ofreció un cucurucho de gambas. Busqué la Osa Mayor.

—En Madrid iremos a los cines de barrio, allá por la carretera de Aragón, por el paseo de las Delicias, por el Alto de Extremadura. Programa doble, una mano en tu ingle, otra en tu pecho y un paquete de galletas de vainilla para el descanso.

—Y para las películas.

Había demasiada luz, demasiado ruido, demasiada gente en la plaza.

—¿Por qué lo dejaste?

—Tuve miedo.

—¿Miedo?

—Sí. Miedo de no estar a la altura de la apuesta, de no saberlo hacer, de convertirme en un escritor castizo al uso de los tiempos. *Tierra al ángel cuanto antes. ¿Y yo dije eso? ¡Qué horror!*

Me escuchaba con los ojos cerrados. Sostenía el peso de mi figura, de mi voz, de mis palabras.

—¿Y la comunicación? ¿No escribías también para comunicar algo o comunicarte con alguien?

—Vainas, buñuelos de viento. No me gusta esa moda. Somos circuitos sellados, putas precintadas, jeroglíficos ininteligibles. La comunicación es para los teléfonos, los telegramas y la chusma. Exactamente lo contrario de la invención, lo único que en este mundo merece la pena. ¿Para qué vas a seguir una determinada línea de conducta o, peor aún, a luchar por tus semejantes? Yo lucharía, en todo caso, por lo contrario: por mis desemejantes. No sé si existe esa palabra.

Me callé, malhumorado. Laura dijo:

—Sigue.

—¿Con el sermón?

—Sí.

—Bueno. Tampoco hay mucho que hacer. Iba a decir que el hombre está siempre aislado en el terreno de la razón y que sólo en el de los sentimientos, a veces, de tarde en tarde, consigue entablar algún tipo de comunicación. Pero ya sabes lo que pienso del sentimentalismo.

—¿Y de la pasión?

—La pasión no es un sentimiento.

Me miró interrogante.

—Es el único rostro humano de la locura.

—Pontificas.

—Pontífice es el hombre que construye puentes. Yo los hago saltar.

—Lo intentas.

—Llámalo hache. Los puentes, en realidad, no existen. Ya te lo he dicho. Por eso mi pólvora es imaginaria.

—Literaria.

—¿Hay alguna diferencia entre literatura e imaginación?

—Vuelve a lo de antes. Me interesaba.

—A sus órdenes. Los sentimientos, decía, son a menudo falsos, o hipócritas, y casi siempre peligrosos. No hay moral que valga. Vivimos encerrados en una torre donde sólo cuenta el principio del placer. Y, sin embargo, el mundo está lleno de gente que disfruta con la religión, con la familia, con el orden público, con las medallas, con los uniformes. ¡Bah! Hombrecillos, carteros pedáneos. Yo no. Yo disfruto con cachivaches absolutamente inofensivos. Disfruto con la ginebra, con el sol, con la amistad y, sobre todo, con las mujeres. Mis métodos de comunicación son momentáneos, pero bastante eficaces. Y lo demás al burdel.

Fogonazos, oscurecimientos, palabras sueltas de un gigante sin nombre.

—¿Que cómo me las arreglaba? Pues muy sencillo: me tracé unas normas mínimas para sobrevivir y a ellas me atengo. Por ahora. Se trata de una actitud provisional.

—¿Hay en ti algo que no lo sea?

Pasábamos por delante de la heladería. Laura dijo:

—Según. Ser la hermana mayor en una familia como la mía tiene algunas ventajas, pocas, y muchos inconvenientes. Por lo pronto, y va por ti, te destetan antes de tiempo, te arrebatan las dos terceras partes de un período tan esencial como la infancia.

—Yo sigo siendo un lactante. Peter Pan con chupete.

—Por eso te amo.

—Y yo a ti. Pero envejecerás.

El quiosco.

—Fue mi primer traje de mujercita. A cada paso se me torcían los tobillos y se me arrugaban las medias. Un desastre.

—Un sueño. ¡Quién te hubiera conocido entonces!

Ingeborg, caracoleos de potranca, piel de melocotón.

Julio apareció en la puerta de El Capote y agitó la mano. Estaba excitadísimo. Fuimos hacia él. No le di tiempo a hablar. Dije:

—Hosanna, aleluya, dominus vobiscum. Perdona a tu pueblo, Señor. No estés eternamente enojado. Mane, Thecel, Phares.

Provocación inútil. Ni siquiera me oyó. Estaba completamente loco con su tema.

—Ha llegado el giro.

—¡No! —exclamó Laura.

—¿Cuánto? —pregunté.

—Cinco mil. Y un aviso de conferencia.

—¿De quién y para quién?

—Para mí. Me huele a trabajo en perspectiva.

—¡Pues qué gracia!

—Entrad a tomar algo.

Me volvió el hambre de golpe. Pedimos dos triples de ginebra con limón y dos raciones de mariscos. Julio y Laura se reían entre sí, sin hacerme ni puñetero caso. Lo del giro, que pensaba recibir con fuegos artificiales, no me alteró ni poco ni mucho ni nada. *Escuela de los indiferentes.* Las cosas habían dejado de afectarme.

Julio me metió prisa:

—Venga, termina de una vez. Simone y Antonio nos esperan en el Central con el coche.

Y añadió:

—El de Juan, claro. No hay otro.

—¿Dónde vamos a ir?

—A todos los tugurios de la costa.

—Me gustaría cenar.

—Son las doce.

—No importa. Estoy a punto de desmayarme. Seguro que tú te has llenado la panza. Sólo pido media hora para atiborrarme. Después, *ecce homo.* A vuestra disposición.

Fuimos a la Casa Escandinava y encargamos dos raciones de arenques con chuletas de cerdo. Casi una metáfora surrealista. Julio, entretanto, curioseaba por entre las fotos de la pared.

Simone parecía haber adelgazado en las últimas veinticuatro horas. Antonio, no. *Los gilipollas mueren de pie.*

Pedí un doble de ginebra. Laura dijo:

—Para mí un whisky.

Minúsculas traiciones y amores mayúsculos. Lo uno no puede existir sin lo otro. Líquenes del sentimiento.

Antonio se puso al volante y Simone se sentó a su lado. Detrás, con Laura en medio, íbamos nosotros.

¿Quiénes?

Entramos en el aparcamiento del Pez Espada. Ayudé a salir a Laura y contemplé con ingenuidad de paleto y encono de troglodita la extravagante torre iluminada.

—¿Te gusta?

—Me disgusta.

Simone se apoyaba en Antonio.

Intenté distinguir el fondo de la piscina. Luego me encaramé al trampolín y llamé a Laura, que vino enseguida. Nos sentamos muy juntos, sin saber qué decir, e hicimos tiempo mientras balanceábamos las piernas en la isla de Nunca Jamás como Peter Pan y Wendy antes de que ésta envejeciese.

Antonio gritó:

—Os esperamos en la barra.

Fuimos. Al otro lado del mostrador, sentada en un taburete con las piernas retadora y lascivamente cruzadas, vi a Wendy veinte años después de su primer síntoma de envejecimiento. Fumaba en boquilla y no nos quitaba ojo. Le di un codazo a Julio.

El camarero agitó la coctelera y llenó los cinco vasos. El hielo chocaba contra el cristal.

—¿Tienes carnet?

—No. Sigue llevándolo tú.

—¿Hacia dónde?

—La segunda a la derecha, la quinta a la izquierda y, luego, de frente.

Algo se me clavaba en el muslo. Simone se escurría hacia Antonio.

Julio dijo:

—Málaga está hasta los topes. He perdido más de una hora en Correos.

El jardín del Remo con su exotismo de cartón piedra. Michèle. Laura en el servicio de señoras.

La orquesta interpretó *El telegrama.* Comunicaciones e ironía.

—Hoy se falla el festival de Benidorm.

—Prepárate.

—¿Estás triste?

—Un poco.

—¿Por mi culpa?

—Sí.

—Perdona.

—¿Más perdones?

Julio se había comprado una camisa. Bailaba en aquel momento con Michèle y, aunque no lo era, parecía mucho más bajo que ella. El enanito John Wayne.

Otra vez el Mercedes. Antonio conducía bien, como todos los fanfarrones de piscina. Simone le miraba y remiraba los bíceps.

Alrededor de las tres, borrachuzos y locoides, desembocamos en El Oasis, que estaba casi vacío.

—Todo para nosotros —gritó Julio mientras bailaba un vals, solo y sin música, en el centro de la pista.

Escogimos una mesa junto al biombo de paja.

—La última copa. ¿Hace?

—¿Qué desean?

—Whisky.

—Ginebra con limón.

—Lo mismo.

—Lo mismo.

Cien iguales para hoy.

—Nada.

—¿De verdad te gusta Antonio?

Se rió:

—C'est mon aventure. Je ne peux pas revenir du pays de Carmen sans l'avoir vecue.

Cantaban Los Cinco Latinos. Apoyé la cabeza en el hombro de Laura y me dejé ir.

—Estoy seco.

—No es por nosotros. Nos obligan a cerrar.

—¿Te aburres?

—No.

—¿Por qué mientes?

Ya en el porche dije:

—¿Y ahora dónde carajo vamos?

—Je connais un endroit qui ne ferme pas, mais c'est un peu loin.

—¿A qué distancia?

—A environ cinq kilomètres tout près de l'aérodrome.

Antonio preguntó:

—*¿Cabo Cañaveral?*

—*Oui.*

Le dimos a la aldaba con firmeza.

—¿Estaba usted durmiendo?

—Sí, pero no tiene importancia. Cobro por eso.

—¿Por dormir?

—No. Por abrir.

Laura me dijo:

—¿Cabemos los dos en esta butaca?

—Si te sientas en mis rodillas...

—¿Se puede comer algo?

—¿Comer o picar?

—No, no. Comer. Como Dios manda. Ñam ñam.

—Si quieren les asamos un pollo.

—Que sean dos.

—Que sean tres.

Los muslos prietos de Simone centelleaban al otro lado de la mesa. Julio y Michèle se besaban. El camarero dormilón nos enviaba canciones antiguas y sentimentales, de esas que desatan los demonios del recuerdo, a través de los altavoces.

—Y una botella de *campari.*

—¿Entera?

—Y verdadera.

—Para nosotros *paternina* tinto.

Bebí un trago de aúpa. Laura me preguntó:

—¿No te deja la boca amarga?

—Estoy acostumbrado.

Se rió. Mi cuerpo recuperó a su cuerpo. Lo sentí renacer a mi lado. Ella se dio cuenta.

—Ya estás bien —dijo.

—En forma.

—El *campari* y los demonios.

Reí. Volvían los mitos personales.

—*Pendant l'été je voyage.*

—¿Y en el invierno?

Echó la cabeza hacia atrás. También se reía. Todos reíamos.

—*Pendant l'hiver je suis une femme serieuse.*

Yira cayó sobre nosotros desde el altavoz.

Aparté las cortinas rojas y entré con Laura en el salón contiguo. Oscuridad y soledad.

La sujeté con los dos brazos y sentí, como en mejores momentos, la ascensión acompasada de la sangre. Nos pusimos a bailar.

Fogonazos. Laura y yo: dos mitos personales en la línea de sombra, en el corazón de las tinieblas. Olvidábamos lo ajeno. Recuperábamos lentamente lo propio.

Ansiedad. Yo vendo unos ojos negros. Maladie d'amour. Solamente una vez. Banana Boat. Dominó. Amor brujo. Questa piccolissima serenata. Estremécete. Bebop'allula. La vida nueva. Bésame mucho.

Alguien descorrió la cortina y un rectángulo de luz nos incluyó en su centro. Antonio dijo:

—Faltan tres minutos, catorce segundos y dos décimas para que el reloj marque las cinco de la mañana. Mi última novia me regaló un cronómetro suizo.

—Sí. Ya vamos. Esperad a que termine el disco.

Como si fuera esta noche la última vez.

Laura interpretó mi silencio:

—Pero no lo será. Anda, dilo, di que no lo será.

—No lo será.

Me acarició el pelo. Estábamos casi inmóviles, muy juntos, muy apretados, muy cerca de nosotros, muy lejos de los demás.

Se apagó la música. El tiempo justo para besarnos y, enseguida, la voz inflexible de Antonio:

—Venga.

El coche, el regreso, la garganta áspera, los músculos cansados. Delante de la freiduría propuse:

—¿Por qué no esperamos a que salga el sol?

Antonio se había ido con el coche y las francesas. Julio, que siempre se apuntaba a los disparates, me salió respondón.

—Imposible. Mañana tengo que estar en Teléfonos a las diez. Ya le he dicho a la bruja que me despierte.

—Hasta luego entonces.

La llevaba de la mano y, por añadidura, tenía un billete de mil pesetas en el bolsillo. Pero inmediatamente supe que ni lo uno ni lo otro iban a servirme de nada.

—Me caigo de sueño —dijo.

No respondí. Caminábamos sin rumbo. Y así, indolentes y silenciosos, llegamos al mirador de la iglesia.

—¿Se ve el mar?

—No hay luna. Está muy oscuro.

Coloqué las manos en su pecho.

—¿Se oye?

—Sí.

—¿Quieres hacer el amor?

Tenía los ojos cerrados y vueltos hacia las estrellas.

—No lo sé.

Un minuto de silencio por la vejez de Wendy.

—Llévame a casa.

En la puerta, de puntillas, me besó junto a la boca.

—Ven a buscarme mañana.

—Nos encontramos donde siempre.

Y señalé hacia la Roca.

—Adiós.

No tenía ganas de encerrarme en la habitación de la bruja con los ronquidos de Julio. Estaba amaneciendo y olía a jazmines. Decidí bajar a la playa, en vez de subir a la pensión, y lo hice por el camino de los cactus.

De la arena se desprendía una difusa luz grisácea, reflejo y anuncio de la aurora. Me senté en una de las sillas del merendero y apoyé los pies en el travesaño de una mesa. Por fin solo, y no precisamente en mi noche nupcial. El mundo me pertenecía. Yo me pertenecía, recuperaba todos los derechos de propiedad previamente adquiridos sobre mi persona.

La segunda luz del día pasaba gradualmente del simple claror al rotundo albor, la grisura derivaba a lechosidad, las fauces omnívoras del horizonte se tornasolaban, enloquecían aguda y ruidosamente las gaviotas, cabrilleaba el mar y yo sentía en la piel de los brazos el relente profundo de la madrugada. Otras procesiones aún más gélidas y exangües iban por dentro: la del alcohol no asimilado, la de la turbia memoria, la del libro eternamente postergado, la de los remordimientos.

Albura definitiva, blanco de España, pero aún sin sol. El mundo parecía desconcertado y vacilante, como si los seres vivos —unánimes— durmieran y los objetos inanimados necesitaran un período de aclimatación y adaptación para acostumbrarse a la luz que inflexiblemente los materializaba.

No esperé más.

Entré en la lechería de la calle de San Miguel y pedí, a palo seco, unos dulces.

—¿Qué hora tiene, por favor?

—Menos veinticinco.

Un chico enfundado en el mandil de su bisabuelo cargaba yogures y botellas de leche en un pintoresco y antediluviano carricoche.

En la plaza habían regado. Un vapor frío, invisible y traicionero empapaba la ropa y se agarraba por abajo a los tobillos.

Ataqué las estribaciones de la cuesta. Sabor amargo en el paladar y dolor agudo en el entrecejo. A la izquierda —periódicos, sucesivos y fatales— los mojones de una caminata que ya se me hacía costumbre: El Dorado, la fuente, la minúscula cacharrería, la plaza de abastos, el monte, el chalet cubierto de cal, la gravilla del jardín, la puerta entornada de la alcoba de la bruja, el sueño plomizo de Julio.

Como si fuera la última vez.

Oí golpes en la puerta y volví a dormirme. La sábana roñosa se había caído al suelo. Estaba desnudo, boca abajo, sobre la funda del colchón. Había más luz de la que mis pupilas podían soportar. Julio, moviéndose, me despertaba. Le vi borrosamente abotonándose la camisa nueva y pasándose un peine por el pelo. Me incorporé a medias, como la leona herida del Museo Británico, y dije:

—¿Qué hora es?

Mi lengua pastosa tropezaba con los puntos, las puntas y las aristas de las palabras.

—Las nueve y media.

—¡Coño! ¿Volverás?

La cabeza se desplomó de nuevo sobre los lobanillos de borra del colchón con piel de cebra. Julio salió. Una puñalada de luz, *un carnívoro cuchillo de ala dulce y homicida,* se clavaba en mi costado. Lo sentía, entre dos sueños, como una especie de crucifixión.

La mano de Julio cayó sobre mi hombro.

—Despierta.

—¿Sí?

—Venga, Jaime, espabila.

—¿Qué hora es?

—La de sacudirse las sábanas. ¿Estás en tus cabales? ¿Me escuchas?

—Que sí, hombre, que sí. Dispara y lárgate.

—Tú lo has dicho: me marcho.

Di media vuelta y me senté en la cama, boquiabierto y atónito.

—Lo que nos temíamos: pringue al canto.

—*¿Trabajar?*

Lo pregunté como si se tratara de una broma o de una pesadilla.

—Ni más ni menos. Me voy ahora mismo, en avión.

—No jodas.

—Sale enseguida. Tengo que coger un taxi.

—Pues menuda cabronada.

—Te avisé del peligro cuando salíamos de Madrid.

Buscaba apresuradamente sus pertenencias por la habitación y las metía hechas un gurruño en la bolsa amarilla.

—Te dejo la ropa y la pasta. ¿Qué piensas hacer?

—Ni puta idea. Lo decidiré luego, cuando me despeje. Ahora estoy hecho cisco. Escupo algodón.

—Parece ser que es cosa de una semana. Si me esperas, vuelvo.

—Ya sabes que todo se prolonga. Te escribiré.

Se ataba los cordones de los zapatos.

—Creo que no se me olvida nada. ¿Quieres algo para los Madriles?

—Que se queden quietecitos donde están. Y no se te ocurra decirle a nadie por dónde ando.

Se acercó y me dio un cachete cariñoso en la mejilla.

—Adiós, maricón.

—Suerte, Julio.

En la puerta se volvió.

—Lo siento —dijo.

Hice un gesto de paz con la mano.

—Buen viaje.

Salió, me volví boca abajo y no tardé en recuperar el sueño.

Encontré a Laura en el merendero. Soplaba el levante con fuerza alzando faldas, papeles, polvo y remolinos por toda la superficie de la playa. Alfilerazos de sílice en la piel, arena en los ojos y ni un alma en el mar.

Volvió displicentemente la cabeza, me miró y dijo:

—Bajas muy tarde.

—Sí. Me acosté a las seis.

Señaló el cuerpo de la mujer de arena dormida a lo largo de la costa.

—¿Has visto el panorama?

—Sí. Las desgracias no vienen solas. Julio acaba de coger el avión de Madrid.

—¿Para mucho tiempo?

—No lo sabe.

—Me caía simpático. ¿Qué piensas hacer tú?

—Eso me ha preguntado él. Y eso me pregunto yo.

Saqué la mano del bolsillo.

—O ni siquiera me lo pregunto. ¿Nos bañamos?

—Estás loco. Prueba a salir de aquí y verás lo que es bueno.

Lo hice. Volví a escape. El cañizo del merendero nos protegía de la Armada Invencible y de la furia de los elementos.

—La culpa es mía.
Llamó al camarero.
—¿Qué tomamos?
—Chanquetes, para variar, y el plato del día.
—Ya lo sabe usted. El señor manda.
Pasé por alto la impertinencia y añadí:
—Traiga también una de sangría.
—¿Grande?
—Sí.
Me daba los chanquetes en la boca sin excesivo entusiasmo.
—No pareces muy locuaz.
—No lo estoy.
Saludé a Ingeborg que vagaba por la arena como un cachorro perdido.
—¿Y los demás?
—No he visto a nadie.
—El viento me entristece.
—¿En todas partes?
—No. Sólo en el mar. O en la playa, mejor dicho.
—¿Y en Madrid?
—En Madrid me gusta. Tabalea en los cristales y transforma la casa en hogar.
—¿Tranquilo y bien iluminado?
—Sí.
—¿Con chimenea y alfombra?
—Sí. Y con un perro. Y con una mujer rubia acariciándolo.
Inercia. Me miró.
—Perdona.
Terminamos el guiso de patatas con carne.
—Café y un par de ginebras.
—¿Para qué has traído la máquina?
—Para el postre.
—Las fotos traen mala suerte.
—Será por eso.
Llevaba en la bolsa azul los *Estudios sobre el amor* de Ortega.
Rebusqué en todos los bolsillos y le tendí un billete de quinientas.
—En paz.
—¿Tú crees?
Nos acercamos al mostrador.
—Dos ginebras —dije.
—Yo no quiero.
—Me las beberé yo.
Le pregunté al jefe:

—¿Seguirá así mucho tiempo?

—Tres días. Es levante. Mejor irse a la otra playa. Allí sopla menos.

—Pues mal negocio para ti.

—¿Nunca has oído hablar de las duras y las maduras?

Me volví hacia Laura.

—Ya sabes a qué atenerte. Cambia de fondeadero.

Una señora huesuda y tocada con un gorro de papel se acercó a la radio.

—¿Por qué no la pone?

—Sírvase usted misma.

—¿Nos llevará pronto la ensalada?

—Está marchando.

El Telefunken carraspeó y parloteó como un lorito.

—¡Pero si aún andan con el parte! ¿Qué hora es?

—Menos cinco.

—Habrá discurso de Franco.

Antonio entró en la cocina. Pesqué la botella de *fockinck* y volví a llenar las copas.

—Con éstas van cinco, Jaime.

Las apuré de un sorbo.

—¿Y las fotografías?

—Inmediatamente. Pero al sol. Si no, no salen. Esta máquina es una mierda.

Llamé a Antonio.

—¿Qué te debo? Me he servido dos copas más.

—¿Está pagado lo de la mesa?

—Sí.

Se colocó junto al corral del chiringuito, abrazada al perro.

—¿Ya?

—Ya.

Giré el carrete y fui hacia ella.

—¿Te saco una?

—No. Los dos juntos.

Nos la hizo un arrapiezo de pantalón corto que pasaba por allí.

—Gracias, chaval.

Le di un duro. La ginebra, después de comer, me producía sequedad de garganta y desabrimiento de espíritu.

Otra vez la vereda de los cactus. Pero hacia arriba.

—¿Qué hacemos?

—Estoy cansada. Me apetece dormir la siesta.

—¡Qué novedad!

—Nos vemos más tarde. Hacia las ocho.

Estábamos frente a la puerta del apartamento.

—¿Me dejas algún libro?

—Toma.

Mc tendía los *Estudios sobre el amor.*

—No, gracias —dije sarcásticamente—. Ése ya lo he leído. ¿No tienes otro?

—Pasa.

Busqué en la repisa, al lado de la chimenea.

—Me llevo éste.

—¿Cuál?

—El Negro del Narciso.

—Cuídalo. Me lo han prestado.

Vino conmigo hasta la puerta, se puso de puntillas y me besó.

—Aquí hicimos el amor ayer —dije tontamente.

—Anteayer.

—Tienes razón.

—¿Me quieres?

—Claro.

—Hasta luego.

Oí el chasquido de la cerradura, giré sobre los talones y me adentré animosamente por la cuesta silenciosa.

La cama seguía sin hacer. Me quité las sandalias, me tumbé —tal como iba— en ella y arrinconé las sábanas sucias. Llevaba polvo y sal en todo el cuerpo.

Procuré dormir, pero no había forma. Di inútiles vueltas sobre el colchón durante más de una hora y por fin, hastiado, me levanté a beber agua. Echaba de menos a Julio y el viaje, el gran viaje o fuga erizado de luz y de demonios, me pareció de repente desprovisto por completo de significado. Fue una revelación fulminante y, a decir verdad, espantosa.

Sentía el cuerpo zamarreado por una fiebre extraña, húmeda, metafísica, carente de temperatura. Volví a la cama, me tapé como pude con la colcha y cogí *El negro del Narciso.* Lo abrí y me topé de entrada con un prólogo del autor.

Tragué saliva para aliviar el acorchamiento de todos mis órganos bucales.

Cualquier obra literaria que aspire, por humildemente que sea, a la categoría de arte, debe justificar su existencia en cada línea.

No tenía tabaco. Encontré un celta mustio y revenido en el cajón de la mesilla de noche y lo encendí.

El arte puede definirse como la tentativa de un espíritu individual para devolver la justicia, de la mejor manera posible, al universo material, iluminando la verdad una y diversa que reside en cada uno de sus aspectos.

Se me había dormido el brazo. Estaba muerto sobre el colchón. Lo agité y, poco a poco, en forma de pasos de hormiga, recobró la conciencia y la existencia.

Cerré la ventana y encendí la luz en un intento absurdo de complicar la naturaleza y también la historia. El libro se agazapó en la penumbra. Me costaba trabajo distinguir las letras.

Tiré la colilla al suelo.

El artista se dirige a la convicción sutil, pero invencible, de la solidaridad que une a innumerables corazones solitarios; a la solidaridad en los sueños, en el placer, en la tristeza, en las aspiraciones, en la esperanza y en el esfuerzo que vincula a cada hombre con su prójimo y a toda la humanidad entre sí, los muertos a los vivos, los vivos a los que no han nacido todavía.

Me puse el pantalón y bajé por la escalera de baldosas amarillas. No me esperaba el mago de Oz, sino la bruja de la pensión. Todo estaba entornado. Encima de la mesa del comedor, atraído por la lámpara, revoloteaba zumbando un aguerrido escuadrón de moscas.

—¿Tiene usted algo para beber?

—¿Agua?

—No. Coñac o vino. Cualquier cosa. Pero con alcohol.

Sacó del armario una botella de Terry y me la tendió, cogida por el pescuezo como un pavo de navidad.

—La pone en la cuenta.

Regresé al cubil.

Y a aquellos que, rodeados por una ciencia gloriosa que busca la utilidad inmediata, exigen ser edificados, consolados o divertidos; a aquellos que os piden virtud, valor o encanto, debéis contestar si tenéis clara conciencia de vuestro papel: el fin que persigo con la sola ayuda de la palabra escrita se cifra en haceros entender, haceros sentir y, sobre todo, haceros ver. Nada más. Si lo alcanzo, encontraréis en ello, según vuestros merecimientos, valor, consuelo, terror, ilusión, cuanto —en una palabra— os causa placer, y al mismo tiempo esa visión de la verdad que no habéis sabido reclamar.

Me desperté con el libro sobre el pecho. Eran casi las siete. Me ardía la piel y fui a refrescarla en el lavabo. Luego, insensatamente, abrí la ventana y por ella se coló, de cuerpo entero, un huésped ingrato: la tristeza. Asistí sin mover un solo músculo de la cara al acostumbrado desfile vespertino de las quinceañeras, las parejitas atortoladas y los muchachitos repeinados con el jersey alrededor de la cintura.

Me tumbé otra vez en la cama y volví al libro.

El arte es largo, la vida corta y la verdad lejana.

Extendí el brazo hacia la botella y bebí directamente de su boca.

Y el artista, dudando de sus fuerzas para un viaje tan largo, se dedica a exponer el fin perseguido que, como la vida, está erizado de peligros, enfermo de esperanza, oscurecido por la bruma. No se halla en las conclusiones lógicas de una teoría triunfante ni en la revelación de esos crueles secretos que se conocen con el nombre de leyes naturales. Mas no por ello su meta importa menos. Es, simplemente, de más difícil acceso.

Empujé la ventana sin levantarme, me coloqué en posición fetal y apagué la luz.

Me despertaron los gritos de unos niños. Era noche cerrada. Me levanté vacilante, fui al baño y metí la cabeza en el agua. La boca me sabía a coñac.

Crucé la plaza y bajé por la calle de San Miguel hacia el estanco. Todo el mundo, a saber por qué, venía en dirección opuesta. Estuve un buen rato con los codos en la balaustrada del mirador y a eso de las nueve, por el atajo del precipicio, me dirigí a La Campana.

Encontré a Laura en la puerta.

—¿Has dormido?

—Bastante. ¿Y tú?

—Un poco, pero mal.

La frase del *Eclesiastés* me acosaba y me insidiaba con martilleante vehemencia: *importa más el fin de algo que su principio.*

—¿Una copa?

—No tengo ganas.

—Yo tampoco, pero después de haberla tomado las tendré.

Se dejó llevar a regañadientes. El local estaba tan lleno como de costumbre. Pedí unas *sopas.*

—¿Con cigalas?

—No.

Sostuve el vaso por el borde, sin apartar los ojos del líquido verdinegro, y lo hice girar. Laura se bebió el suyo sin contemplaciones.

—Podías haberte puesto la blusa de las estatuas.

—Está en el tinte. No la voy a llevar siempre.

—¿Qué es de Marisa?

Torció la boca.

—Tiene que marcharse. Mañana llega Santiago.

—Es verdad.

Me sequé la mano en el pantalón y busqué con deliberada lentitud el tabaco.

Preguntó:

—¿Qué vamos a hacer nosotros?

—Soy yo quien debería de preguntar eso. Y tú, responder. Así que hazlo.

Silencio ominoso. Apuré la copa. Los parroquianos se reían y gritaban. Profundicé cuanto pude en sus ojos color de bosque. Veredicto: impenetrables.

Luego propuse:

—¿Otra?

Chisté al camarero y señalé los vasos.

—Ha cedido un poco el viento, ¿no?

—Eso parece. En contra de los vaticinios de Antonio.

—A lo mejor despeja mañana.

Un borracho se apoyó en mi hombro y eructó. Buscaba la puerta.

—Perdón.

Lo sujeté, lo enderecé y lo encaminé hacia su objetivo. Le asomaba por detrás el faldón de la camisa.

—¿Me quieres?

Contestó:

—Claro.

Pero al terminar la segunda *sopa* dijo:

—He quedado con Marisol en el Central. La tengo abandonada desde que apareciste.

La corregí:

—Desde que nos conocimos.

Movió horizontalmente la cabeza.

—Nos conocíamos de antes.

—¿Tú crees? —dije—. En todo caso da lo mismo. Eso no cambia las cosas.

Vacilé y añadí:

—Muy bien. Vete. Yo me quedo un rato. ¿Necesitas dinero?

—Todavía no.

—¿Es nuestra última noche?

—Tampoco.

Jodida ambigüedad de los adverbios.

Laura preguntó:

—¿Nos veremos más tarde?

—Confío en que sí.

Rectifiqué sobre la marcha:

—Claro.

Se iba. Adiviné, a través de la espalda, el color de sus ojos, el gesto de su boca, la tensión de sus manos, la firmeza de sus muslos.

La antigua profecía seguía corroyéndome el alma: *Importa más el fin de algo que su principio.*

Salí tras ella y la llamé. Estaba a punto de cruzar la calle.

—¿Jugamos a ser sinceros?

No dijo nada. Seguí:

—¿Y a no asustarnos nunca?

—¿Nunca?

Titubeé, pero insistí:

—Nunca.

—¿Y lo dices tú?

No supe contestar.

—Plantemos cara a las cosas —dije.

—Muy bien.

—Y esforcémonos en comprenderlas, en saber cuál es su principio, su desarrollo y su fin.

—¿Terminan forzosamente?

—No. La vida no acaba ni empieza. Es un camino abierto por los dos extremos.

—¿Crees que nunca se llega a nada?

—Creo que es inútil perder el tiempo buscando soluciones. La vida, a diferencia de lo que pasa en las novelas, no resuelve sus intrigas. Carece de trama y, sobre todo, de desenlace.

—¿Eso significa que la acción es imposible, que lo mejor es quedarnos quietos?

Callé. Laura insistió:

—¿En todo, absolutamente en todo? ¿Incluso en lo referente al amor?

—Sí.

—¿Por qué has salido a decirme esto?

—No lo sé.

Importa más el fin de algo que su principio.

—¿Me quieres aún?

—Sí —dije.

E inmediatamente volví sobre mis pasos:

—No lo sé. ¿Tú?

Guardó silencio. No me atreví a levantar la vista hasta sus ojos.

—Adiós.

—Hasta luego.

Me quedé mirándola hasta que llegó a la otra acera. Luego volví a La Campana. Iba distraído. Casi choqué con Juan y Dolores.

—Hola, bandolero. ¿Entras a tomar algo?

—La duda ofende.
—*¿Sopas?*
—*Sopas.*
Las pedimos. Juan preguntó:
—¿Cómo anda el resto de la tribu?
—¿Quiénes?
—Julio, por ejemplo, y esa chica tan seria con la que andas ahora.
—Laura se ha ido al Central.
Tomé aliento.
—Y Julio a Madrid.
—¿De veras? Pero no será definitivamente...
Me encogí de hombros.
—Te veo deprimido. ¿Otra?
—Sí.
—Mañana podemos ir a los toros. ¿Hace?
Dolores nos miraba y nos escuchaba en silencio.
—Si no traes a Laura, cabemos todos en el coche.
—¿Hay buen cartel?
—La última de feria: una novillada. Pero ya sabes que siempre acaba siendo la mejor.
—Sí.
Llamé al camarero.
—Pónganos otra ronda.
Juan se interpuso. Le cogí del brazo.
—Esta vez invito yo. Ya va siendo hora.
—¿No irás a decirme que ha llegado el giro?
—Pues sí: ha llegado.
El camarero llenó las copas. Estábamos rodeados de gente, de risas, de chistes, de suspiros.
—¿Y ahora qué piensas hacer? ¿Vas a seguir aquí?
—Todo el mundo me hace esa pregunta.
Y a continuación, mientras me llevaba el vaso a la boca, olvidé la frase de la Biblia, pensé en la libertad y busqué una respuesta.

Madrid, 1-9 de octubre de 1960 y 2-17 de enero de 1961.

Índice

Nota que el autor considera de lectura imprescindible